莎士比亚全集

The COMPLETE WORKS of
WILLIAM SHAKESPEARE

IO

· 第十卷 ·

[英]威廉·莎士比亚 ♦ 著

梁实秋 ♦ 译

湖南文艺出版社
HUNAN LITERATURE AND ART PUBLISHING HOUSE

博集天卷
CS·BOOKY

· 长沙 ·

目　录

维诺斯与阿都尼斯

Venus and Adonis

序

一

《维诺斯与阿都尼斯》是莎士比亚的第一部"作品"。在这首诗以前莎士比亚已经写过几部戏剧，那几部戏也已经上演过，但是那几部戏却没有一部印行过。而且在那个时代戏剧也不能算是"作品"，只是卖给剧团使用的脚本而已。所以在这首诗的献词里莎士比亚自称此诗是他"从事创作之初次成果"，我们也可以说此诗是他的第一部"作品"。

《维诺斯与阿都尼斯》刊于一五九三年，四开本，现存唯一的一册藏于牛津大学鲍德雷图书馆，其标题页如下：

（Ornament）/VENUS/AND ADONIS/Vilia miretur vulgus: mihiflauus Apollo/Pocula Castalia plena ministret aqua./（Device）/LONDON./Imprinted by Richard Field，and are to be sold at/the signe of the white Greyhound in/Paules Churchyard./1593.

印行人菲尔德也是斯特拉福人氏，大概是莎士比亚的朋友。这四开本排印非常良好，校对精良，莎士比亚生时所印行过的十八部戏剧没有一部可以和这首诗的印刷相提并论。售价是六便士。

这部诗是颇受欢迎的，其重印次数之多即为明证。在莎士比亚生时此诗印行七次：一五九三、一五九四、一五九六、一五九九（两次）、一六〇〇（？）、一六〇二，在他死后又印行七次：一六一七、一六二〇、一六二七（Edinburgh）、一六三〇（两次）、一六三六、一六七五。

二

此诗写作的年代，很难确定。菲尔德将此诗送往书业公会登记的日子是一五九三年四月十八日，想写作时期当不至比这登记日期早得太多。献词所谓"从事创作之初次成果"曾使 Sidney Lee 以为此诗之写作（至少是构想）应在莎士比亚编写戏剧作品之前，（见《莎士比亚传》页一四二），这看法似不正确，因为他忽略了当时文艺的风尚，所谓"创作"主要地是指诗，戏剧尚不能视为文艺作品。莎士比亚来到伦敦，虽然立刻和剧院建立了关系，他的野心起初还是在诗一方面，这部长诗便是他惨淡经营的成果，趁一五九二至一五九三年间的伦敦大疫他就把这一部长诗印出来了。此诗大概是一五九二年八月疫疠暴发剧院关闭的时期至一五九三年四月十八日此诗登记的时期之间写成的。四五年前此诗先有草稿，至是始加润饰完成，当然亦有可能。

三

维诺斯与阿都尼斯的故事是很简单的，见希腊罗马神话。维诺斯是罗马神话中的一个女神，司爱情与美，亦即是希腊神话中之阿弗洛戴蒂（Aphrodite）。她是天神朱匹特（Jupiter）与戴欧尼（Dione）的女儿，一说她是从 Cythera 岛附近海浪中涌现出来的，脚踏着一个贝壳。朱匹特把她配给了 Hephaestus（Vulcan），他是神祇中之最丑陋的一个，她不安于室，投入了 Ares（Mars）的怀抱，为众神所耻笑。她给 Ares 生了 Harmonia；Eros（Cupid）是她的儿子，但是他的父亲可能是 Jupiter、Mars 或 Mercury；她又与 Mercury 通而生 Hermaphroditus，与 Dionysus 通而生 Priapus，与 Anchises 通而生 Aeneas。至于她与阿都尼斯一段恋爱故事倒是比较简单的了。

阿都尼斯是塞普勒斯国王 Cinyras 和他的女儿 Myrrha 乱伦而生，年少貌美，喜欢打猎。维诺斯一见钟情，而阿都尼斯不为所动。一日猎野猪，为猪戳死，维诺斯大恸。地下冥府之王 Pluto 之后 Persephone 对阿都尼斯亦宠爱有加，双方争执不下。朱匹特裁定每年阿都尼斯与维诺斯欢聚一段期间，另一段期间则留在冥府，因此他每年要死一次再复活一次。这一死一生象征一年的冬夏二季，在古代（尤其是在东方）有隆重的庆祝仪式，不过这仪式与莎士比亚的这首诗无涉，这首诗写的是维诺斯与阿都尼斯的恋爱，如何地一方面风骚热烈，一方面不解风情。故事是来自神话，而写法是依照实际人生。神话在这里是被人性化了。

自古以来，写维诺斯与阿都尼斯故事的人很多。从 Panyasis、Apollodorus，以至奥维德（Ovid），都是把这段故事写成为互恋

性质。所以朱匹特裁定阿都尼斯四个月和维诺斯相聚，四个月和
Persephone 相聚，四个月由阿都尼斯自由决定，阿都尼斯选择了维
诺斯。莎士比亚这首诗把阿都尼斯写成为十分冷淡，甚至对维诺斯
加以峻拒。在材料来源上莎士比亚至少参考了下列几种作品：

（一）主要的当然是奥维德的《变形记》（Ovid: *Metamorphoses*）。
莎士比亚对于这部作品是很熟悉的，因为他在学校里必定读过。英
译本是 Arthur Golding 的手笔，刊于一五六七年。莎士比亚可能读
的是拉丁原文，也可能是英译本，也可能二者都读过。《变形记》
卷十，五〇三至七五九行，讲的是阿都尼斯的故事；卷四，二八五至
五八八行，讲的是女神 Salmacis 对 Hermaphroditus 求爱的故事。莎
士比亚把这两个故事合并成为一个，当然在莎氏以前不是没有人这
样尝试过。

（二）斯宾塞的《仙后》（Spenser: *Faerie Queene*，Ⅲ，i，
ⅹⅹⅹⅳ—ⅹⅹⅹⅷ）关于 Castle Joyous 的壁毡的一段描写，其中暗示
了阿都尼斯的抗拒的态度。《仙后》前三卷刊于一五八九年，莎士
比亚不会没有看见过。

（三）Robert Greene 有一首歌 *Never Too Late* 刊于一五九〇年，
提到了阿都尼斯的羞怯。马娄（Marlowe）意译的 *Hero and Leander*
一诗（十二至十四行）也说起了阿都尼斯的冷漠。不过马娄的诗虽
于一五九三年九月二十八日获准出版，实际刊行却是在一五九八
年，莎士比亚可能读过此诗手稿，但是我们没有证据。

（四）Sidney Lee 提出几个意大利作者的作品，可能对莎士比亚
有过影响：

① Lodovico Dolce: *La Favola d' Adone*，1545.

② Metello Giovanni Tarcagnota: *L' Adone*，1550.

③ Girolamo Parabosco：*La Favola d' Adone*，before 1557.

还有人指陈莎士比亚所写猎兔一段（673—708）颇近似法国戏剧家 Estienne Jodelle 之 *oeuvres et Melanges Poetiques*（1574）中的 *Ode de la Chasse* 所写的猎鹿。这些资料可供我们参考，未必是莎士比亚写作资料的来源。

四

这首诗的体裁是六行体，所谓 sesta rima，韵脚的排列是 a b a b c c，读起来有轻松活泼之感。据 Puttenham（*Art of English Poesie*，1589）说这是当时"最普通"的诗体。许多诗人都采用这种诗体，因为它宜于叙事，例如：

① Gascoigne：*Posies*，1575.

② Peele：*Device of the Pageant*，1585.

③ Nicholas Breton：*The Pilgrimage to Paradise*；*The Countess of Pembroke's Love*，1592.

④ Spencer：*Shepherd's Calendar*，*1st Eclogue* and part of the *8th Eclogue*，1579；*Tears of the Muses*；*Astrophel*，1586.

⑤ Lodge：*Scyllas Metamorphosis*，1589.

五

《维诺斯与阿都尼斯》出版之后即获得读者的盛大欢迎。四年后剑桥大学演一出戏，其中有一位易动感情的年轻人被指控在他的枕头底下私藏了这一本诗，并且在书房墙上悬挂"亲爱的莎士比亚先生"的像。很多诗歌选集也常引录这首诗的片段。不过受盛大欢迎的作品不一定就是伟大的作品。这首诗之所以受到广大欢迎，是因为这是一位年轻人写的，写给年轻人看的，而且表现出了当时文艺复兴特有的一股精神。这诗里面没有说教，没有寓言，没有美德与大罪，相反地却充满了古典的气息，肉体美的描写，乡野自然的景致，情感之细腻的刻画，想象之任意的驰骋。这首诗正适合那时代的要求，所以就一版一版地畅销起来了。现在这首诗放在莎氏全集里，只好算是他年轻时代的一个成功的尝试，虽然这首诗里面有伟大创造力量之潜伏的征象，也有一些颇为优秀的描写文字。莎士比亚对于维诺斯的求爱过程刻意描写，不厌其详，对于性爱的描写也力求其生动细腻，因此有人不免指摘此诗偶有过分猥亵之弊。须知这乃是当时的风尚，不足为病，而且比起近代文学有时尚显得不够大胆。

题 诗

"Vilia miretur vulgus; mihi flavus Apollo

Pocula Castalia plena ministret aqua."

"让庸才向往那些浅薄的东西；

阿波罗引我到艺术之神的泉源[1]。"

敬 献

骚赞普顿伯爵、提赤菲男爵、

亨利·瑞兹利大人左右[2]。

大人，

我以拙劣之诗篇奉献于大人左右，不知其为如何冒犯尊严也，选择如此强大之栋梁支撑如此脆弱之负荷，亦不知世人对我将如何讥评也：只须大人表示欣喜，我即引为无上光荣，并愿利用一切闲暇，期能以较有分量之作品为大人扬名。我从事创作之初次成果若不免于丑陋，则邀得如此高贵之教父，我将引为憾事，此后将不敢开垦如此荒瘠之田地，生恐再有如此恶劣之收获也。兹以拙作呈留尊览，顺颂大人称心如意；至愿区区之忱能符合大人之心愿，并能符合举世仰慕大人之衷情。谨献芜词，不胜惶恐之至。

威廉·莎士比亚

维 诺 斯 与 阿 都 尼 斯

恰似红头涨脸的太阳

向泪汪汪的清晨告别而去，

面似蔷薇的阿都尼斯奔赴了猎场[3]。

打猎他爱，但是爱情，他嗤之以鼻。　　　　　　　　　　四

　　　害相思的维诺斯对他匆匆走来，

　　　像厚脸皮的求婚者向他求爱。

"你比我美三倍，"她这样说，

"你是花中之王，无与伦比地美。　　　　　　　　　　　八

你使众仙羞惭，你比凡人出色，

白，赛过鸽子，红，赛过蔷薇。

　　　大自然创造你，要你比它更美妙，

　　　它说你一旦死去它将停止创造[4]。　　　　　　　　一二

"请下马吧，你这人间的瑰宝，

在鞍上系好那雄昂昂的马头。

如果你肯俯允，作为酬劳，

我让你领略一千种旖旎风流。　　　　　　一六

　　来坐下，咝咝叫的蛇永不来此地，

　　坐好之后我要吻得你透不过气。

"但不使你的嘴唇感觉厌腻，

吻的次数越多，你越觉得饿。　　　　　　二〇

用各种方式把唇吻得一块红一块白的，

一连串十个短吻，一长吻抵过二十个：

　　夏日永昼将像一小时那样短暂，

　　消磨在这种排遣时光的嬉戏中间。"　　二四

她说罢抓住他汗漉漉的手 [5]，

那是力量大和精力足的象征，

她热情激动地说这是香油，

人间无上的良药，能治仙女的病：　　　　二八

　　她欲火中烧，力气变得好大，

　　迫不及待地把他从马上拉下。

一只胳膊挽住骏马的缰绳，

一只胳膊抱起娇嫩的少年。　　　　　　　三二

他恼得噘嘴，满脸涨得通红，

他心情迟钝，不懂男欢女恋；

　　她脸上又红又烫，像烈火一样，

　　他羞得脸红，心里却像是冰霜。　　　　　　　　三六

她把布满饰钉的缰辔

灵巧地系上树枝；——啊！情人好性急！——

马已系牢，她不放过机会，

立即企图把骑马的人也给系起。　　　　　　　　四〇

　　他向她撞过来，她推得他向后转，

　　控制了他的身体，控制不了他的欲念。

他才倒下，她就躺在旁边作陪，

两人都用臂肘和胯骨支着身。　　　　　　　　　四四

她摸摸他的脸，他皱皱眉，

他刚要斥责，她立刻堵住他的嘴唇，

　　一面吻一面断断续续地诉说情爱：

　　"你若想骂我，我不让你嘴唇张开。"　　　　　四八

他羞得面红耳赤，她眼泪扑簌，

浇灭了他脸上处女般的火焰，

然后用风似的叹息和金色的头发，

又把那些泪痕吹干。　　　　　　　　　　　　　五二

　　他说她不庄重，骂她轻佻的行为，

　　他想说下去，被她一吻堵住了嘴。

像一只饿鹰，特别地馋，

用它的利喙撕裂鸟的羽毛骨肉，　　　　　　　　　　　五六

扑腾着翅膀，匆匆地狼吞虎咽，

不填满肚子，不吃个精光，不肯罢休；

　　她就这样地吻他的额、颊、下巴颏，

　　吻遍了之后又重新吻过。　　　　　　　　　　　　六〇

实逼处此，并非心甘情愿，

他躺着喘气，对着她的脸上喷；

她吸入他的呼气，像吃美味一般，

认为是天堂的泽润，神赐的气氛。　　　　　　　　　六四

　　但愿双颊是生满花卉的小园，

　　若能承受这天降甘霖的浇灌。

看！鸟儿怎样陷入在网罟，

阿都尼斯便怎样躺在她的怀中。　　　　　　　　　　六八

他因无法抗拒而羞恼成怒，

怒中有格外俊俏的神情。

　　狂流的河水再加上暴雨，

　　势必要泛滥，冲上河堤。　　　　　　　　　　　七二

她还是求，而且美妙地求，

因为她的话是说给美的耳朵听；

他还是生气，还是恼怒在心头，

时而羞赧，时而露出苍白的怒容；　　　　　　　　　七六

　　他脸红，她最喜爱；他脸白，

她愈高兴地显出美妙的姿态。

无论他脸色如何，她无法不爱。
她举起美丽的仙手发誓地说，　　　　　　　　　　八〇
在他柔软的怀中她将永不离开，
除非他跟对他作战的眼泪讲和。
　　泪一直在流，湿了她整个的脸腮，
　　一个香吻即可清偿这数不清的债。　　　　八四

听了这话，他就仰起了头，
像是一只水鸟隔着波浪窥觑，
怕被人察觉，又急忙往水里泅，
他便这样地奉上她所渴望的东西。　　　　八八
　　但她的嘴唇刚要接受他的补偿，
　　他闭了眼，他的嘴唇转了方向。

夏日酷暑中的旅客想喝饮料，
不及她需要解救的那么急迫。　　　　　　九二
她望见了救星，但是不能得到；
她浸在水里，还是火烧一般地热。
　　"啊！怜悯，"她喊叫，"狠心少年，
　　我只求一吻，你为何羞怯不前？　　　九六

"像我追求你这样，我也曾被人追求，
就是那位凶狠可怖的战神。

他挺着脖子在战场上从不低头，
他介入每场战事都能战胜敌人。 　　　　　　一〇〇
　　他也做了我的俘虏，我的奴仆，
　　乞求你不开口就能得到的好处。

"他会在我的神坛上悬挂他的矛，
伤痕累累的盾和无敌的盔羽； 　　　　　　　一〇四
他曾为我而学习竞技和舞蹈，
嬉游，放浪，调情，微笑，戏语；
　　粗野的鼙鼓和鲜红的旌旗都不值一顾，
　　他以我的怀抱为战场，我的床为营幕。 　　一〇八

"于是我制服了那统治者的他，
用一条红蔷薇的链子把他锁住。
百炼钢都屈服在他的臂力之下，
但是他乖乖地听从我的摆布。 　　　　　　　一一二
　　啊！别骄傲，别夸你的力量大，
　　莫以为你能控制曾经制服战神的她。

"用你美丽的嘴唇吻我的嘴唇——
我的唇虽然不及你的美，但是红的—— 　　　一一六
这一吻给了我，也还是属于你本人。
你在地上看些什么？快把头抬起：
　　看我的眼珠，你的美貌在里面。
　　为什么唇不贴上唇，既然眼对了眼？ 　　　一二〇

"你害羞不敢接吻？那么闭起眼睛。

我也闭眼，让白昼像是夜间。

只有两人在一起，正好畅叙幽情。

放胆地玩吧，没有人来窥探：　　　　　　　　　一二四

　　　我们压在身下面的紫罗兰

　　　不会多话，也不懂我们的语言。

"你那诱人的唇上一层茸毛 [6]

表示你尚未成熟，但已秀色可餐。　　　　　　　一二八

要利用时间，勿使机缘溜掉，

美貌不可任其独自耗干：

　　　好花若不及时采了下来，

　　　很快地就要腐烂败坏。　　　　　　　　　一三二

"如果我丑，或是老得起皱褶，

没有教养，恶毒，村野，粗声粗气，

衰老，卑贱，害风湿，冷漠，

视力模糊，枯瘦干瘪，没有浆液，　　　　　　一三六

　　　那么你可以犹豫，我配你不过。

　　　但是我没有瑕疵，你为何厌弃我？

"你在我脸上找不到一条皱纹；

我的眼珠蓝而亮，滴溜溜地转；　　　　　　　一四〇

我的美貌像是年年生长的青春；

我的肌肉柔腻而丰满，热情似火燃；

我的湿润的手，你若是用手摸一下，

会融在你的掌里，或像是要融化。　　　　　　　一四四

"让我讲话，你听了会着魔，

像一位小仙，轻轻地踏着绿草地；

像一位女神，长长的头发披散着，

在沙滩上起舞，却不见任何足迹：　　　　　　一四八

　　爱情是一团火做成的精灵，

　　不会沉重下坠，会冉冉上升。

"看我卧在上面的这一片樱草，

脆弱的花儿像树似的支撑着我；　　　　　　　一五二

两只柔弱的斑鸠拖着我在天上逍遥，

从早到晚，到我愿去的任何处所：

　　爱情如此轻盈，好孩子，

　　你何以认为它对你是沉重的负担呢？　　　一五六

"是否你的心爱上了你自己的容貌？

你的右手能抓住你的左手苦苦追求？

那么贪恋你自己吧，被你自己甩掉，

偷你自己的自由，再抱怨被偷。　　　　　　　一六〇

　　拿西塞斯便是这样毁灭自己，

　　为了吻他溪中的倒影而死去[7]。

"火炬是为点燃，珠宝是为佩戴，

美味是为品尝，漂亮的必是有用的，　　　　　　一六四
花卉要有芬芳，树木要结实累累；
若为自己生长，便违反了生之原理：
　　种子滋生种子，丽质产生丽质；
　　上天生了你，你有义务去繁殖[8]。　　　　　一六八

"你为什么要吃大地滋生的东西，
还不是为了给大地养育子孙？
按照自然法则你应该生育，
等你自己死后，你的儿女还可生存。　　　　　一七二
　　于是不怕死亡，你能长存下去，
　　因为你的后裔永远是活着的。"

这时节害相思的女神开始流汗，
因为阴影已经离开他们卧着的地方。　　　　　一七六
泰坦，在正午炎蒸之下感到疲倦[9]，
用火烧的眼睛对他们热烈地凝望，
　　愿阿都尼斯替他把马牵，
　　好让他像他一样挤到维诺斯身边。　　　　　一八〇

这时节阿都尼斯以慵懒的神情，
带着深沉厌恶的眼色，
紧蹙的眉毛挡住了眼睛，
像云雾把天空给蔽遮，　　　　　　　　　　　一八四
　　他满脸苦相地喊："呸！别再说爱。

太阳烤着我的脸，我一定要走开。"

"哎呀，"维诺斯说，"年纪轻轻这样狠！

你要走开的借口是何等地薄弱！　　　　　　　　一八八

我可以吐一口仙气，轻风一阵

就会吹冷这落日的炎热；

　　我用我的头发给你遮阴，

　　如果头发也烧起来，我用泪来浸。　　　　　一九二

"天上照耀的太阳只是温暖适度，

看！我是在给你挡着阳光。

太阳的热对我没有多大害处，

而你眼里射出的火把我给灼伤。　　　　　　　一九六

　　如果我不是神，在这人间天上，

　　两个太阳之间我就会把命丧。

"你倔强，顽梗，硬似石头钢铁？

不，比石头硬，因为石头可被雨滴穿。　　　　二〇〇

你是否女人养的，难道不能领略爱的滋味？

没有爱是如何地苦痛难堪？

　　啊！你的娘若像你这样地刚愎，

　　她不会生出你来，会狠心地死去。　　　　二〇四

"我怎么了，你如此对我轻视？

我追求你，其中有什么灾祸？

吻一下，你的嘴唇有什么损失？

说，好人儿；说好听的，否则就沉默。　　　二○八

　　　给我一吻，我会还给你一吻，

　　　若要两个，就再加一吻做利润。

"呸！死相，和冷漠无情的石头一样，

是冥顽不灵的偶像涂上了彩漆，　　　二一二

是眼睛看着满好的一具雕像，

像一个人，可不是女人生出来的。

　　　你枉有男人仪表，你不是男人，

　　　因为男人会自动地要求接吻。"　　　二一六

她说罢，哽咽得不能成声，

情绪激动得不能不稍休息，

红脸火眼宣示了她的冤抑之情。

她是爱情主宰，不能一申她的委屈：　　　二二○

　　　她时而哭泣，时而又要诉愿，

　　　时而抽噎，又把她的话语打断。

有时她摇摇头，有时她摆摆手；

有时向他凝视，有时又望着地；　　　二二四

有时她的胳膊像箍似的把他搂，

她愿搂，他不愿被拥在她怀里。

　　　他每次想从那里挣扎着逃开，

　　　她就把她的玉指一个个地交锁起来。　　　二二八

"傻孩子，"她说，"我既把你搂住，

把你圈在象牙栅栏里边，

我就是园囿，你就是我的鹿；

随便你去觅食，山上或是谷间；　　　　　　　二三二

　　到我唇上来吃草，如果山上嫌太干，

　　顺步往下走，那里有美妙的泉源。

"这块地方有足够的放牧之处，

溪谷里的芳草，高爽的平地，　　　　　　　二三六

圆圆突起的小丘，丛丛粗乱的小树，

都可以供你躲避狂风暴雨。

　　我既是这样一个园囿，做我的鹿吧[10]！

　　纵有一千只狗在狂吠，你也不用怕。"　　二四〇

阿都尼斯听罢像是不屑地一笑，

每边腮上露出一个可爱的笑靥。

两个窝是爱神造的，为的是一旦他被杀掉[11]，

便可葬身在这样纯洁的坟墓里边；　　　　　二四四

　　其实他明知，如果他葬身在那里，

　　在那里爱神即将长驻，不会死去。

这两个可爱的洞穴，诱人的圆坑，

张着嘴要吞下维诺斯的情欲。　　　　　　　二四八

她本已意乱情迷，现在焉能还有理性？

早已一击就被打倒，何须再用第二击？

可怜爱情的女神，困在你自己的部门，

爱上了一个耻笑你的男人！　　　　　　　　二五二

现在她何去何从？还说什么？

她话已说完，她的苦痛愈增。

时间耗去了，她的对象想要挣脱，

在她拥抱之中苦求放松。　　　　　　　　　二五六

　　“怜悯我，”她喊，“给一些温存吧！”

　　他猛地跳了起来，匆匆去跨马。

但是，看！在附近树丛里，

一匹强壮的牝马正在交配期中 [12]，　　　　二六○

看到了阿都尼斯的跳动的骏骑，

它冲向前去，大声地吼叫嘶鸣；

　　系在树上的那匹强项的马，

　　挣断了缰绳，照直地奔向它。　　　　　二六四

它凶猛地跳动，吼叫，向前冲去，

它把线织的肚带给迸断；

它用硬蹄踢坏了负载它的大地，

使地心发出回声，像天上雷鸣一般；　　　　二六八

　　它用牙齿把马铁咬碎，

　　毁了原来用以制服它的装备。

它的耳朵竖起来了，下垂的辫鬃

在它的弓形颈上也站立了起来；　　　　　　二七二
它的鼻孔吸进空气又向外喷送，
像洪炉似的，把湿气往外排；
　　它的眼睛，像火一般闪亮，
　　　显示强烈的淫心，旺盛的欲望。　　二七六

它有时疾走，好像数着步伐，
带着文雅的威严和谦冲的傲意；
有时又昂然直立，大步地跳踏，
好像在说："看，我有偌大气力，　　　二八〇
　　我这样做，是为了诱惑
　　　旁边站着的牝马注意我。"

它现在何须理会主人的大发雷霆，
那一声献媚的"啊哈"，或"站住"？　　二八四
它现在还怕什么马勒或刺马钉？
还要什么富丽的马衣，漂亮的饰物？
　　它看见了它的爱，别的都看不见，
　　　别的就是看见也都看不顺眼。　　二八八

一个画家画马，求其风骨匀称，
若是想要画得比实物还要好，
他是以艺术和自然的手笔竞胜，
好像是要使死的比活的更妙；　　　　二九二
　　这匹马便是这样不同凡响的一个，

无论是体态、精神、色泽、步伐与骨骼。

圆蹄，短骹，距毛又粗又长 [13]，
宽胸，大眼，小头，鼻孔宽阔，　　　　　　　　　　二九六
高头颈，短耳朵，四腿笔直特别强，
稀鬃，密尾，肥臀，细嫩的皮革：
　　一匹良马所应有的它都不缺乏，
　　除了还少一位雄赳赳的人来骑它。　　　　　　　三〇〇

有时它窜到远处，在那里呆呆注视，
忽而因一根羽毛拂动而顿感一惊；
它现在准备和清风玩一次捕捉游戏 [14]，
谁在逃，谁在追，它们也弄不清。　　　　　　　　三〇四
　　因为疾风在它的鬃和尾中间呼啸，
　　把它的毛吹动，像羽翼似的动摇。

它望着它的爱，对它嘶鸣；
它回答它，好像知道它的心；　　　　　　　　　　三〇八
雌的总是高傲，看见它在用情，
就摆出冷淡模样，好像很骄矜，
　　排斥它的爱，嘲弄它内心的冲动，
　　用它的后腿踢拒它的亲昵的抱拥。　　　　　　三一二

于是，像是一位悒郁的失意人，
它垂下尾巴，有如一根垂下的羽毛，

给它将要烤融了的臀部遮一点凉阴；
它跺脚，怒冲冲地要把蝇蚋咬。 三一六
　　它的爱，看它这样地暴躁不安，
　　这才心软，它的怒火也就为之轻减。

恼怒的主人正想去牵他的马，
瞧！那匹没被骑过的牝马怀着恐惧， 三二〇
怕被捕捉，急忙离开了它。
它也跟着跑，把阿都尼斯丢在那里。
　　它们像疯了一般匆匆跑进森林，
　　被惊起的乌鸦无法追上它们。 三二四

一肚子怒气，阿都尼斯坐下来了，
咒骂他的没规矩的野畜牲。
现在好机会再度来到，
害相思的爱神可以再去求情。 三二八
　　情人们说，内心会感到三倍创伤，
　　若是得不到舌头的帮忙。

一座封起的灶，一条淤塞的河，
会更热地燃烧，会更凶地泛滥。 三三二
闷在心里的悲哀也可以这么说。
尽情倾诉可使爱的火焰消灭。
　　内心的辩护人一旦噤不作声，
　　当事人就要崩溃，官司必是输定。 三三六

他看见她走过来，开始满面通红，
像是死灰因为风吹而复燃。
他用他的帽子遮住他的怒容，
心情激动地对着地上看。　　　　　　　　　　三四〇
　　他不理会她这样挨近的行踪，
　　只是侧目而视，窥察她的举动。

啊！好可怜的景象，
细看她如何偷偷走近那乖僻的少年；　　　　三四四
再看她脸上冲突矛盾的表现，
一阵红一阵白地互相聚歼：
　　方才她的脸还是白的，转眼之间，
　　冒出了火，像是天空闪出来的电。　　　三四八

现在她走到他坐处的前边，
像卑贱的情人，她跪了下来；
她用一只玉手把他的帽子掀，
另一只纤手抚摩他的腮：　　　　　　　　　三五二
　　他的嫩脸呈露了她的轻轻的手印，
　　像新降的雪一碰就会露出凹痕。

啊！两人的目光冲突多么凶险：
她的眼睛望着他的眼睛脉脉含情，　　　　　三五六
他的眼睛看见她的眼睛有如没有看见；
她的眼睛苦苦哀求，他无动于衷。

这全部哑剧的剧情，靠了她的潸泪，

像合唱队似的，都交代得明明白白[15]。　　　三六〇

她十分温柔地把他的手抓起，

像雪牢里囚着一朵白百合，

又像象牙套在白玉圈里，

这么白的友人被这么白的敌人抱着：　　　三六四

　　　这场美的冲突，一方进迫一方推，

　　　活像两只银白色斑鸠在亲嘴。

她再度开动思想的枢纽，开始发言：

"啊，你这尘世间最俊俏的情郎，　　　三六八

但愿你是我，而我是男子汉；

我心像你的一般完好，你心有我这样的创伤；

　　　你只消瞟我一眼，我就会为你疗疾，

　　　纵然毁了我的身体才能治好你。"　　　三七二

"放还我的手，"他说，"你摸它做甚？"

"把心还我，"她说，"我就把手还你。

啊！还给我，你的心会硬化我的心，

一旦硬化，轻叹不能在上面留痕迹，　　　三七六

　　　我将永不能理会情人的苦痛呻吟，

　　　因为阿都尼斯的心已硬化了我的心。"

"好羞，"他喊，"放手，放我去。

我一天光阴已过，我的马也跑了，　　　　　　三八〇
是你的过错，我才损失了马匹。
请你走开，别理我好不好，
　　因为我唯一关心焦虑的事体，
　　乃是如何从牝马身边找回我的坐骑。"　　三八四

她回答说："你的坐骑，按照天性，
欢迎春情发动时期的来临。
爱情如煤炭，必须让它冷静；
否则，任其燃烧，会烧着了心。　　　　　　三八八
　　大海有边，而欲望无边。
　　你的马跑了，没什么新鲜。

"它多像一匹劣马，系在树上，
被一条皮缰绳牢牢地制服！　　　　　　　　三九二
但它一见所欢，青春应得的供养，
它看不起这小小的束缚：
　　它把卑贱的缰绳从头上一抛，
　　就把它的嘴、背、胸都解放了。　　　　三九六

"谁见过爱人赤裸地卧在床上，
展示出比白被单更白的肌肤，
能让馋眼这样地饱胀，
而不让其他感官同样享福？　　　　　　　　四〇〇
　　谁那样地怯懦，在寒冷的冬天，

那样胆小不敢摸触火焰？

"乖孩子，让我为你的马做说客。
我诚恳地请求你，向它学习，　　　　　　　　　四〇四
有快乐当前，要及时行乐。
纵然我哑，它的行为指点了你。
　　啊，学着恋爱，这课程很简易，
　　一旦学会了，不会丧失的。"　　　　　　　　四〇八

"我不懂爱，"他说，"我也不想懂，
除非它是野猪，那么我就追逐它。
欠情是苦恼的，我不愿欠人情，
对于爱，我只爱当面侮辱它。　　　　　　　　　四一二
　　因为我听说它是个活死人，
　　能同时发出哭与笑的声音。

"谁愿穿未成形未完成的衣裳？
谁愿摘取一瓣未展的花苞？　　　　　　　　　　四一六
生长的东西，稍受一点创伤，
就会登时枯萎，变得一文不值了；
　　初生小驹就被人骑，负重载，
　　会失去光辉，永不能强壮起来。　　　　　　四二〇

"你握得我手好痛。我们该分手，
抛开这无聊的课题，无益的谈论。

我心不屈，你该把围兵撤走，

它决不会对爱情的进攻敞开大门：　　　　　　　四二四

　　　遣走你的誓约，你的假泪，你的阿谀；

　　　若是心肠硬，它们便无法进袭。"

"呵！你还会说话？"她说，"你有舌头？

啊！但愿你没舌头，或是我没耳朵，　　　　　　四二八

你这诱人的声音使我双倍地难受。

我本已不胜负荷，现在又加上压迫[16]：

　　　和谐的嘈杂，天仙般腔调，刺耳的声响，

　　　耳朵的甜蜜音乐，心灵的巨痛创伤。"　　　四三二

"如果我没有眼只有耳，我的耳朵

也会爱上那内在的不可见的美；

如果我聋，你的外在的风度

也会感动我身上有感觉的每一部位；　　　　　　四三六

　　　纵然没有眼没有耳，听不见看不见，

　　　只消摸到你，我依然会和你相恋。

"假如把触觉也给我夺去，

我不能看，不能听，不能摸，　　　　　　　　　四四〇

除了嗅觉之外没留下任何别的，

我对你的爱还是一样地多。

　　　因为你俊美绝伦的脸上的蒸馏器中

　　　喷出一股香气，靠嗅觉就产生爱情。　　　四四四

"但是呀！对于味觉你简直是一席盛筵，

因为它有培养其他四种感官的效力，

它们怎能不希望这筵席永久不散？

令'猜疑'把大门双重锁起[17]，　　　　　　　四四八

　　否则'嫉妒'，那位不速之客，

　　会偷偷进来搅扰欢宴的席座！"

他那两扇朱唇再度张开，

他的语言曾从那甜蜜的地方走出，　　　　　四五二

像是红晕的朝空，预示即将到来：

海上的灾难，地上的骤雨，

　　牧童的苦恼，禽鸟的悲哀，

　　牧人和牛羊的狂飙阴霾[18]。　　　　　　四五六

这不祥之兆她已充分觉察：

像是雨来之前风忽停歇，

像是狼嗥之前龇着大牙，

像是浆果腐烂之前皮先破裂，　　　　　　　四六〇

　　又像是杀人的子弹要从枪里射发，

　　他话未开始，他的用意已打中了她。

看了他的脸色，她即晕倒地上。

因为脸色能杀死爱，也能使之复苏。　　　　四六四

微笑可以疗治皱眉的创伤。

晕倒的太有福了，反受到爱的照顾！

傻孩子以为她是真已死亡，
　就拍她苍白的脸，拍得满面红光。　　　　　　四六八

他惊慌中打破了原来的意图，
因为他本想痛快地骂她一顿，
不料狡猾的爱巧妙地抢先一步，
她这样自卫的急智真该走好运！　　　　　　四七二
　　她躺在草地上好像已被杀害，
　　静待他的呼吸把她苏醒过来。

他捏她的鼻子，敲她的面颊，
弯她的手指，按紧她的脉，　　　　　　　　四七六
摩擦她的嘴唇，想出千种方法
去补救他的无情所惹出来的祸：
　　他吻她；她，完全自愿地，
　　永不站起来，如果他继续吻下去。　　　　四八〇

凄惨的黑夜现已变成了白天，
她无力地开启了她的两扇蓝窗，
像是美丽的太阳，彩色鲜艳，
鼓舞着清晨，解救世上黑暗地方：　　　　　四八四
　　光明的太阳庄严了整个的天空，
　　她的眼睛也照亮了她的面容。

她的眼光盯着他的无须的脸，

好像她的眼光都是从那里借来的。　　　　　　　　四八八

四盏这样的灯不可能混成一片，

如果他的眼没被他眉头阴影遮起；

　　　但是她的眼，透过晶莹泪珠而发光，

　　　像是夜间的月儿在水里闪亮。　　　　　　四九二

"啊！我在哪里？"她说，"天上还是人间？

是浸在海里，还是烧在火里？

现在什么时候？是早晨还是夜晚？

我是乐于死去呢，还是想活？　　　　　　　　四九六

　　　方才我活着，生命和死一般地难忍；

　　　方才我死了，死却是活生生地开心。

"啊！你已杀死了我。请再杀一遍。

你的眼睛的邪恶教师，那狠心肠，　　　　　　五〇〇

教它们轻蔑的戏弄，无比的傲慢，

已使我的可怜的心被害而亡；

　　　我这两眼，我的心之忠实的领路前驱，

　　　若非你的嘴唇怜悯，不能再看见东西。　　五〇四

"既有如此功效，愿它们长久相吻！

啊！它们的红袍永勿变成为褴褛；

只要不变，它们的鲜艳历久长新，

就能把凶年的疫疠赶去[19]。　　　　　　　　五〇八

　　　预卜灾祲的人们仰观星斗，

会说，疫疠已被你一口气吹走。

"纯洁的唇，盖在我嘴上的甜印，

这样盖个不停，究竟这是什么字据？　　　　　　五一二

我愿凭这个卖掉我的自身。

如果你愿买，付钱，办理正当手续；

　　这字据你若愿订，为保证履行责任，

　　把你的印章盖上我的漆红的嘴唇。　　　　　五一六

"一千个吻可以买去我的心，

你不妨闲来一个一个地付给我。

一千回接触，对你算个甚？

岂不很快地数清，很快地付过？　　　　　　　五二○

　　如果到期未偿，债务要加倍算，

　　那么两千个吻又有何难？"

"美丽的仙后，"他说，"你如对我有情，

须知我年纪小，所以我害羞。　　　　　　　　五二四

且慢和我攀交，我尚无自知之明。

渔夫对才孵出的小鱼都不肯下手。

　　梅子熟了会落，青的在枝头挂起，

　　太早地去摘，味道是酸的。　　　　　　　五二八

"看！尘世的抚慰者，步履蹒跚[20]，

蹀到了西方，完成了一天的辛劳；

夜的前驱者鸮鸟在叫，天色已晚；

羊已进了圈，鸟也归了巢，　　　　　　　　　　五三二

　　　乌黑的云把天空的光亮遮暗，

　　　在呼唤我们分手，对我们说再见。

"现在让我说再见，你也说再见。

你如果肯，你可以得到一吻。"　　　　　　　　五三六

"再见。"她说。在他未说再见之前，

临别的甜蜜报酬已经送上了唇：

　　　她用双臂把他脖子紧紧搂起，

　　　脸贴着脸，他们好像是融为一体。　　　五四〇

他喘不过气，松开了珊瑚色的香嘴，

吮回那一口美妙的玉液琼浆；

她的渴唇已经尝到了那美味，

已经喝了个饱，还抱怨渴得慌；　　　　　　　五四四

　　　他感觉吃不消，她饥渴难熬，

　　　他们嘴唇黏在一起倒下去了。

现在旺盛的欲望抓住了投降的猎物，

她狼吞虎咽，永远没个饱；　　　　　　　　　五四八

她的唇是胜利者，他的唇只得顺服，

要多少赎金也只好如数照缴；

　　　她的贪心把赎价开得很高，

　　　要一口吸干他唇上的财宝。　　　　　五五二

尝过了捕获物的甜甜滋味，
她开始盲目疯狂地大吃起来；
她脸上淫汗蒸腾，她的血在滚沸，
肆无忌惮的欲火勾起蛮勇的气概；　　　　　　　五五六
　　忘怀了一切，打退了理性，
　　顾不得名誉破产，羞耻脸红。

被她紧紧搂抱，又热又晕又倦，
像一只野鸟被长久播弄变得驯顺，　　　　　　　五六〇
又像捷足的牝鹿被追得疲乏不堪，
又像乖戾的婴儿被颠得静止一阵，
　　他现在听从摆布了，不再抵抗，
　　她取她所能取的，尚未完全如望。　　　　　五六四

什么蜡那么硬，捏都捏不动，
最后还不是轻轻一按就露出印痕？
望外之事往往大胆进取即可成功，
尤其是爱情，它会给你分外的温存 [21]：　　　　五六八
　　欲念不像白脸懦夫那样不禁磕碰，
　　对象越是倔强，追求起来越起劲。

他当初皱眉时，她若就此罢手，
他这唇上的琼浆她便无法吮吸。　　　　　　　　五七二
恶语皱眉不能把一个爱人吓走。
蔷薇尽管有刺，依然被人摘去：

美貌纵然用重重铁锁禁锢起来，

爱情会冲进去，把锁一一打开。 五七六

可惜现在她无法再留住他。

可怜的孩子求她准许他脱身。

她决定不再去拘束他，

向他道别，要他好生护持她的心。 五八〇

　　她的心，她指着爱神的弓发誓说，

　　已被他拿去关进了他的心窝。

"亲爱的，"她说，"今夜我只合冷冷凄凄，

因为我忧心忡忡，我将无法合眼。 五八四

告诉我，爱的主人，我们明天能否再聚？

说，能不能？能不能？你是否愿相见？

　　他对她说，不；他明天另有企图，

　　打算和几个朋友去猎野猪。 五八八

"野猪！"她说。突然一阵苍白，

像罩上红蔷薇的一层薄纱似的，

袭上她的面颊，他吓得抖颤起来，

她伸出胳膊把他的脖子搂起： 五九二

　　她瘫了下去，还在他脖子上吊着，

　　他扑倒在她肚上，她在地上仰卧。

现在她真是进入爱情的决斗场上，

她的战士挺枪跃马准备拼命斗争。 五九六

但是她所经验的都只是想象，

他虽骑在她身上，却不开始策动。

    她的苦恼比坦塔勒斯的还要难堪 [22]，

    怀抱着天堂而不能尽欢。 六〇〇

恰似呆鸟，受画图中葡萄的骗 [23]，

眼睛看个饱，肚里饿得慌；

她不幸的遭遇正是如此这般，

像空对葡萄的呆鸟一样。 六〇四

    她发现他缺乏热烈的表情，

    就不断地接吻来把他挑动。

但是没有用。好仙后，这没有效。

她已试过一切可行的办法， 六〇八

她的乞求应该获得较大的酬报，

她是爱神，她在爱，却没人爱她。

    "呸，呸！"他说，"你搂死我了。放我去，

    你这样缠着我不放，实在没有道理。" 六一二

"好孩子，"她说，"你此际本该已经跑远，

若不是你对我讲起要去猎野猪的话。

啊！要当心。你不知道那有多么危险，

用镖枪的尖把凶恶的野猪去戳杀。 六一六

    它露着的大牙，经常磨得飞快，

像是残酷的屠夫，准备着屠宰。

"它在弓形背上耸着一排钢鬃，

有如一排剑戟，永远威胁着敌人；　　　　　　　六二〇

它怒起来，眼睛像萤火虫在闪动；

它的嘴巴到处乱拱，像是在挖坟；

　　惹起它来，它就横冲直撞，

　　撞到谁，谁就被它的弯牙所创。　　　　　　六二四

"它的强壮的两肋装有直立的鬃毛，

不是你的枪尖所能刺透；

它的短粗的脖子不易伤害得到，

怒起来，连狮子它也敢去厮斗；　　　　　　　六二八

　　多刺的榛莽和缠结的矮树，

　　好像怕它，自动分开给它一条路。

"哎呀！它才不珍视你那张脸，

情人的眼睛才脉脉含情地睨视；　　　　　　　六三二

它不重视你的柔手、香唇、晶莹的眼，

虽然美好得使全世界的人惊叹不止；

　　但它对你一旦有机可乘，好可怕的情况[24]：

　　它会撕烂你的美，像掘翻泥土一样。　　　　六三六

"啊！教它永远卧在肮脏的窝里。

美和这样丑的魔鬼不可打上交道，

你不可故意地冒犯它去。

成功得意的人都肯听朋友的劝告。　　　　　　六四〇

　　你一提起野猪，我毫不隐瞒，

　　我是为你担忧，我浑身抖颤。

"你没觉察我的脸色变得白白的？

你没看出我眼里藏着恐怖的神情？　　　　　　六四四

我是否摇摇晃晃，立刻倒了下去？

你倒在我的怀里，我胸中

　　预感不祥的心不停地突突跳，

　　像地震似的把你在我胸上摇。　　　　　　六四八

"凡是'爱情'称霸的地方，捣乱的'疑虑'

就以情感的哨兵自命，

常会发出谎报，激起敌意，

在升平之世发出'杀，杀'之声，　　　　　　六五二

　　搅了爱情的缠绵缱绻，

　　有如风雨浇灭了火焰。

"这乖戾的控诉者，这恶作剧的奸细，

这蚀掉爱情嫩芽的蛀虫，　　　　　　　　　　六五六

这搬弄是非挑拨离间的'疑虑'，

有时带来谎报，有时又带来真情。

　　它敲着我的心，对我附耳细语，

　　我如果爱你，我该防备你会死去。　　　　六六〇

"不仅如此，它还在我眼前描出
一只怒得发狂的野猪的形象。
在它尖牙之下仰卧着一个人物，
那样子像你，浑身沾满了血浆。　　　　　六六四
　　　鲜血在鲜花上面淌流，
　　　使得花儿凄伤低下了头。

"在想象中我都会发抖，
看到你实际如此，我该怎么办？　　　　　六六八
想到这里我就心痛得难受，
恐惧使我的心里有了预感：
　　　我预言你将死亡，我永久地忧伤，
　　　如果你明天去和野猪对抗。　　　　　六七二

"你若必须行猎，要依我的主意：
放犬去追逐胆小逃窜的野兔，
或是靠狡猾得逞的狐狸，
或是不敢和人对抗的麋鹿。　　　　　　　六七六
　　　在草原上追逐这些胆小的东西，
　　　骑着你的健马，和你的群犬齐驱。

"你追赶那半瞎的野兔之际，
注意那可怜的东西，为了逃难　　　　　　六八〇
它跑得比风还快，并且多么小心地
拐弯抹角，做一千次的转变：

它到处乱钻篱笆的漏洞，

有如引敌人进入惶惑的迷宫。　　　　　　　　六八四

"有时它混进了一群绵羊，

使机灵的猎犬嗅错味道；

有时钻进兔子掘窟藏身的地方，

追踪的猎犬只好停止吠叫；　　　　　　　　　六八八

　　有时又和一群麋鹿为伍。

　　急中生巧，智慧伴着恐怖。

"它的气味和别的混杂在一起，

紧随气味追踪的猎犬便迷惑了，　　　　　　　六九二

暂停叫嚣的吠声，终于

费了好大力气才辨清了味道，

　　于是齐声大吠，'回声'响应，

　　好像天上另有一场狩猎进行。　　　　　　六九六

"这时节，可怜的兔子，在遥远的山巅，

用后腿站立，竖起耳朵来听，

听敌人是否仍在追赶，

不久听到了它们喧嚣的叫声：　　　　　　　　七〇〇

　　现在它的苦恼好有一比，

　　好似病人听到丧钟响起。

"随后你会看到这东西满身露水，

左转右转，曲曲折折地跑路。　　　　　　　　　　　七〇四

每株可恶的荆棘抓伤它的疲腿，

每个阴影令它逡巡，每个声响令它止步：

　　因为处逆境的被大家踏践，

　　落难的休想得到任何救援。　　　　　　　　　　七〇八

"安静地躺着，再听我说下去；

不，别动，我不准你起身；

为了使你厌恶猎野猪，

我一反常态板起脸要你听训。　　　　　　　　　　七一二

　　以此例彼，把这个和这个比，

　　爱情能为各种折磨讲出一番道理。

"我讲到哪里了？""哪里都一样，"他说，

"离开我，话就算是圆满结束，　　　　　　　　　　七一六

天色不早了。""那有什么关系？"她说。

他说："我和朋友们有约要赴。

　　现在天黑了，我路上怕要跌倒。"

　　她说："情欲的视力在夜里最好。　　　　　　　　七二〇

"不过你若跌倒，啊！要这样解释：

大地爱上了你，所以才让你摔跤，

好借机会硬来和你亲吻一次。

珍品当前，好人也会变成强盗。　　　　　　　　　　七二四

　　你的嘴唇能使戴安娜愁眉不展[25]，

生怕偷取一吻破了贞节的誓言。

"现在我明白今夜为什么这样黑:
月亮因羞愧而把银光遮起,　　　　　　　　七二八
等着'自然'被判处伪造的罪,
因为它把神圣的模型从天上窃取。

　　它用以铸造了你,来蔑视上天,
　　白天羞辱太阳,夜晚使它难堪。　　　　七三二

"所以它贿买了命运女神,
要阻挠'自然'的奇妙手段,
要在美中把缺点羼进,
要在十全十美之中夹杂一些遗憾,　　　　七三六

　　使这凡人无法摆脱
　　意外的折磨和许多的灾祸。

"例如发烧的热病,令人虚弱的疟疾,
毒害生命的瘟疫和狂乱的疯癫,　　　　　七四〇
耗损精髓的恶疾,这种病一旦患起[26],
就能使血液沸腾产生严重不安。

　　饮食过度、脓疱、忧伤、绝望,
　　誓置'自然'于死,因它把你造得太漂亮。　　七四四

"这些病症之最轻微的一种,
发作一分钟即可把美破坏无遗。

所有美貌、风姿、色泽、特性，
公正人士不久以前还在赞誉，　　　　　　　　　七四八
　　会突然憔悴，消融，灭毁于俄顷之间，
　　像山雪在午间骄阳之下融化一般。

"所以缺乏爱情的修女，洁身自好的尼姑，
一心要把人世变成一片荒田，　　　　　　　　　七五二
无儿无女地呈现一片干枯。
其实不必理会终身童贞的誓言，
　　挥霍你们的本钱吧。夜里点燃的灯
　　烧干自己的油水，给世界以光明。　　　　　七五六

"若不是你暗地里把儿女毁掉，
你到了时候一定会有子子孙孙。
如今你好像是把他们活埋了，
你的身体岂不成了吞食生灵的坟?　　　　　　　七六○
　　果真如此，世人将要瞧不起你，
　　因为你的傲慢毁了美的后裔。

"所以你在自己内部把你自己糟蹋，
其惨甚于祸起萧墙的内部斗争，　　　　　　　　七六四
或绝望中举手把自己戕杀，
或狠心的父亲要了儿子的命。
　　腐化一切的锈会侵蚀密藏的财宝，
　　但金钱用以生息，就越来越多了。"　　　　七六八

"算了，"阿都尼斯说，"你是想要
重复一遍你那无聊的老套。
我给你的一吻算是白送了，
你想逆流挣扎那也是徒劳。　　　　　　　　　七七二
　　　这黑夜，欲望的培养者，可以做证，
　　　你的谈话使我对你越来越嫌憎。

"若是爱情给你千万条舌头，
每条比你自己的更会说话，　　　　　　　　　七七六
像妖女歌声把人的魂来勾，
那淫声只像风在我的耳边刮。
　　　须知我的心已在耳边设了防御，
　　　不准诱惑的声言从那里钻进去。　　　　　七八〇

"否则这骗人的乐声会闯入
我的寂静的心房禁地。
我这小小的心会被完全颠覆，
在它寝室里永远不得安息。　　　　　　　　　七八四
　　　不，女郎，不；我不想长吁短叹，
　　　只想在独睡的时候能沉熟地安眠。

"你的议论哪一条不能反驳？
通往危险的路途是平坦的。　　　　　　　　　七八八
我厌恶的不是爱，是你用情的计策，
居然和每个陌生人拥抱在一起。

你这样做是为生育：好怪的理由！

理性做了淫媒，使得性欲横流。　　　　　　七九二

"别称之为爱，爱神已飞返天庭，

因为地上的肉欲僭用他的名义；

肉欲假借天真的外形

来蹂躏美，给美平添了劣迹；　　　　　　七九六

　　肉欲把它玷污，不久又把它破坏，

　　像毛虫之对于嫩花瓣的祸害。

"爱情给人安慰，像雨后的天晴，

但是肉欲的效果是晴天后的风暴；　　　　八○○

爱情的春天永远温暖鲜明，

肉欲的冬天在夏末过半就会来到。

　　爱情不嫌多，肉欲会饱胀而死；

　　爱情是一派真诚，肉欲充满谎语。　　八○四

"我还有话可说，却不敢再唠叨；

话是老生常谈，人太年轻。

所以，老实说，现在我要走了。

脸上充满羞惭，心中充满苦痛；　　　　　八○八

　　我的耳朵，听了你的放荡言语，

　　发起烧来了，因为受了亵渎。"

说完了他就挣脱了她的拥抱，

她一直在把他搂在她的怀里，   八一二
他穿过阴森草原，急忙往家跑，
抛下爱神仰卧在那里，惨兮兮的。
    看，一颗流星怎样地划过天际，
    他便怎样在夜间从维诺斯眼前溜去。   八一六

她投送目光跟着他，像人在岸边
凝望着刚刚扬帆而去的朋友，
望到波涛汹涌，什么也看不见，
只见骇浪滔天，在和白云争斗：   八二〇
    这无情的漆黑之夜便这样地
    把她爱看的人儿给遮蔽。

她惶然，像一个人于无意中
把一块宝石遗落到海水里；   八二四
她愕然，像夜行人常有的情形，
在可怖的林中灯笼被风吹熄。
    她便这样在夜中躺着，茫茫前途，
    迷失了指引她的一条光明出路。   八二八

现在她捶胸，捶得心中发出呻吟。
邻近的山窟，好像感到痛楚，
响应她的呻吟的声音，
一遍遍地把悲叹来重复：   八三二
    "哎呀！"她喊，二十遍的"惨，惨！"

二十个回声也二十遍地这样喊。

她听到回声便哼起一个悲苦小调，

信口唱出一首哀愁的短歌。　　　　　　　　　　八三六

爱情如何使青年着魅，使老年倾倒；

爱情在荒唐时精明，在精明时愚拙。

　　她的悲歌最后总是一个叹声，

　　回声的合唱也做同样的响应。　　　　　　八四〇

她的歌很冗长，把整夜消磨；

情人们时间很长，虽然好像很短，

只要自家适意，便以为别个

也喜欢这样的细说，这样的消遣：　　　　　八四四

　　他们的漫长故事，有时一经开始，

　　结果没有听众，也永不停止。

因为还有谁和她共度良宵？

除了那些应声虫似的回声，　　　　　　　　八四八

像尖嗓的随口答言的酒保，

在任性的顾客之间周旋肆应。

　　她说"是这样"，它们也说"是这样"；

　　她说"不"，它们也就随着答腔。　　　　八五二

看！轻盈的云雀，休息得厌倦，

从露水浸湿的栖处飞上了高空，

惊醒了早晨，太阳从它的胸间

带着灿烂的威仪而冉冉上升。　　　　　　　　　　八五六

　　它向着人世间荣耀地展望，

　　树顶山巅好像镀了金一样。

维诺斯向它道了早安：

"啊，你这辉煌的天神，一切光明的主宰，　　　　八六〇

每盏灯每颗星的光亮闪闪

都是从你那美妙的力量借贷而来。

　　这里现有一人，他吮的是凡人母亲的奶[27]，

　　他可以借光明给你，像你之到处放贷。"　　　八六四

她说完匆匆向一丛桃金娘边走去，

心想这一早晨已经过了不少，

而她尚未听到她爱人的消息；

她细听可有他的猎犬和号角在叫，　　　　　　　八六八

　　不久她听到猎犬号角齐声叫喊，

　　她急忙忙地奔向了那边。

她奔跑着，路上的小矮树

有些挂住她的脖子，有些吻她的脸，　　　　　　八七二

有些抱住她的大腿要她停住；

她用力挣脱它们紧紧的纠缠，

　　像乳房胀痛的一只牝鹿，

　　急忙找林中藏着的小鹿哺乳。　　　　　　　八七六

这时节她听到猎犬正要遭猎物反扑 [28]，
她吃一惊，像一个人见到一条毒蛇
盘成一团狠狠地挡在半路，
吓得她浑身发抖，惊慌失措；　　　　　　　　八八〇
　　猎犬之怯懦的吠声
　　使得她神迷意乱胆战心惊。

现在她知道那不是易与的猎物，
必是粗鲁的野猪、熊，或雄狮一头。　　　　　　八八四
因为那吠声总是来自一处，
必是犬群在那里吓得高声叫吼：
　　看着敌方是如此地凶，
　　彼此推让，谁也不肯先攻。　　　　　　　　八八八

不祥的吠声在她耳边震荡，
顺着耳朵攻进了她的心，
心不胜疑惧之情的力量，
一阵苍白虚冷，麻痹了周身。　　　　　　　　八九二
　　像士兵一样，主帅一旦投降，
　　便各自溃散，不敢留恋战场。

她便这样站着，战栗慌张。
后来，为给她的沮丧的感官一些鼓励，　　　　　八九六
她告诉它们，那是没有根据的妄想，
幼稚的错觉，使得它们如此地恐惧。

教它们不要再发抖，不要再恐怖。

说到这里她看到了被追逐的野猪。 九〇〇

它的喷沫的嘴整个涂得通红，

像是乳和血交融在一起，

第二回恐惧又传遍她的神经，

疯狂地催她逃到不知哪里去： 九〇四

　　她往这边跑，又不肯再向前进，

　　回转身来，数骂那野猪杀人。

千种恐惧给她开出千种道路，

她走上一条路，又走回来了。 九〇八

她急如星火，又困于一再延误，

像是醉汉的头脑之颠颠倒倒。

　　诸多考虑，一点也未考虑周全，

　　一切着手做，什么也没做完。 九一二

在林中一处她发现窝藏着一只猎犬，

她就向这乏货打听它主人的下场；

那边又有一只正在把伤口舔，

那原是疗伤唯一有效的奇方； 九一六

　　她又遇到一只，露着愁苦的面貌，

　　她对它说话，它报以哀号。

它刚停止它的凄厉的叫声，

另一只嘴唇低垂的黑恶犬[29]，　　　　　　　　　　九二〇
又把它的吠声射上了天空。
一只又一只地响应它的呼喊，
　　它们把骄傲的尾巴在地上拖，
　　边走边摇它们被抓出血的耳朵。　　　　　　　九二四

看，可怜的世人有多么惶惑，
若是看到鬼魂、凶兆、异象，
他们会以惊恐的目光不断地望着，
引起内心一些可怕的想象。　　　　　　　　　　九二八
　　看到这悲惨情形，她倒抽一口气[30]，
　　又叹出来，对死神说责备的言语。

"面貌不扬的暴君，又丑又瘦的东西，
可恨的爱情破坏者，"她斥骂死神，　　　　　　九三二
"狰狞露齿的鬼，泥土里的蛆[31]，
你窒死了美，要了他的命，是何居心？
　　他生时，以他的生气和他的美颜，
　　把光艳给蔷薇，把香味给紫罗兰？　　　　　九三六

"如果他死了，啊，不，那不可能，
看到他的美，你不会下手害他。
啊，会的！那有可能。你没有眼睛，
你只是盲目地任意射杀。　　　　　　　　　　　九四〇
　　你的目标是老朽，但是你的箭

瞄错了准，射中了一位少年。

"如果你喊他注意，他会说话的，
听了他的话，你的威力会减杀。　　　　　　　　九四四
为这一击，命运女神将要骂你。
她们要你除莠草，你掐了一朵花。
　　该是爱神的金箭向他飞去[32]，
　　不是死神的黑箭置他于死地。　　　　　　　　九四八

"你可是要喝眼泪，惹我这样哭泣？
这样伤心痛哭对你有何益处？
他的眼睛曾教别人明眸含睇，
你为什么使他的眼睛长眠千古？　　　　　　　　九五二
　　现在'自然'不怕你的杀害，
　　因为它的杰作已被破坏。"

她悲伤过度，精神疲乏，
把眼皮垂下，像是水闸两座，　　　　　　　　　九五六
阻止了晶莹的泪珠顺着面颊
向她酥胸上的沟渠里滴落。
　　但银色泪雨从水闸冲了出来，
　　冲力强大，把闸门重复打开。　　　　　　　　九六〇

啊！她的眼和泪真是交相辉映。
泪中映出眼珠，眼中闪着泪珠，

二者都是水晶，彼此窥出对方的心情，

充满了亲切叹息所要吹干的愁苦。 九六四

    但是像坏天气，风风雨雨的没个断，

    叹息才吹干，泪又湿透了她的脸。

各种不同的情绪奔赴她的心头，

竞赛着想要适合她的愁怀。 九六八

全被接受了，每一种争先恐后，

每一种出现都像是主要的悲哀，

    但难分上下。于是它们聚在一起，

    像乌云朵朵在商略一场暴风雨。 九七二

这时节她遥遥听到猎人呼啸，

保姆娱儿的歌声没有这样好听，

可怕的幻想一直把她困扰，

如今这希望之声为她一扫而清。 九七六

    现在快乐的心情要她尽量欢欣，

    并且告诉她那是阿都尼斯的声音。

于是她的泪水开始倒流，

关在眼里，像是珍珠罩上玻璃。 九八〇

不过有时一颗明珠偶然溜走，

她的面颊就把它融化，不准它去

    洗涤肮脏土地的面孔。

    大地不过微醺，她却是酩酊。 九八四

啊，多疑的爱情！这真是怪不可言。

你既不信，却又过于轻信；

你的幸福与苦恼都太趋极端，

绝望与希望使你成为荒谬的人：　　　　　　　　　　九八八

　　　一个以不可能的想法阿谀你，

　　　另个以可能的想法立刻吓杀你。

现在她解开了她自己编织的网。

阿都尼斯还活着，死神并无罪行；　　　　　　　　　九九二

方才她并未对他信口雌黄，

现在她给他可恶的名字加上尊称：

　　　她称他为众坟之王，众王之坟，

　　　统治一切有生之伦的至尊之神。　　　　　　　九九六

"不，不，"她说，"死神，我是在说笑话，

请原谅我，我当时感到一阵恐惧，

遇到了野猪，那东西又凶狠又泼辣，

没有一点慈心，永远是残酷的。　　　　　　　　　一〇〇〇

　　　所以，亲爱的幽灵——我要说出真相——

　　　我是骂了你，因为我生怕我的爱人死亡。

"那不能怪我，野猪惹起我的口舌。

向它报复吧，冥冥中的主宰；　　　　　　　　　　一〇〇四

是它冒犯了你，可恶的家伙；

它制造诽谤，我脱口说了出来。

　　悲哀有两条舌，女人若无十副头脑，

　　休想能把两条舌全都制服得了。”　　　　　　一〇八

一心指望阿都尼斯还活在世上，

她就把她冒昧的疑心放宽；

指望他的美貌以后更为健旺，

她低声下气地讨死神的喜欢：　　　　　　　　一〇一二

　　对他谈起纪念物、雕像、坟地，

　　讲述他的胜利、庆祝和荣誉。

“啊，周甫！”她说，“我有多么蠢，

我的心情如此地脆弱可笑，　　　　　　　　　一〇一六

竟哭一个好好活着的人，

他在凡人命终之前不会死掉；

　　他如果死了，美和他一起消灭，

　　美若死了，便又是黑暗的混沌世界。　　　　一〇二〇

“呸，呸，痴心的爱！你充满了疑虑，

像是一个怀着珍宝被群盗环伺的人。

一些未经耳目证实的琐碎事迹，

以虚假的幻想迫害她怯懦的心。”　　　　　　一〇二四

　　说完这句话她听到了号角声，

　　方才沉闷的她，如今为之欢腾。

像猎鹰应唤，她飞奔而去；

草没有弯腰，她的脚步那么轻盈；　　　　　　　　　一〇二八
她在匆匆之间，很不幸地，
看到野猪已经要了她爱人的命。
　　　她的眼睛被这景象所杀伤，
　　　自动引退，有如明星羞见阳光。　　　　　　　一〇三二

又像蜗牛，嫩的触角受了打击，
苦痛地缩进它那介壳制的窟中，
闷不透风，黑黝黝地藏在那里，
好久也不敢再爬出来走动。　　　　　　　　　　一〇三六
　　　她的眼睛看了那血肉模糊的景象，
　　　也同样地逃进她脑壳的深黑小房。

在那里它把职务和目光交出，
交给了她的困惑的脑筋，　　　　　　　　　　　一〇四〇
它们奉命永远和丑陋的黑夜为伍，
不许向外探望伤她的心：
　　　她的心，像一位国王在宝座上发愣，
　　　受了它们的感染，发出沉痛的哀声。　　　　一〇四四

于是每一属下臣民开始抖颤；
像是幽禁在地心里的狂风
挣扎着要出来，大地为之摇撼，
恐怖的现象使得人心震动。　　　　　　　　　　一〇四八
　　　这骚动使得她浑身受到惊骇，

　　她的眼睛从黑床里又跳了出来。

眼睁开之后，以勉强的目光
投向野猪在他腰上戳的大伤口，　　　　　　　一〇五二
一滴滴的红血从伤口往外淌，
染红了一向白得像白百合似的肉：
　　附近没有一朵花、一株草、一片叶，
　　不沾染他的血，像是陪他在流血。　　　　一〇五六

维诺斯看到这庄严的同情表示，
把她的头垂在一边肩上。
她默默地神伤，狂妄地发痴。
她妄想他不会死，他没有死亡。　　　　　　一〇六〇
　　她的声音哽塞，她的双膝忘了弯曲，
　　她的眼发了疯，竟一直在哭泣[33]。

她凝目细看他的伤处，
目光眩晕竟看成三处重创，　　　　　　　　一〇六四
于是她骂她的两眼模糊，
在好好的肉上制造更多裂伤：
　　他的脸像是成双，每一肢体像是两个，
　　因为头脑困惑的时候眼睛常常看错。　　　一〇六八

"为一个阿都我无法倾诉我的悲伤，
如今，"她说，"我却看到两个阿都离了世间！

我的叹息已经耗尽，我的咸泪已经流光，
我的眼睛变成了火，我的心变成了铅：　　　　　　一〇七二
　　　沉重的心铅，熔化在我的眼火里！
　　　我就化为一滴滴的热爱而死去。

"哎呀，可怜的世界，你失了何等的宝贝！
还剩有哪个活人的脸值得一看？　　　　　　　　一〇七六
如今还有谁的语声如音乐？古往今来，
你还有什么东西可供夸炫？
　　　花儿芬芳，色彩鲜艳而姣好，
　　　但真正可爱的美与他同生共死了。　　　　一〇八〇

"以后任何人都不必戴帽披巾！
没有太阳和风抢着来吻你，
你没有美可失，你无须担心。
太阳看不上你，风对你嘘：　　　　　　　　　　一〇八四
　　　阿都尼斯活的时候，太阳和凉风
　　　像两个强盗潜伏，要抢他的美容。

"所以他要把他的帽子戴起，
阳光要在帽檐下面偷着瞧瞧；　　　　　　　　　一〇八八
风要把帽子吹掉，一旦吹去，
玩他的头发，于是阿都尼斯哭了。
　　　两个看着他年纪轻轻怪可怜，
　　　立即抢着先把他的眼泪弄干。　　　　　　一〇九二

"狮子为看他的脸，躲在篱笆后面，

轻轻地走动，生怕使他受惊；

当他低声曼唱，自己在消遣，

老虎也驯顺地乖乖地倾听；　　　　　　　　　　一〇九六

　　　他若说话，狼会把捕获物丢在一旁，

　　　那一天不再去惊骇无罪的羔羊。

"他在溪边映照自己的影像，

游鱼就在水面暴露它们的金鳃；　　　　　　　　一一〇〇

有他在附近，鸟儿就大喜过望，

有些唱歌，有些用它们的喙

　　　给他衔来桑葚和红熟的樱桃：

　　　他喂它们以秀色，它们给他浆果吃个饱。　　一一〇四

"但这丑恶的拱着嘴巴的野猪，

眼光总是下垂，像是寻找坟地，

根本没看见他的翩翩的风度。

请注意它是怎样对待他的：　　　　　　　　　　一一〇八

　　　如果它看到他的脸，那么我知道

　　　它是本想吻他，竟那样把他杀害了。

"的确，的确，阿都尼斯是这样被杀：

他挺着尖矛奔向野猪，　　　　　　　　　　　　一一一二

野猪并没有再磨它的牙，

只是想用一吻把他说服。

这亲热的猪，用鼻子在他身上乱拱，
一不当心，把牙插进了他的腹中。　　　　　　　一一一六

"我若有它那样的牙，我得承认，
我早已用一吻就会把他杀害；
不过他已死了，他不会用他的青春
和我缠绻，只怪我的命太坏。"　　　　　　　一一二〇
　　说完这话她立即晕倒在地，
　　脸上染了他的淤凝的血迹。

她看他的唇，唇是白的；
她握他的手，手冰冷；　　　　　　　一一二四
她在他耳边低诉凄凉的话语，
好像她讲的话他还能听；
　　她掀开盖在他眼上的眼皮，
　　吓！两盏明灯已熄，黑漆漆的。　　　　　　　一一二八

在那两面明镜里何止千百度？
她自己照见她自己，如今不能再照；
最近还晶莹绝伦，如今光泽尽除，
每一种美妙都成了徒有其表。　　　　　　　一一三二
　　"人间奇迹，"她说，"也是我的惨痛，
　　你已死，而白昼依然是一片光明。

"你既已死，听！我在此预言，

以后悲哀永远跟随着爱情，　　　　　　　　　　一一三六

还有嫉妒也在一旁做伴；

有甜蜜的开始，但以苦恼而终；

　　永远没有良缘匹配，不是高就是低；

　　所有爱的快乐不能和苦痛相比。　　　　　一一四〇

"爱情是虚伪善变，充满骗局，

从发芽到枯萎不过是在呼吸间；

底下藏着毒药，上面有美味遮起，

最锐利的目光也要受骗：　　　　　　　　　一一四四

　　会把最健壮的身体弄得虚弱，

　　使聪明人变哑，教蠢人有话说[34]。

"爱情是吝啬的，又太荒唐，

教衰老的人翩翩起舞，　　　　　　　　　　一一四八

使粗野的流氓举止安详，

把有钱的毁掉，济穷人以财富；

　　爱是狂暴的，又是柔和的，

　　使年轻人老成，使老人变孩提。　　　　一一五二

"不该怀疑的地方它会猜忌，

该怀疑的地方它毫无戒心；

它慈悲，又失之于太严厉，

它好像极公正，其实最骗人；　　　　　　　一一五六

　　它像是极随和，可是很乖僻，

给勇者惶恐，给懦夫勇气。

"它会成为战争与灾祸的原因，
产生歧见在父子之间； 一一六〇
它易于陷入不满与烦闷，
有如干柴烈火无怪其然。
　　死神既把我的爱人英年毁去，
　　以后爱人们也休想爱河永浴。" 一一六四

这时节，她身边躺着的被害的少年
化为一阵清风从她眼前消逝，
洒在地面有他的鲜血一摊，
从里面生出一株红花，带白色条子[35]， 一一六八
　　仿佛是他的苍白的面孔，
　　一滴滴的血落在那白色之中。

她垂下头，嗅那新生的花朵，
把花香比作阿都尼斯的气息； 一一七二
她说这花要住进她的心窝，
因为他本人已被死神攫去。
　　她掐断花茎，从那折处出现
　　滴滴绿浆，她说和眼泪一般。 一一七六

"可怜的花，"她说，"这正是你父亲的习惯，
你不愧为你更美更香的父亲生出来的，

为每一小小苦恼他就湿了他的眼，

他愿长大成人，是为了他自己，　　　　　　　　　　一一八〇

　　你也一样；但是你要知道，

　　枯萎在我怀里和在他血里是一样好。

"这儿是你父亲睡过的床，这胸怀里，

你是他的嫡系近亲，你有权继承。　　　　　　　　　一一八四

看！请在这空摇篮里来休息，

我的跳荡的心将日夜把你摇动。

　　我这朵亲爱的情人变成的花，

　　我将没有一分一秒不吻着它。"　　　　　　　　　一一八八

于是厌倦人间，她匆匆离去，

驾起她的银鸽，靠它们飞翔的力量，

维诺斯坐在她的轻车里，

被拖着迅速穿过空廓的天上。　　　　　　　　　　　一一九二

　　照直飞往佩孚斯，在那城里边 [36]，

　　她打算隐居起来，不再露面。

注　释

[1] 两行题句引自 Ovid：*Amores*，I . xv .35，36。马娄英译为：

"Let base-conceited wits admire vain things; Fair Phoebus lead me to the

Muses' springs."

用现代英语翻译应是:"Let the base mob admire what is vile;golden-haired Apollo may serve me cups filled with water from the Muses' spring." (Marchette Chute)

[2] 骚赞普顿伯爵名 Henry Wriothesley(姓的读法照 K.K. 注音是 ratsh,Kökeritz 的注音亦同。韦伯斯特注两个读法,rĭz·lĭ 与 rŏts·lĭ,前一读法可能是当时通行的读法,兹照译),生于一五七三年十月,此诗写成之时年方一十九岁,比莎士比亚小九岁半。伯爵早年丧父,八岁即继承爵位,性聪颖,美丰姿,十二岁入剑桥圣约翰学院,十六岁毕业,再入格雷法学院。性喜文学戏剧,成为当时文艺界的保护人,作家献赠作品者甚夥。

[3] "面似蔷薇的阿都尼斯"(rose-cheeked Adonis)一语见于马娄作 *Hero and Leander*,93,唯该诗刊于一五九八年,马娄一五九三年死时尚未完成,莎士比亚可能看过该诗底稿。

[4] 第十一、十二两行,Prince 释作:"Nature strove to surpass herself in making Adonis, and having achieved perfection, intends to let the world die with him."

[5] 湿的手掌据说是表示淫荡。阿都尼斯在体格方面应是一个热烈情人,但态度冷漠,使得维诺斯格外失望。

[6] the tender spring 指尚未长成胡须的一层茸毛,青春的象征。

[7] 拿西塞斯(Narcissus),希腊神话中的美少年,顾影自怜,后被变成为水仙花。据奥维德的《变形记》(Ovid: *Metamorphoses*,Ⅲ,370—510)并无溺死水中之说,莎士比亚可能沿用了马娄(Marlowe: *Hero and Leander*,74—76)的说法。

[8] 这一节和下一节的主题,与《十四行诗》前十七首的主题完全一

样，都是劝青年及时生育子女。这一主题在当时是不新鲜的，Sidney: *Arcadia*（1593），ed.A.Feuillerat，p.80 也有同样的说法。

[9] 泰坦（Titan），太阳神。

[10] 鹿（deer）与 dear 同音，有双关义。

[11] love 指爱神邱比得。

[12] breeding=in heat（在交配期间），jennet=a small Spanish mare.

[13] 都敦（Dowden）注："这一段诗曾受人赞美；但那究竟是诗，还是贩卖马匹广告词中的一段？这是莎士比亚对马的研究之一部分，而且做得很彻底。"罗马诗人魏吉尔（Virgil: *Georgics*，Ⅲ，75—94）就有过对良种马的详细描写。伊利沙白时代的人对于养马也有很高的兴趣。参看 *Shakespeare's England*，Ⅱ，408—427.

[14] to bid the wind a base=to challenge the wind to a chase. 所谓 base，系指乡间一种游戏中的"根据地"。两队各据一"根据地"（base or home），任何一人离开根据地即可被对方之人所追赶，如被追及即为俘虏。

[15] 哑剧里没有合唱队，所谓"合唱队似的"系指任何评述剧情者，因为合唱队的任务之一是交代剧情。

[16] Pooler 注："负荷是指他的冷漠，最后一根稻草是指他的峻拒。"

[17] 所谓"双重锁"（double-lock），据 Prince 注，是"钥匙连转两次的那种锁"（lock by two turns of the key）。

[18] 据从前民间传说，早晨天空的红晕是不祥之兆。看《马太福音》第十六章第二及三节。

[19] 马龙（Malone）注："诗人显然是引述他自己时代的一项习惯，遇有疫疠，通常在每家的屋内遍撒芸香及其他辛烈药草，以防传染。"

[20] "尘世的抚慰者"指太阳。

[21] whose leave exceeds commission 费解。Prince 注云："Pooler 的释义是，

'（爱情）大胆超越指示范围，得寸进尺。'如果这是全部意义，莎士比亚大可写成这样：'whose commission exceeds leave.'此句过于简练，不能给我们一个单纯而完全合乎逻辑的意义。也许其含义是，在恋爱事件中，大胆进取通常可以获致成功，因为消极被动的态度 passivity 即 'leave'，亦即对自己情欲之让步以及对别人情欲之让步，往往占很重要之地位。"

[22] 坦塔勒斯（Tantalus），希腊神话中宙斯的儿子，被罚进入地狱，浸在一池水中，水深及颏，口极渴，方欲饮则水后退，头上有树枝结实累累，方欲食则树枝亦后退。

[23] "Zeuxis 为表示他的技巧，架上置一画板，绘有葡萄一束，惟妙惟肖，空中飞鸟争来啄食云。"（*Holland's Pliny*，II，535）

[24] wondrous dread=a dreadful situation.（Maxwell 注）

[25] 戴安娜（Diana），希腊神话中的月神、猎神，同时代表贞洁。

[26] 所谓"恶疾"，指花柳病或肺病。

[27] 阿都尼斯吮的不是凡人母亲的奶，据奥维德《变形记》（Ovid: *Metamorphoses*，X，503—514），阿都尼斯的母亲 Myrrha 在未生出他之前即已被变成为一株桃金娘（myrtle）。

[28] 猎犬围攻猎物，或猎物负隅反攻，皆可称为 at a bay。

[29] 嘴唇大而下垂，是健跑的猎狗象征之一。

[30] at these sad signs，牛津本改 signs 为 sighs，疑系手民之误。

[31] earth's worm，有人解 worm 为 serpent，但死神与土里蛆虫亦易被联想在一起，似较胜。

[32] 爱神邱比得有两种箭，金箭启发爱情，铅箭则专为失恋的爱人而发。

[33] Her eyes are mad, that they have wept till now.Prince 注云："Her eyes

are distracted to think that they have wept already, now that they have true cause to weep." Maxwell 注 云："they have used up some of their capacity for weeping." 译者以为不妨解作"她的眼发了疯，竟一直在哭泣"。

[34] Pooler 注："Stevens 指陈，此处可能引用 Boccaccio: *Decameron*, v.i. 中之 Cymon and Iphigenia 的故事。"

[35] 据传说，阿都尼斯是被变成为一株 anemone（白头翁或秋牡丹），亦名为 Adonis。

[36] 佩孚斯（Paphos）在塞浦路斯岛上西岸，维诺斯自海上波涛中出生之后即于此处登陆，故佩孚斯被认为维诺斯的家乡。

附 诗 四 种

情人怨（A Lover's Complaint）

凤凰与斑鸠（The Phoenix and the Turtle dove）

热烈的情人（The Passionate Pilgrim）

杂调情歌（Sonnets to Sundry Notes of Music）

情 人 怨 [1]

远远的山坳回声荡漾，
响应邻近山谷中的哀歌，
我有心欣赏这二重合唱，
便躺下细听这凄怆的申说。 四
不久就见一位女郎，苍白而娇弱，
　　撕裂情书，把珠宝环饰扯得粉碎，
　　用悲哀的叹息与眼泪和她自己作对。

她头上戴着一顶草帽， 八
保护着她的脸，遮着太阳。
从那脸上可以想得到，
有一天美貌会要完全死亡。
不过时间还没有把青春刈光， 一二
　　青春尚未全逝。上天虽然凶残，

还有美貌从那皱纹里向外窥探。

她不时地举起手绢擦眼睛，
上面有不少离奇的痕迹，　　　　　　　　　　一六
她用泪水冲洗丝织的图形，
那是往日悲哀用泪水洒上去的。
她有时试读其中内容的意义，
　　更有时发出意义难辨的呼号，　　　　　　二〇
　　呼声是时高时低，时大时小。

有时她两眼瞄准天空，
好像要向天空射击；
有时又垂下来，两只眼睛　　　　　　　　　　二四
凝视着地面；有时又照直地
向前展望；不久她的目力
　　同时向各处投射，不集中在一点，
　　心和眼都好像是茫茫然。　　　　　　　　二八

她的头发，不披散亦未好好安排，
表示她很骄傲，不修边幅。
因为有一绺从草帽里落了下来，
把她苍白憔悴的脸给遮住；　　　　　　　　　三二
又一绺被她的缎带所束缚，
　　虽然是粗心大意编得稀松，
　　却被牢牢缚住，不得移动。

她从篮里取出千种礼品，　　　　　　　　三六
玛瑙的、水晶的和黑宝石的，
她一件件地投入了河心。
她就在那呜咽的河边呆立，
像是滋生利息，她洒泪到河里去；　　　　四〇
　　又像帝王的手不把财物
　　施给穷人，偏偏送给豪富。

她有好些张折起来的信笺，
她阅读，叹息，撕碎，丢到河里；　　　　四四
毁了好多金的骨头的格言指环，
任其葬身在地上的烂泥；
又发现一些书信是鲜血写的，
　　用缎带捆得十分地巧妙，　　　　　　四八
　　上盖层层漆印，生怕被人看到。

这些信笺她不时地用泪水冲洗，
不时地吻，又不时地想要毁除；
她哭喊："虚伪的血，你这一片谎语，　　　五二
你的证言和事实完全不符！
用墨水写怕要更黑更可恶！"
　　说完之后她于盛怒中打开信笺，
　　愤懑地扯碎了其中的蜜语甜言。　　　五六

附近有一位牧羊的老人——

过去好说大话，他见过
宫廷城市的场面，光阴
并未虚抛，他学了不少世故——　　　　　　　　六〇
向这害相思的人儿身边迈步；
　　　他倚老卖老地开口打听，
　　　她何以有那样忧伤的情形。

于是他坐在他的木头拐杖上，　　　　　　　　六四
和她保持着相当的距离；
坐下之后，再度表示愿望，
愿听她说，分担她的悲戚。
如果他一方面能有所为力，　　　　　　　　　六八
　　　减少她一些情感上的苦痛，
　　　老年人心善，当无不从命。

"老者，"她说，"你虽然看到
我饱受了长久的伤害，　　　　　　　　　　　七二
请不要以为我已衰老；
伤害我的不是年龄，是悲哀。
我可能还是像花一般可爱，
　　　孤芳自赏，如果我爱我自身，　　　　　七六
　　　不轻易把爱情施之于别人。

"但是不幸！我太早地听了
一个青年的追求，求我眷顾。

那人有天生一副潇洒的外表，　　　　　　　　　八〇

处女的眼睛不能不把他的脸盯住。

爱情彷徨无主，就把他当作了归宿；

　　她一旦沉溺在他的魅力里边，

　　她进入了新的处境，简直成了神仙。　　　　八四

"他的棕发一鬈鬈地低垂，

空气只要微微地吹拂，

就把他的发丝往他唇上吹。

凡是讨人喜欢的事，总有人做；　　　　　　　八八

眼睛一见了他，心里就被迷惑。

　　因为具体而微地在他脸上

　　可以看出想象中天堂的模样。

"他的嘴上微微有一点胡须，　　　　　　　　　九二

凤凰的茸毛刚刚开始出现，

在细嫩皮肤上像是丝绒尚未剪齐。

那皮肤比那层遮盖还更柔软，

但是有了这点缀脸上显得更庄严。　　　　　　九六

　　这实在令人犹豫，决定不了，

　　不知要那胡须，还是不要的好。

"他的性格是和躯体一般地美，

他一口的娘娘腔，讨人欢喜；　　　　　　　　一〇〇

可是惹怒了他，他暴躁如雷，

就像五月四月之间的天气，

风是柔和的，也能狂暴无比。

  他的粗暴，加上他的年纪轻，   一〇四

  给他装扮出一副诚实的天性。

"他善骑马，人们时常说：

'那匹马健走是因为被他骑，

被他驱策，被他控制着。   一〇八

它多高兴绕圈，跳踊，奔走，突然停蹄！'

于是大家纷纷地私议，

  不知是马因他善驭而表现本领，

  还是他因马好而得任意驰骋。   一一二

"但是很快地有了这样的决定：

他的真才实学给他所有的东西

增加了光彩，赋予了生命，

他自身有本钱，不依赖什么别的。   一一六

一切附属的东西都讨到了便宜，

  格外显得美丽。为给他增光而来，

  结果反倒因他而沾到了光彩。

"在他能言善道的舌尖，   一二〇

各种主张和深刻的问题，

敏捷的应答，健全的论点，

都随时随刻地为他而效力，

使哭者破涕为笑，使笑者哭泣。　　　　　　一二四

　　他有独到的语言本领，

　　他能获得任何人的同情。

"他在大众心里有崇高地位，

男女老幼都为他而着了魅，　　　　　　　　一二八

他不在的时候对他关怀，

甚至做他的奴仆追随身侧；

入魔的人先意承旨唯唯诺诺，

　　他尚未开言就先揣摩他要说的话，　　　　一三二

　　自己先在心里盘算，准备服从他。

"很多人取得他的肖像，

在眼前瞻仰，在心里温存，

就像在外游历的人们一样，　　　　　　　　一三六

看到田野千里甲第连云，

就把那些胜景牢记在心。

　　放进心里便觉得有甚多乐趣，

　　胜过真正拥有田产的主人自己。　　　　　一四〇

"好多人从未摸过他的手，

却痴想做他的心上人。

我不幸，本是完全自由，

全部自主，没有别人的股份，　　　　　　　一四四

半由他的手段，半由他的青春，

把我全部情感投在他的魔力之下，
自己保留了茎，花儿全给了他。

"我没有像别个女子那样　　　　　　　　　　一四八
有求于他，或屈从他的安排。
我的荣誉不许我放荡，
我冷冷地保持我的清白。
经验给我筑起许多堡垒，　　　　　　　　　一五二
　　血淋淋的榜样，衬托得清清楚楚，
　　这金玉其外的东西及其情场的猎物。

"但是，啊！谁听劝告就能躲避
她注定要亲自尝试的灾害？　　　　　　　　一五六
谁能勉强提高警觉，自讨没趣，
把前人的覆辙放到自己路上来？
劝告只可使不肯止步的人暂时徘徊，
　　因为我们一旦发疯，忠言常常　　　　　一六〇
　　逆耳，使我们的心情格外猖狂。

"并且那也不能使我们的心情舒适，
悬崖勒马只是根据别人的经验；
美味当前而不准尝试，　　　　　　　　　　一六四
只因为受人警告而怕受灾难。
啊，欲念！竟远离理性的判断！
　　一方面馋，一定要尝一嘴，

理性哭着叫：'这是你最后一回。'　　　　　　　一六八

"我可以再谈谈'此人之不忠诚[2]'，
我认识被他诱骗过的几个人，
我听说过他在何处撒下了孽种，
我看到他用笑脸包藏着祸心，　　　　　　　　一七二
我知道海誓山盟总是诱导奸淫，
　　我明白情书不过是捏造的东西，
　　他的荒淫无耻的心所生出来的。

"我这样地固守我的城镇，　　　　　　　　　一七六
有一天他开始进攻：'亲爱的姑娘，
请给我这苦痛的青年一点怜悯，
听我的神圣誓言，请莫要慌，
是专对你说的，不曾对别人讲。　　　　　　一八○
　　我曾被邀往爱情筵席上做客，
　　至今不曾请过人，求婚更没有过。

"'你所看到的我的公然罪行，
皆是欲念之过，并非心术败坏；　　　　　　一八四
不是爱情造成的，可能只是色情，
双方都没有真正地相爱。
她们自寻耻辱，耻辱自然到头上来，
　　她们越是狠狠地咒骂我，　　　　　　　一八八
　　我越觉得我的耻辱不多。

"'我看到的许多女人当中，

没有一个的火焰温暖了我的心，

或是稍稍折磨我的感情，　　　　　　　　　　　　　一九二

或是使我偶尔情不自禁。

我使她们颠倒，不曾为她们颠倒半分；

　　　我奴役了她们的心，我的心是自由的，

　　　高高在上，对一切睥睨。　　　　　　　　　一九六

"'看，痴心的人给我的馈礼，

灰白的贝珠，宝石似血红；

以为把她们的苦痛与羞赧之意

也都送给了我，尽在不言中，　　　　　　　　　　二〇〇

白得没有血色，又复腆得通红；

　　　惊恐和羞怯深植在内心深处，

　　　但是在外表上互相冲突。

"'再看！她们这些金黄的头发，　　　　　　　　　二〇四

她们用弯曲铁丝带着柔情缠绕，

我从各个美人手里得到了它，

她们哭哭啼啼哀求，我才收下了，

上面附有美丽的宝石不少，　　　　　　　　　　　二〇八

　　　还有巧妙的情诗，充分地解说

　　　每块宝石的性质、价值和成色。

"'钻石，唉，又美观又坚硬，

它的妙处就是在这一点; 二一二

碧绿的翡翠，疲倦的眼睛

一看上去就能解除疲倦 [3];

天蓝的青玉和杂色的猫儿眼，

　　以及其他：经过巧妙的形容， 二一六

　　　每块宝石在微笑，或发出叹声。

"'这一切热爱的纪念品，

表示着忧愁颠倒的心，

我的内心不准我收藏它们， 二二〇

必须献给我要献出自身的那个人，

那就是你，我始终以之的神;

　　这些必须作为对你的奉献，

　　　因为你是我的主宰，我是她们的圣坛。 二二四

"'啊！举起你那无法形容的手，

那白皙比任何赞誉都分量重;

请你任意把这些珠宝拿走，

都已被痴情人的祈祷化为神圣; 二二八

我是你的奴仆，既然听我之命，

　　当然对你也会服从;所有这些东西

　　　一概都是属于你的。

"'看！这是一位尼姑给我的刺绣， 二三二

她是一位最有圣洁之名的修女。

最近她拒绝了一位显贵的追求，

那人的财富使得群英羡慕不已。

追求她的人都是些纨绔子弟，　　　　　　　　　二三六

　　而她冷冷地离开了那个环境，

　　到永恒之爱里去度她的一生。

"'但是我的爱！把我们所不能有的

丢开，把无抵抗的加以控制，　　　　　　　　　二四〇

把一块未留爱痕的地方圈起[4]，

无拘无束安度一生，这算什么难事？

一位只想孤芳自赏的女子

　　当然可以逃开战斗的疤痕，　　　　　　　　二四四

　　是她逃得勇敢，不是力量过人。

"'请原谅，我夸口的是一点不假：

我和她见面是纯出于偶然，

我的力量立刻就制服了她；　　　　　　　　　　二四八

如今她要逃进一个尼姑庵，

真诚的爱弄瞎了真诚的眼，

　　为了不受诱惑，她出家苦修，

　　如今她要充分享受自由。　　　　　　　　　二五二

"'你有多么强大，啊！且听我说：

属于我的那些破碎的心，

把它们的泉水注入了我的井窝，

我把我的往你的海里全部倒进，　　　　　　二五六

我比她们强，你比我更狠，

　　所以为了胜利我们必须聚集起来，

　　以团结的爱医治你那冰冷的胸怀。

"'我的人品可以倾倒一位尼姑，　　　　　　二六〇

她尽管持戒，有深厚的道行，

她眼睛看到的，她心里不能不服，

一切神圣的誓约都归于无用。

啊，最强大的爱！誓约，戒条，寺庵清静，　　二六四

　　对你别有牵扯、缠结和约束力，

　　因为你是一切，一切都是属于你。

"'你袭上心头时，老生常谈的旧例

有什么用？你一旦燃烧胸腑，　　　　　　二六八

财富、孝心、法律、亲族、名誉，

是何等薄弱的障碍物！

爱情以坚忍为武器，能抗规则、理性、耻辱，

　　它带来强暴惊恐，苦不可言，　　　　二七二

　　但是那苦中也有甜。

"'现在唯我心是赖的那些颗心，

觉得我心碎了，也都憔悴地叹息，

一齐叹着乞求你怜悯，　　　　　　　　二七六

求你停止对我心的打击。

垂听我的一番殷勤好意，

　　并且信任我的坚决的誓言，

　　我必设法把我的爱心实现。'　　　　　　　　二八〇

"说完之后他把泪眼垂了下去，

本来是一直对我脸上盯着，

每边腮上的泉源流出一条小溪，

那咸水下流得非常急迫：　　　　　　　　　　二八四

啊，河流两岸是何等美丽的景色！

　　泪水给盛开的蔷薇罩上了玻璃门，

　　蔷薇隔着水光闪着它们的红晕。

"啊，老者，小小的一滴眼泪，　　　　　　　　二八八

有多少恶毒的魔力存于其间！

若是两眼一齐发了洪水，

什么石头心肠能不被泪水磨穿？

什么冰冷的心胸能不变成温暖？　　　　　　　二九二

　　啊，双重的效果！冷峻的贞操，热盛的怒气，

　　前者可以使之冒火，后者可以全被浇熄。

"你瞧！他的热情不过是狡诈，

　　就把我的理智化为眼泪一摊；　　　　　　　二九六

我脱下了我的贞洁的白褂，

撤除了心中的警戒和道德的难关；

我在他面前，就像他在我面前一般，

完全融化了；我们的泪有一点不同，　　　　　三〇〇

他的毒害了我，我的给他治了病。

"他这人真是诡计多端，

他欺骗起来方法不同，

时而赧颜，时而泪眼潸潸，　　　　　　　三〇四

时而面色惨白；何去何从

他都能斟酌至当，只求欺骗成功；

　　听到秽语就脸红，听到苦难就啜泣，

　　看到悲惨景象就脸色转白昏厥过去。　三〇八

"进入他的射程的女人，

没一个逃得他每发必中的打击，

因为他表现得文质彬彬；

戴着面具，他无往而不如意，　　　　　三一二

对于追求的东西他会声色俱厉；

　　他越是觉得欲火中烧，

　　他越对处女讲道，赞美贞操。

"于是用这样一件仁慈的外衣，　　　　　三一六

他遮掩了赤裸的隐藏的恶魔；

诱惑者像天使一般回翔天际，

没经验的人只合受他的诱惑。

少不更事的人谁能不这样坠入爱河？　　三二〇

　　哎！我坠下去了，可是我还不清楚

　　我下次该怎么办，遇到这样的事故。

"啊，他眼中假情假意的泪；

啊，他脸上燃烧着的虚伪火焰；　　　　　　　　　三二四

啊，他心中勉强爆出的一声雷；

啊，他软泡泡的肺发出的哀叹；

啊！一切像是固有的借来的表现，

　　会把以前骗过的再行骗过，　　　　　　　　　三二八

　　把回心悔过的修女再度诱惑。"

注释

[1]《情人怨》(*A Lover's Complaint*)原附于一六〇九年出版的《十四行诗》之后，全诗四十九节，每节七行，每行十音节，韵式为a b a b b c c，所谓 rhyme-royal。虽然原出版人 Thomas Thorpe 写明此诗为莎士比亚所作，但是按照当时出版界之不负责任的风气，我们也不能因此而遽予置信。一九一二年 J.W. Mackail 教授的一篇论文 (Essays and Studies of the English Association, III, 51—70) 首先做有系统的分析研究，指陈此诗在文字上有不少特别之处，例如含有比例甚大的字汇不见于莎氏真实作品之内，更有大量的拉丁语法，以及若干句法及节奏奇特之处，似均足以说明此诗非莎氏作品。最近 Kenneth Muir 的一篇论文 (Shakespeare 1564—1964 : A Collection of Modern Essays by Various Hands, edited by Edward A.Bloom, 154—166, 1964) 则持相反的意

见，认为不是赝品。J.M. Robertson（*Shakespeare and Chapman*，1917）以为此诗为 Chapman 所作。总之，有一点是大家公认的，此诗缺点甚多，纵然是莎氏作品，亦不能指为早年作品即足以解释一切。据 J.C. Maxwell（1965）的意见，此诗大概作于一六〇一或一六〇二年。

被遗弃的女人怨诉过去的不幸，是伊利沙白时代习见的题材，如 Samuel Daniel：*Complaint of Rosamond*（1592），Anthony Chute：*Beauty Dishonored*（1593）皆是。此类作品大概都是遵守牧诗的传统。不过此诗之女主人不是妙龄女郎，而是半老徐娘。再则此诗不够完整，可能系一断片。

[2] 四开本原作"This mans vntrue"，近代本多改为"This man's untrue"。按 say = tell of，untrue = untruth，但何以要加引号仍不可解。Pooler 释为"I could tell more of his perfidy."，意义似是。

[3] 古老传说，翡翠之鲜绿色泽对眼睛有益。凝视其他事物过久感觉疲倦时，一看翡翠便觉舒适（见 *Holland's Pliny*，ii，p.611）。the opal blend = the parti-colored opal（Mackail）此一解释像是对的，但又无法解释下一行之 With objects manifold，按普通语法 blend 与 with 二字是应该连起来说的。故 Pooler 引述 Pliny 的一段文字："in the Opall，you shall see the burning fire of the Carbuncle or Rubie，the glorious purple of the Amethyst，the greene sea of the Emeraud，and all glittering togither mixed after an incredible maner...."，认为 blend = blending with or that blends with，说亦可通，姑存疑。

[4] 四开本第二四一行的第一个字为 Playing，显系误植，和次一行第一个字重复。Malone 改为 Paling，并解释说："securing within the pale of a cloister that heart which had never received the impression of love."。近代本多从之。

凤凰与斑鸠 ^[1]

让歌声最嘹亮的鸟^[2]，

在唯一的阿拉伯树上^[3]，

　　做庄严的传令员和喇叭手，

　　善良的百鸟闻声齐来报到。　　　　　　　　　四

但是你这凄厉的凶禽^[4]，

你是魔鬼的前驱，

　　你是死亡的预告，

　　你不要走近这一群。　　　　　　　　　　　八

除了鹰隼，鸟中之王以外，

每个凶恶的食肉鸟

　　都不许到这集会里来，

　　葬礼要这样地严肃。　　　　　　　　　一二

让那穿白袈裟的

精通哀乐的牧师，

做预知死期的天鹅，

否则葬礼要为之减色。　　　　　　　　一六

你这有三倍寿命的乌鸦[5]，

你用嘴一呼一吸

便能生出黑毛小雏[6]，

我们的哀悼队伍你要来参加。　　　　　二〇

现在赞歌开始：

爱情与忠贞均已死去，

凤凰与斑鸠

在一团火焰中飞逝。　　　　　　　　　二四

他们相爱，好像是

二者融为一体。

明明是两个，却不分彼此，

爱情里没有数目[7]。　　　　　　　　　二八

心在两地，但并不分开，

斑鸠和他的王后之间

并没有任何距离。

若在别个，这毋乃是奇迹。　　　　　　三二

它们相爱是如此地热烈，
斑鸠在凤凰眼里看出了
　　那应该属于他的爱意，
　　双方都觉得对方属于自己[8]。　　　　　　　三六

个性已不复存在，
自己也不复是原来那样。
　　一个本体两个名义，
　　不算是二，也不算是一。　　　　　　　　四〇

理性，本身大感困惑，
眼看着两个个体融而为一，
　　两个本来各有特性，
　　竟这样翕和地混在一起[9]。　　　　　　　四四

于是它大叫："这一对多么好，
融洽得像是一个了！
　　爱情有理，理性无理，
　　如果两个能融为一体。"　　　　　　　　四八

于是它作此哀歌，
给这凤凰与斑鸠，
　　共同主宰爱情的两颗明星，
　　作为哀悼声中的赞咏。　　　　　　　　　五二

哀歌

美貌，忠诚，不世出的珍奇，
纯粹无瑕的优美风度，
就这样埋进尘埃里。　　　　　　　　　　五五

如今死成了凤凰的归宿，
斑鸠的一腔忠诚
也因一死而永垂千古[10]。　　　　　　　五八

她们没有留下后裔，
那不是她们的毛病，
那是由于婚后的贞操。　　　　　　　　　六一

忠诚只能徒有其表，不可能是真的；
美貌可能信口夸耀，但不是她；
忠诚与美貌已经埋葬了。　　　　　　　　六四

或是忠诚或是美貌的人们，
请到这埋骨之处，
为这一对死鸟祈福。　　　　　　　　　　六七

注释

[1] 一六〇一年印刷人 Richard Field 为发行人 Edward Blount 印了 Robert Chester 所作的一首诗: *Loves Martyr : Or, Rosalins complaint. Allegorically shadowing the truth of Loue, in the constant Fate of the Phoenix and Turtledove*,作者（C.1566—1640）乃是 Sir John Salisbury（C.1567—1603）保护下的诗人,此诗即是为了庆祝这位保护人的恋爱与婚姻而写。诗中之 turtle-dove（Constancy）象征 Salisbury,phoenix（Love）象征其夫人 Ursula,他们在一五八七年生了一个女儿名 Jane。作者自称这首诗是翻译意大利人 Torquato Caeliano 的作品,显系伪托。这本作品是个大杂烩,除了这首象征诗之外还附有许多不相干的材料,诸如英格兰古代史、九大名女人的描述、亚瑟王小传、祈祷词、情歌、Paphos 城发现的鸟兽草木虫鱼之记录等等。不知是作者的主意,还是发行人的主意,或是 Salisbury 的主意,好像这样的一部大杂烩分量还嫌不够,于是邀请一些当代作家各就"凤凰与斑鸠"这个题目撰写诗篇附录于后。附诗共有十四篇,其中有两篇据说是班章孙（Ben Jonson）的作品,Marston、Chapman、Shakespeare 各有一篇,其他各篇则或系隐名或系假名。莎士比亚所写的一篇（无标题）,排列在第五。各篇作者受人之托,都尽力发挥"凤凰与斑鸠"这一课题,或称述凤凰之美,斑鸠之忠诚,或歌咏凤凰与斑鸠的灰烬中之涌出新生的后代。唯独莎士比亚这一篇立意特殊,他赞美的是"没有留下后裔"的精神结合,而且全篇都是哀悼的口吻,不像是庆祝,何以如此写法殊不可解。

此诗格律不是莎士比亚所惯用的,共十三个四行体,节奏是所谓"截短的扬抑格"（trun cated trochaics）,韵脚的排列是 a b a b。

篇末的哀歌是由五个三行体所组成，节奏是所谓"八音节扬抑格"（octosyllabic trochaics），每三行押一个韵。译者很抱歉没有能表达出原诗的格律与韵脚。

此诗是莎士比亚的作品，大概没有问题，可能是他在一六〇〇年应邀而作。在观念与作风上莎士比亚受前人影响不少，如 A.H.R. Fairchild 所指陈："此诗有两个资料来源，第一至第五节是受 Chaucer：*The Parlement of Foules*（part Ⅳ，323-the end）的影响，第六至第十八节则是采自莎氏时代的寓言文学 emblematic literature 及流行的观念。"G. Wilson Knight（*The Mutual Flame*，145-224）认为此诗在观点上与《十四行诗集》有密切的关联。

[2] "歌声最嘹亮的鸟"是什么鸟？作者没有说明。Knight 认为即是新生的凤凰，但是我们知道五十九行已说明并无后裔，此说不攻自破。Grosart 认为是夜莺。Fairchild 认为是鹤（crane）。R.Bates 认为是雄鸡。

[3] 即 Palm tree，又名 date-palm，枣椰树，据说在阿拉伯只有这样一株树，凤凰栖于其上，故此树亦名"凤凰"。

[4] 指鸮鸟（screech owl）。

[5] 据传说乌鸦的寿命长达一百年，甚至四百年。又谓乌鸦的寿命为人的九倍，同时又是谐和婚姻生活的象征。

[6] 据传说乌鸦生产不靠雌雄交尾，而是靠了用嘴交吻，两喙相接，一呼一吸之间便可生卵。

[7] 数学上的一句名言："One is no number."。二者融为一体，故谓之消灭了数目。

[8] 句中之 mine 语意双关。（一）属于我的;（二）宝藏"a rich source of wealth"（Schmidt）。Prince 解释此行说："The line surely means that the lovers were so identified with each other that each was the other's self, or

held the other's self in his own being."。

[9] 此节晦涩。Prince 引 Fairchild（*Englische Studien*，1904，xxxiii. 371）的解释说："Pure reason had seen those unlike and, according to its insight, quite incompatible, unite together. In the union neither had a separate identity, simple, that is, simples or elementary elements, were so perfectedly compounded or united."。

[10] 一般近代本多在第五十八行末列一 comma，使五十八与五十九两行意义连接，牛津本即系如此。原作 period 似较佳。

热烈的情人 [1]

一 [2]

我的爱人发誓说她是一片忠贞，
我信任她，虽然我知道她说谎话，
好让她以为我是没经验的年轻人，
尚不懂人世间的虚伪狡诈，
妄想她是以为我年轻易与，
虽然我知道我已过了盛年。
我笑着信赖她的花言巧语，
掩饰罪恶，使得我心里不安 [3]。
但是为什么她说她年纪轻?
为什么不说我年纪老?
啊，爱的最佳外表便是话说得好听，

六

老人在爱中不喜欢计算年纪大小。　　　　　　　　　一二

　　于是我骗她，她也骗我，

　　彼此的不忠实便这样地瞒过。

一 [4]

我有两个爱人，给我慈悲与灾难，

像是永久缠着我的两个呵护神：

善的精灵是个白净的男子汉，

恶的精灵是个黑脸儿的妇人。

我的女恶鬼为使我早下地狱受罪，

诱使我的善天使从我眼前离去，　　　　　　　　　　六

蛊惑我的圣徒变成了魔鬼，

用她的丑模样迷惑他的纯洁心地。

我的天使是否真变成魔鬼了，

我疑心，可还不敢确定地说；

二者都不在我身边，而且很要好，

我猜想一个必已钻进另一个的窟 [5]。　　　　　　　一二

　　但此事我无法确知，只能阙疏，

　　等着我的恶精灵用火把他赶出去 [6]。

三 [7]

你那能说善道的眼睛，

全世界的人都驳不倒它，

还不是它劝我背誓变心？

为你而背誓不该受到惩罚。

我发誓不近女色，但我要明言，

你是天仙，我没说对你不加一顾，   六

我的誓限于尘间；你是天女下凡，

得你垂青即可抵消我的耻辱。

誓是一句话，话不过是一口气；

你是太阳，照耀着我这块泥土，

你蒸发了我的誓，吸入了你的身体；

如果破誓，那不是我的错误。   一二

    纵然是我破誓，哪个傻瓜会蠢到那样，

    不肯放弃一句誓言去换取一个天堂？

四 [8]

可爱的维诺斯陪活泼年轻而又天真的

阿都尼斯在河边坐着，

频频地向他表示柔情媚意，

只有美的女神能有那样动人的神色。

她给他讲故事让他听了快活；

她向他展示纪念品引他观看；　　　　　　　　　　　　六

为了赢得他的心，在他身上东摸西摸，

摸得很轻，但足够令人心旌摇战。

不知是他年纪小不解风情，

还是有意拒受她的挑逗，

他只是以谈笑应付她的殷勤。

小小的鱼儿硬是不肯上钩。　　　　　　　　　　　　一二

　　　于是她仰面躺下，一厢情愿，

　　　他站起来就跑。啊！好一个蠢汉。

五 [9]

爱情使我背誓，我将如何对爱人发誓？

啊！若非对美人发的誓，当然不能长久不变。

所以我虽自己背誓，对你必将忠诚自矢。

这些誓言对你像弯垂的柳条，对我是橡树的硬干。

学者抛弃了正业，把你的眼睛当书来读，

其中含有一切学问所能包括的乐趣：　　　　　　　　六

如果目的在认识真理，认识你就应该满足；

能好好地赞美你一番便是很深的造诣；

见了你而不欢喜赞叹，其人必冥顽不灵；

我仰慕你的才华，我因此该受嘉奖。

你的眼睛有如闪电，你的声音有如雷鸣，

但不是赫然震怒，而是天乐的音响。　　　　　　　　　一二

　　你是天人，啊，饶恕爱情的这番过错，

　　竟以尘世的语言赞颂天上的绝色！

六^[10]

太阳尚未晒干露湿的早晨，

羊群尚未到篱边寻找阴凉，

维诺斯害着相思，一往情深，

为了阿都尼斯而独自神伤，

便在溪边一棵柳树下面徘徊，

那正是阿都尼斯常去遣愁之处。　　　　　　　　　　六

天很热，她急得更厉害，

盼他到这常来的地方散步。

不久他果然来了，脱下外套，

赤条条地站在绿油油的河濑，

太阳睁着大眼把世界照耀，

不及这女神看他之聚精会神。　　　　　　　　　　一二

　　他看见了她，立刻跳进了水里。

　　“天哪，”她说，“为什么我不是一条溪！”

七 [11]

我的爱人很美，但比较起来更善变；
温柔得像斑鸠，但既不真诚又不可信任；
比玻璃透明，可是也脆得像玻璃一般；
比蜡软，可是又像铁似的易生锈痕。

  一朵白百合，加上了蔷薇色的点缀，
  没有更美更虚假的东西来把她污毁。   六

她和我接过多少次吻，
每次吻过她都海誓山盟，
捏造多少假话讨我的欢心，
要我的爱情，又怕失掉我的爱情！

  她把好听的话说得头头是道，
  她的真情、誓言、眼泪，全是玩笑。   一二

她的爱情在心里烧，像稻草着了火；
她的爱情烧完，像稻草一样快烧完；
她制造爱情，又把制造的东西打破；
她要爱情久远，她自己又向后转。

  这是情人还是荡妇的行径？
  纵然高明也是坏，何况都不高明？   一八

八 [12]

音乐和诗歌如能相处得融洽，

它们本该像兄妹一般地配合，

那么你我之间的友情必然伟大 [13]，

因为你爱音乐，我爱诗歌。

你欢喜道兰，他的琵琶一曲 [14]

有如天上音乐令人听了神往；　　　　　　　　六

我爱斯宾塞，他的精思妙笔 [15]，

何须我来赞誉，当然不同凡响。

你爱听甜蜜悠扬的乐声，

尤其是乐中之王琵琶的演奏；

我最能觉得乐在其中

是在他开始歌唱的时候。　　　　　　　　一二

　　据诗人说，二者拥戴的神只有一位；

　　有一位爵士兼爱二者，你是二者兼备。

九 [16]

清晨爽朗，美貌的爱情之神，

…………………………………………[17]

为了阿都尼斯那个狂傲的年轻人，

脸色比她的乳白斑鸠还要惨白；

她站立在一个陡峻的山坡上，

不久阿都尼斯带着号角猎犬而来；　　　　　　　　　　六

这痴心的女神，不仅由于好心肠，

禁止那青年穿过那一带。

"有一次，"她说，"我看见一位好青年

在这丛林中被一只野猪重创，

大腿上深深的伤，样子好可怜！

看，我的大腿，"她说，"伤在这个地方。"　　　　　一二

　　她展示她的大腿，他看到不止一个伤口，

　　他红着脸就逃，丢下她一个人独守。

十 [18]

美丽的蔷薇，摘得太早，谢得太匆匆，

蓓蕾期间就被摘下，青春时就枯萎！

东方的明珠，哎，太早地失掉了光明；

美丽的人儿，太快地被死神所摧毁！

　　像树上挂着的青梅一颗，

　　在不该落时被风吹落。　　　　　　　　　　　　六

我为你而哭，可又没有理由哭，

因为你在遗嘱里什么也没给我留；

可是你给我留的比我希求的更丰富，

因为我从来不曾对你有任何希求。

　　是的，好朋友，我求你多多宽宥，

　　你已经遗给了我你的那份哀愁[19]。　　　　　　　一二

<h2 style="text-align:center">十一[20]</h2>

维诺斯在一株桃金娘树荫之下，

和年轻的阿都尼斯坐着，向他勾引：

她告诉他战神马尔斯如何挑逗她，

他如何对她倾倒，她对他也情不自禁。

"就这样，"她说，"战神把我搂抱。"

她随手把阿都尼斯也搂在怀里。　　　　　　　　六

"就这样，"她说，"战神把我衣服脱掉。"

好像这青年也使出了同样的魔力。

"就这样，"她说，"他亲我的唇。"

她的唇便真和他的粘在一起。

她喘气之际，他一溜烟就脱了身，

不肯接受她的这一番美意。　　　　　　　　一二

　　啊！真愿我的女人这样对我进攻，

　　吻我，拥抱我，逼得我拔腿逃命。

十二 [21]

乖戾的老年和青年不能生活在一起，

青年充满欢愉，老年充满感触；

青年像夏晨，老年像冬季；

青年像夏日盛装，老年像冬日萧瑟。

青年充满活力，老年就叹气短；

青年灵活，老年迟钝；　　　　　　　　　　　　六

青年热烈大胆，老年孱弱冷淡；

青年放肆，老年驯顺。

老年，我怕你；青年，我爱你。

啊！我的爱人，我的爱人还年纪小，

　　老年，我拒绝你。啊！好牧人，快去，

　　因为我觉得你已停得太久了。　　　　　　　一二

十三 [22]

美貌只是空虚不定的好东西，

是闪亮的光泽，会突然色褪；

是一朵花，刚刚吐蕊就会死去；

是脆玻璃，立刻就能破碎：

　　光泽、玻璃、花朵，难得久长，

消逝、枯萎、破碎，很快地死亡。　　　　　　　六

失物难得或永不能再找回来，
像褪色的东西不能再擦得亮，
像花儿死了枯落在尘埃，
像碎了的玻璃无法再粘上：
　　美貌一旦污损便永久地失去，
　　药物、脂粉、吃苦、花钱，都无能为力。　　一二

十四 [23]

夜安，安睡。二者我都没有分：
她对我说夜安，我便无法安睡；
她打发我就寝，那里全是愁困，
我只得品尝唯恐失恋的滋味。
　　"好好过一夜，"她说，"明天再来。"
　　这一夜不好过，因为我愁苦难排。　　六

可是我临去时她嫣然一笑，
是轻蔑还是好意我无从揣想：
也许是心中高兴，可把我撵走了，
也许是有意要我来此处晃荡。
　　"晃荡"，对我这样的行尸走肉颇为适合，

苦头吃尽，而没有一点利益可得。　　　　　　　　一二

天哪！我的眼不时地望着东方，
我的心怪钟走得太慢。晨曦出现[24]，
呼唤每个感官开始紧张。
我不敢太信任我的眼睛，
　　夜莺叫的时候，我坐起倾听，
　　但愿她的歌是云雀的叫声。　　　　　　　　　一八

因为她是用歌唱欢迎清晨，
并且驱走阴沉多梦的黑夜。
夜打发走了，我赶快去会我的爱人。
称心如愿，眼睛获得渴望的一瞥。
　　悲哀变成安慰，安慰混杂着悲哀，
　　因为她叹了一口气，要我明天再来。　　　　二四

若有她和我做伴，夜嫌去得太急，
但是现在觉得时间漫长；
一分钟像一个月，有意和我过不去；
纵不为我，让花儿晒晒太阳！
　　夜去，昼来；白昼代替黑夜：
　　夜，今夜，请短些；明天，请长些。　　　　三〇

注 释

[1]《热烈的情人》（ *The Passionate Pilgrim* ）刊于一五九九年，出版人 W. Jaggard 不是一个很讲信用的商人，他写明这一小小诗集是莎士比亚所作，其实《热烈的情人》二十首中只有五首确为莎氏作品（第一、第二、第三、第五及《杂调情歌》之第二首），此外各首或出自他人手笔，或作者不明。他所以要假借莎士比亚的名义，大概是因为莎士比亚的名字在出版界有号召力的缘故（《维诺斯与阿都尼斯》在一五九九年就印行了两版）。

《热烈的情人》的第一四开本和第二四开本于一五九九年前后刊行。第一四开本，现仅存残页二纸（包括诗八首），藏于福哲图书馆。第二四开本，现存有完整的两册，一在剑桥三一学院，一在亨廷顿图书馆，其标题页如下：

THE/PASSIONATE/PILGRIME./By W. Shakespeare./at London/Printed for W. Jaggard，and are/to be sold by W. Leake，at the Grey-/hound in Paules churchyard./1599./

第三四开本刊于一六一二年，其标题页如下：

THE/PASSIONATE/PILGRIME./or/Certaine Amorous Sonnets，/ betweene Venus and Adonis，/ newly corrected and aug-/mented./By W. Shakespeare./The third Edition./VVhere-unto is newly ad-/ded two Loue-Epistles, the first/from Paris to Hellen, and/Hellens answere backe/againe to Paris./Printed by W.Jaggard./1612./

其中所谓的两篇"情书"乃是 Heywood 的作品，因此引起该作者的严重抗议。

[2] 此诗即《十四行诗》之第一三八首，文字略有歧异，一般批评家认

为此诗写作在前，十四行诗第一三八首写作在后。

[3] Outfacing faults in love with love's ill rest. 费解。G.B. Harrison 注云: "perhaps meaning her tongue putting a bold face on her faithlessness fills me with uneasiness."。

[4] 此诗即《十四行诗》之第一四四首，文字稍有出入。

[5] 有猥亵义（参看《十日谈》第三天第十个故事）。

[6] fire out = drive out by applying fire，与前一行之 in another's hell 意义相合，因地狱中有火。亦有人以为此语暗指花柳病之某些影响。

[7] 此诗及第五首与《杂调情歌》之第二首，均系取自一五九八年之《空爱一场》（Love's Labour's Lost）四开本。

[8] 此诗及第六、第九、第十一首可能是莎士比亚所作，Malone 说这几首诗是"作者初次想到写一首有关维诺斯与阿都尼斯的诗而尚无具体计划时所做的尝试"。其中第十一首前此曾被 Bartholomew Griffin 刊行列为他的作品，另外那三首和这第十一首在题材上又有颇为密切的关联，故这四首可能不是莎士比亚所作。尤其四、六、九这三首文字简单，无一譬喻，作者想象力之贫乏可以想见，故认为 Griffin 所作，似较合理。

[9] 见《空爱一场》第四幕第二景。是 Berowne 的那首十四行诗，每行十二音节（Alexandrines）。

[10] 这又是一首有关维诺斯与阿都尼斯的诗，参看《驯悍妇》序幕第二景，仆乙: "您喜欢欣赏图画吗？我们立刻给您拿来一幅阿都尼斯的画，他站在一溪流水的旁边，维诺斯整个地隐身在芦苇里，芦苇好像是被她的喘息所吹动，有如在风中款摆一般。"

[11] 此诗仅见于此处，作者不明。

[12] 此诗乃 Richard Barnfield 所作，见于他的 Poems : In diuers humors，附于 The Encomion of Lady Pecunia（1598）之后。这一首十四行诗是

Barnfield 写给一五九六年出版的 *Diella* 作者 Richard Linche 的。

[13] 此行中之"你"即是 Richard Linche。

[14] 道兰（John Dowland，1563？—1626？）当时最著名之作曲家兼琵琶演奏家。

[15]Barnfield 崇拜 Spenser，其 *Cynthia*（1595）乃第一部模仿 *Faerie Queene* 诗体之作品。

[16] 此乃本集中有关维诺斯与阿都尼斯之第三首十四行诗。

[17] 此处脱落一行。

[18] 作者不明。

[19] 末行之 thy discontent，Schmidt 注云：= mourning for thee？

[20] 此诗乃 Bartholomew Griffin 所作，见于其 *Fidessa more chaste than kind*（刊于一五九六年），唯其第九至第十二行与此诗有异。Griffin 是这样写的："But he a wayward boy efused the offer/ And ran away，the beautious queen neglecting/ Showing both folly to abuse her proffer/ And all his sex of cowardice detecting."。

[21] 此诗可能是 Thomas Deloney（1575—1600）所作，见于其所著之 *Garland of Good will*，此诗之标题为 A Maidens choice twixt Age Youth，但此一诗集最初刊于何时则不易确定，包括 Pooler 在内的若干编者则声称此一诗歌集之最早刊本是刊于一六○四年，无论如何是此诗之作者在《热烈的情人》之前，因为 Thomas Nashe 曾于 *Wave with You to Saffron-Walden*（刊于一五九六）提到过它。我们目前确有的 *Garland of Good will* 之最早的刊本是一六三一年印行的。此诗在集中较有情趣，文字亦佳，故又有人疑系莎氏之作。

[22] 作者不明。

[23] 作者不明。此诗共五节，合为一首，但自 Malone 起以后若干编者

则自第十二行起将其余三节另排成为一首，似无此必要。

[24]charge the watch 费 解。Prince 引 Malone 注 云："Perhaps the poet, wishing for the approach of morning, enjoins the watch to hasten through their nocturnal duties."。Maxwell 引 Rolfe 注 云："accuse...the watch（ = timepiece）for marking time too slowly."。

杂 调 情 歌 ^[1]

···———⚜———···

一 ^[2]

是一位贵族小姐，三姊妹中她最俏，

她对她的教师非常非常地要好，

后来遇到一位英国人，俊得不得了，

    她的芳心转了向。   四

爱情和爱情纠缠得不清，

让教师失恋，还是要风流武士的命：

无论怎样做，哎，都不免苦痛，

    对这痴心的姑娘！   八

但必须拒绝一个。格外苦痛的

是她无法能使两人都满意，

武士很伤心，因为受了冷遇；

哎，她无可想！　　　　　　　　　　　　　　　一二
于是学问对抗武力，打赢了仗，
靠了才学夺去了这位姑娘；
再会，学者已经得到了漂亮女郎。
　　现在我的歌唱完了。　　　　　　　　　　一六

二 [3]

有一天，哎呀有一天，
爱情，总是在五月间，
看到一朵非常美的花
在明媚春光之中玩耍，　　　　　　　　　　四
风在茸茸的绿叶里
无影无踪地穿来穿去。
憔悴欲死的情人，
愿能化成天风一阵。　　　　　　　　　　　八
他说：风能吹拂你的脸，
风啊，我也愿这样得意一番！
但是哎呀！我已发誓说过，
永不把你从枝上攀折。　　　　　　　　　　一二
誓，唉，年轻人不该轻易发，
年轻人无不喜爱摘花。
周甫见到了你之后

也会认鸠诺为丑陋;　　　　　　　　　　　　　　　一六

　　也会放弃天神的尊严，

　　变为凡人来和你相恋。

三 [4]

我的羊不吃东西，

我的母羊不生育，

我的公羊不顺利，

　　一切都不称心;　　　　　　　　　　　　　　　　四

爱情的打击，

忠诚的被拒，

真心的废弃，

　　是这一切的原因。　　　　　　　　　　　　　　　八

我的快乐歌儿全已遗忘，

我的情人的爱意全已丢光，

她的忠心本在爱中深植，

如今那里只有坚决的拒斥。　　　　　　　　　　　一二

一件小小的不幸，

造成我这一切苦痛。

　　啊！命运女神，不该如此善变;

现在我才明白，　　　　　　　　　　　　　　　　一六

三心二意的情怀，

在女人比在男人中间更为常见。

我穿起丧服，

我无所恐怖，　　　　　　　　　　　　　　二〇

爱情已置我于不顾，

　　我忍受孤独；

心在鲜血直流，

需要予以急救，　　　　　　　　　　　　　二四

残酷的命运哟，

　　充满了痛苦。

我的牧笛吹不成声，

我的手铃响似丧钟；　　　　　　　　　　　二八

我的短尾狗一向兴致冲冲，

如今不再玩耍，像是怕在心中；

我的深深叹息

使我不禁哭泣，　　　　　　　　　　　　　三二

　　看我这悲惨情形放声大哭。

叹声荡漾

在荒原之上，

　　像血战中千百伤残的号呼！　　　　　　三六

清泉不喷射，

小鸟不唱歌，

草木的颜色

　　不肯展露出来；　　　　　　　　　　　四〇

牛群在哭，

羊群在睡觉，

山灵回头偷着瞧瞧，

　　一派惊惶的神态；　　　　　　　　　　　四四

我们牧人所能有的乐趣，

我们在原野上一切的欢聚，

我们晚间的游戏，全已消逝，

我们的爱没有了，爱已死去。　　　　　　　四八

再会，亲爱的姑娘，

从来没人像你这样

　　给我满足，又使我如此痛苦。

可怜的考利东[5]　　　　　　　　　　　　　五二

必须独自营生。

　　有什么别的方法，我看不出。

四 [6]

你一眼选中这位女郎，

下手之前把她置于掌握之中，

痴心的情人，这时节不可孟浪，

一面用情一面也要使用理性。　　　　　　　四

　　去请教几位明白人，

　　不太年轻，不是尚未婚。

你前去申诉你的衷曲，

语言不宜过分地斯文，   八
怕的是她疑心你有诡计；
跛子最容易发现瘸腿的人 [7]，
    坦白地说你很爱她，
    对自己不妨自卖自夸。   一二

她皱起眉头，你不必管，
夜晚之前她的阴沉的脸会放晴；
那时节她后悔将嫌太晚，
悔不该那样隐藏她的高兴；   一六
    天亮之前她会一再地想望
    她所轻蔑拒绝的对象。

她即使想用力抵抗，你不必慌，
她尽管咒骂，对你说不，   二○
她的脆弱力量终于要投降，
那时节她会狡狯地说出：
    "女人若像男人一样强有力，
    老实说你就不会得到她的。"   二四

你一切举措要适合她的意向：
不要舍不得花钱，主要的是在
能使你的优点获得赞赏；
能在小姐耳边为你吹嘘的奴才，   二八
    最坚强的城市堡垒，

金弹都可以把它摧毁。

永远死心塌地地表示殷勤，

求爱时要低声下气，　　　　　　　　　　　三二

除非你的小姐有了二心，

你不可急着另打主意。

　　机会到来，不可放松努力，

　　虽然她对你表示深拒。　　　　　　　　三六

女人们有一套把戏，

伪装起一层外表，

其中藏有小小诡计，

不让踩她们的雄鸡知道。　　　　　　　　　四○

　　你没有常常听人说过，

　　女人的"不"并不代表什么？

试想，女人们喜欢嫁男人，

不愿圣徒那样活下去，　　　　　　　　　　四四

其中没有天堂，她们

上了年纪才开始圣洁的。

　　床笫间的乐事若只限于接吻，

　　一个女人会和另一女人结婚。　　　　　四八

且慢！够了！怕已说得太多。

我的爱人若听到我这样歌唱，

她将怪我不该如此地长舌，
毫不犹豫地要在我耳边嘟囔[8]。   五二

    可是她会脸红，你要知道，
    听到她的秘密被我戳穿了。

五 [9]

和我一起生活，做我的爱人，
我们就会得到一切的欢欣，
丘陵、山谷、平原、田野，
以及巉岩峻岭所能给的一切。   四

我们就坐在山岩之上，
看牧人们放他们的羊，
清溪浅濑有淙淙的水声，
那里有嘤嘤的众鸟和鸣。   八

我们去铺设蔷薇的床位，
还有一千束芬芳的花卉，
一顶花冠，一条花裙
饰满了桃金娘的花纹。   一二

一根草茎和常春藤花苞编的带子，

上面有珊瑚的扣环和玛瑙的钉饰。

这些好东西若能打动你的心，

那么和我一起生活，做我的爱人。　　　　　　一六

情人的回答

如果世界和爱情真是那么鲜艳，

每个牧人的语言都没有欺骗，

这些美妙的快乐会打动我的心，

我愿和你一起生活，做你的爱人。　　　　　　二○

六 [10]

可巧有那么一天，

正是快乐的五月间，

我在一丛桃金娘

舒适的荫下乘凉，　　　　　　　　　　　　　四

羊在跳梁，鸟在歌唱，

树在壮大，植物在发旺;

除了夜莺之外，

一切均无任何不快。　　　　　　　　　　　　八

她，可怜的鸟，孤独寂寞，

把她的胸脯往荆棘上戳，

唱出了最愁苦的歌，

令人听了好生难过。　　　　　　　　　　　　　十二

"呸，呸，呸！"她在叫，

立刻又"特鲁，特鲁！"地号。

听她这样地哀诉，

我的眼泪几乎忍不住。　　　　　　　　　　　十六

因为她悲鸣得如此之恸，

勾起了我自己的心病。

啊！我想你悲伤也是徒然，

你的苦痛没有人怜；　　　　　　　　　　　　二十

没知觉的树听不见你，

无情的羊不会安慰你；

潘地昂国王已经死去 [11]，

你的朋友们都已进入棺里，　　　　　　　　　二四

其他的鸟儿都在歌唱，

不会理会你的哀伤。

可怜的鸟，我和你一般，

没有一个人对我垂怜。　　　　　　　　　　　二八

善变的命运笑容满面，

你和我都受了她的骗。

凡是口头恭维你的，

都不是患难中的知己。　　　　　　　　　　　三二

话像风一样，容易说出口，

忠诚的朋友却难得有：

你有钱花的时候，

每人都是你的朋友；　　　　　　　　　　　　三六

如果你手头存钱不丰，

没人会出钱供你使用。

一个人若是挥霍放荡，

他们会说他慷慨豪放，　　　　　　　　　　　四〇

并且说这样奉承的话语：

"他不是国王，真太可惜。"

如果他喜欢罪恶，

他们很快地把他诱惑；　　　　　　　　　　　四四

如果他喜爱女人，

他就会堕入她们的掌心。

可是命运之神一旦皱眉，

他的声名便从此堕毁，　　　　　　　　　　　四八

以前巴结他的人们

不再和他亲近。

你的真正的知己

曾在你困苦时帮助你：　　　　　　　　　　　五二

如果你悲哀，他会掉泪；

如果你醒着，他也不睡；

你心中有任何苦闷，

他总替你分担一份。　　　　　　　　　　　　五六

这便是一些确切的标准，

可以分别忠实朋友和谄媚的敌人。

注释

[1]《热烈的情人》共有二十首诗，但是后六首另有总标题，《杂调情歌》(*Sonnets to Sundry Notes of Musicke*)，其中所谓 sonnets 系从广义，即情歌之谓。

[2] 此诗作者不明。

[3] 此诗见《空爱一场》第四幕第三景，是 Dumain 写给 Katherine 的情歌，唯在十四行后多出两行。此诗亦再见于一六〇〇年刊之 *England's Helicon*，标题为 The passionate Shepherds Song。

[4] 作者不明。初见于 Thomas Weelkes 之 *Madrigals To 3. 4. 5. and 6. Voyces*，1597，再见于 *England's Helicon*，其标题为 The Unknown Shepherd's Complaint。

[5] 考利东 (Corydon)，牧羊人普通常见之名。

[6] 作者不明。

[7] A cripple soon can find a halt 系谚语，大意近似"不必班门弄斧"。另有其他的写法，或作"It is hard halting before a cripple."。Chaucer 则作"It is full hard to halten unespyed Bifore a crepul, for he can the craft."，意义更较明显。

[8] round me on th'ear 费解。如 round 是 whisper 之意，则下面应用 in 而非 on。Malone 改为 ring my ear，牛津本从之。

[9] 此诗为 Christopher Marlowe 所作，又见于 *England's Helicon*，唯此外尚多出两节。Izzak Waltor 之 *Complete Angler* (1655) 亦引用之，文字稍有出入。在 *England's Helicon* 里，"情人的回答"此一小标题则作：The Nymph's reply to the Shepherd，且多出五节，署名为 Ignoto (无名氏)，通常认为是 Sir Walter Raleigh 所作。

[10] 作者为 Richard Barnfield，初见于他的 *Poems：In diuers humors*，1598。前二十六行亦见于 *England's Helicon*，并添上二十七及二十八两行作为结尾。牛津本采用此结尾两行，故全诗为五十八行。

[11] 潘地昂（Pandion），据奥维德《变形记》，"Thrace 国王特鲁斯娶亚典王潘地昂之女 Progne 为妻，生子 Itys。特鲁斯奸其妻妹 Philomela，割其舌，并幽禁之。Progne 释出 Philomela，杀子 Itys 烹之以飨其父。她被变为燕子，Philomela 被变为夜莺，特鲁斯被变为戴胜鸟（hoopoe）云"。

露克利斯

Lucrece

序

一

　　一五九三年刊行的《维诺斯与阿都尼斯》献词中说："愿利用一切闲暇，期能以较有分量之作品为大人扬名。"翌年，《露克利斯》出版。可能《露克利斯》即是莎士比亚所谓之"较有分量之作品"，其行数较多，其内容亦较严肃。

　　《露克利斯》的标题页是这样的：

LUCRECE./London./Printed by Richard Field, for Iohn Harrison, and are/to be sold at the signe of the white Greyhound/in Paules Churchyard.1594.

　　标题是《露克利斯》，但是卷内正文前之标题及各页附列之小标题均为《露克利斯之被强奸》（*The Rape of Lucrece*），而同年五月间在书业公会登记时则又为 *Ravishment of Lucrece*，前后颇不一致。（"露克利斯"一字之读音，重音在第一音节，或第二音节。）

　　《露克利斯》之写作，显然是在一五九三年四月以后，一五九四年五月以前。也许是因为内容较为严肃之故，此诗销行不及《维诺斯与阿都尼斯》之畅，但是在莎士比亚生时也重版过四次

（一五九八年、一六〇〇年、一六〇七年、一六一六年），死后又重印过三次（一六二四年、一六三二年、一六五五年）。原刊本是四开本，重刊的都是八开本。

二

《露克利斯》的故事是很简单的，见诗人自撰"提要"。露克利斯被皇子强奸，羞愧自杀，激起公愤，推翻塔尔昆王朝，改建共和，相传是纪元前五〇九年在罗马发生的事。但是其中经过细节，则各家常有出入。莎士比亚写这首诗，大概参考过很多资料，最重要的是奥维德（Ovid: *Fasti*，II，721—825）与李维（Livy，I，57—60）。莎士比亚读过奥维德的作品，是没有疑问的；有些资料不见于奥维德而见于李维，莎士比亚是否直接读过李维，则不得而知。因为李维的作品在文艺复兴期间常被人大段地引用来注释奥维德，所以莎士比亚可能没有直接读过李维的原文，虽然从表面上看莎士比亚取材于李维之处多于奥维德。

中古英文有关露克利斯的作品也有不少，莎士比亚一定读过巢塞的故事，Chaucer: *The Legend of Good Women*，其中有二百零五行是露克利斯的故事（1680—1885）。他也可能读过高渥的故事，Gower: *Confessio Amantis*，Bk. VII，4926—4934，4964—4965。

此外，William Painter: *The Palace of Pleasure* 必是莎士比亚所熟知的，Bandello 的小说（以及 Belleforest 所翻译 *Histoires Tragiques* 里的 Bandello 的小说）都可能提供资料给莎士比亚。

莎士比亚的同时代作家丹尼尔（Samuel Daniel，1563—1619），也是由写诗而认真走入戏剧的一位作家，同时也是莎士比亚的好友，他有一首长诗 *The Complaint of Rosamond*（1592），体裁与《露克利斯》也相同，对莎士比亚的影响一定很大，这一点是马龙提出来的。莎士比亚可能是袭取了丹尼尔的技巧与情调，使他的《露克利斯》成为所谓"complaint poem"这一类型中的又一杰作。

三

《露克利斯》的诗体是当时最流行的叙事诗的形式，所谓"御体"（rhyme royal），因为相传用此种形式写成的 *The Kingis Quair* 乃是苏格兰王哲姆斯一世所作。每节七行，每行五音步，抑扬格，韵脚的排列是 a b a b b c c。巢塞的《脱爱勒斯与克莱西达》便是用这种诗体，所以有时又被称为"脱爱勒斯体"（Troilus verse）。据说莎士比亚本来有意使用《维诺斯与阿都尼斯》的六行体，并且试写了若干节，终于改用了"御体"，因为气势比较沉重庄严一些。

四

写诗是伊利沙白时代高尚绅士之传统的正当工作之一，写戏则不是。所以莎士比亚写这两部长诗是全力以赴的，在写作上尽量显露才华，在刊印上也认真监视。在《露克利斯》里我们可以窥见作者的想象之丰富，精力之充沛，辞藻之瑰丽，技巧之纯熟，但是最重要的是它透露了后来悲剧作品的雄浑沉郁之气。露克利斯的故事本身即是一个悲剧，其中的主要人物都是悲剧人物。把《露克利斯》和后来的悲剧做一比较分析的研究，是很有趣味的事。

"下笔不能自休"不是一句赞美之词，但也正是一位天才作家所必经的一个阶段。《露克利斯》是绚烂的，描写的细腻有时超出了必需的范围，例如有关脱爱战争的那幅画布，固然是很巧妙的侧面写法，写露克利斯的心情，但是未免写得太长了一些。再例如对于"时间"和"夜"的感叹，也嫌其冗。至于文字上常常使用纤巧的比喻，似不能独为莎士比亚病，实乃当时风气使然。诗中重心，时而在露克利斯，时而在塔尔昆，未能收人物统一之效，当然也是可议之处。

献 词

騷赞普顿伯爵、提赤菲男爵、

　　亨利·瑞兹利大人阁下：

　　区区对于大人之敬爱无穷无尽，此一小小著作无头无脑[1]，实不足以表达区区敬爱之忱于万一。拙作鄙不足道，而大人向来慷慨为怀[2]，深信必将惠然予以接受也。吾所为者，吾应为者，以及吾所有之一切一切，均为大人所有。吾苟有较大之能力，自当做较大之贡献；区区之力不过尔尔，但已全部奉献于左右矣。谨祝大人长寿无疆，幸福无量。

大人之忠仆

威廉·莎士比亚

注 释

[1] without beginning，指故事并非从头讲起，拉丁文所谓 in medias res。与上文"无穷无尽"相呼应，故译为"无头无脑"。

[2] Nicholas Rowe 根据 William Davenant 曾于一七〇九年记载：骚赞普顿有一次给予莎士比亚"一千镑，助其购置其有意购置的一笔产业"。一般批评家疑此款数目未免夸张，但此献词表示对其过去恩惠抱有感激之意，则似堪认定。

提 要

······◦◦◦◦◦◦◦◦◦······

　　陆舍斯·塔昆尼阿斯（Lucius Tarquinius，因过分狂傲而被人在姓名之后加"苏泊勃斯"，即 Superbus 字样）[1]，于使其岳父塞维阿斯·图利阿斯 [2]（Servius Tullius）惨遭杀害，并违反罗马法律与习俗，既未申请亦未听候人民同意，擅自夺取王位之后，在众儿郎与罗马贵族等陪同之下，前往围攻阿尔地亚 [3]（Ardea）。围攻时，某夜，军中将领聚集于国王之子塞克斯特斯·塔昆尼阿斯 [4]（Sextus Tarquinius）帐幕之内，晚餐后闲话，各自称赞其妻室之贤淑；其中有科拉丁诺斯 [5]（Collatinus）者，自诩其妻露克利西亚（Lucretia）贞洁无比。大众兴致勃勃驰返罗马，意欲于秘密突然归来之际，测验各自前所夸耀之事是否属实，仅科拉丁诺斯发现其妻虽在深夜犹偕婢等纺织不辍，其他贵妇则正跳舞欢宴或做其他娱乐。于是众皆承认科拉丁诺斯胜利，其妻可当贞洁之名而无愧。此时塞克斯特斯·塔昆尼阿斯已垂涎露克利斯之美貌，暂时抑制欲火，随众返回营地；旋即私自潜出，以其本人之身份，在科拉提阿

姆 [6]（Collatium）受得盛大欢迎，并承招待留宿。是夜潜入露克利斯寝室，强奸之，翌晨匆匆离去。露克利斯狼狈不堪，急遣使至罗马诣其父，又遣使至营地召科拉丁。二人皆至，一偕朱尼阿斯·布鲁特斯（Junius Brutus），一偕普伯利阿斯·瓦来利阿斯（Publius Valerius）；见露克利斯着丧服，问其故。伊先请二人发誓为之复仇，然后宣布罪犯姓名，描述全部经过，突然举剑自戕而死。于是二人一致誓言推翻众所厌恶之塔尔昆家族，舁尸至罗马，布鲁特斯将罪人及其罪行昭告民众，强烈攻击国王之暴虐。人民哗然，异口同声主张塔尔昆家族一律放逐，政府体制遂由国王一变而为执政官之制度。

注释

[1] 陆舍斯·塔昆尼阿斯是罗马第五任国王 Tarquinius Priscus（前617—前578年）的儿子，也是罗马第七任（亦即最后一任）国王。苏泊勃斯，Superbus，意为"妄自尊大"。

[2] 罗马第六任国王，本为奴隶出身。

[3] 阿尔地亚在罗马南二十四英里，"the capital of the Rutuli"。

[4] 塞克斯特斯，表示其为第六位王子。

[5] 科拉丁诺斯和塔昆尼阿斯·苏泊勃斯是表兄弟，故亦属塔尔昆家族。

[6] 科拉提阿姆，是 Latium 一城市，在罗马东十英里，由于露克利斯之节烈而于历史中享盛名。

露 克 利 斯

欲火中烧的塔尔昆，

鼓着邪恶的淫念，

匆匆离开围攻阿尔地亚的罗马大军，

带着隐在灰烬中的无光火焰， 四

往科拉提阿姆去称心如愿，

　　想用一团烈火来环抱

　　　科拉丁的贞洁美妻露克利斯的腰。

也许那"贞洁"之名不幸 八

激起了他的强烈欲念，

皆因科拉丁一时冲动，

不该那样极口地称赞

他的娇妻之无比的美艳： 一二

　　她的两眼有如天上的明星，

对他熠熠照耀，脉脉传情。

皆因前一夜在塔尔昆帐篷里，
他宣示了他所享有的幸福：　　　　　　　　　　一六
上天给了他多么大的福气，
竟有这样美的一位贤内助，
自以为幸运得无法描述。
　　　帝王可以获得更多的威望，　　　　　　　二〇
　　　但是娶不到这样好的姑娘。

啊！只有少数人才有的幸福，
一旦到手，很快地会失掉，
像清晨消融中的白露，　　　　　　　　　　　二四
禁不起太阳金光的照耀！
刚一开始就期满失效！
　　　贞节与美貌被拥在怀里，
　　　抵不住万般邪恶的侵袭。　　　　　　　二八

美貌本身就有力量
打动男人的眼睛，不需人来辩护，
那么何必再来加以赞扬，
来表彰这人间的尤物？　　　　　　　　　　三二
为什么科拉丁如此糊涂，
　　　应该懂得慢藏诲盗，
　　　竟公布自己拥有的珠宝？

也许他对露克利斯美貌的夸赞　　　　　　　　　三六
诱发了这位狂傲王子的动机，
因为我们常由耳闻而兴起邪念。
也许是嫉妒这样美好的东西，
举世无比，对他的狂傲是个刺激：　　　　　　四〇
　　　地位较低的人竟敢炫耀
　　　上级人所没有的好运道。

如果都不是，必是什么非非之想
督促他这样地仓促而去。　　　　　　　　　　四四
名誉、公务、朋友、地位，都丢在一旁，
他匆匆忙忙地一心一意
去扑灭他肝中燃着的淫欲。
　　　啊！莽撞的欲火，表面上冷若冰霜，　　四八
　　　你的早春会要枯萎，不得久长。

狂妄王子到了科拉提阿姆之后，
受到罗马女郎的殷勤欢迎，
在她脸上美貌与贞操互相争斗 [1]　　　　　　五二
应由谁来支撑她的美名。
贞操一夸口，美貌就羞得脸红；
　　　美貌若是以红晕自傲，
　　　贞操就以银白色来笼罩。　　　　　　　五六

但是美貌可以染成一片白，

那是借自维诺斯的鸽群;

贞操也可有美貌的红色,

贞操把红色给了黄金时代的人,　　　　　　　六〇

给他们的白脸镀金, 称之为盾:

　　　教他们在战斗中用作武器,

　　　耻辱进攻时, 红的要保护白的。

露克利斯脸上呈现这样的纹章,　　　　　　　六四

美貌的红和贞操的白表现无遗;

任一颜色都自命为对方的女王,

证明自古以来即有此项权利。

但是它们的野心使它们争斗不已;　　　　　　六八

　　　每一个都野心勃勃,

　　　常想把对方的威权篡夺。

百合蔷薇这一场静默战争,

塔尔昆在她脸上偷眼看到,　　　　　　　　　七二

双方大军捕捉他的奸细眼睛;

怕在两军之间把命送掉,

这怯懦的俘虏向双方喊叫

　　　投降, 双方都愿放他走去,　　　　　　七六

　　　不对这样无耻敌人表示胜利。

现在他想她的丈夫说话太浅薄,

那吝啬的家伙对她那样地称许,

他实在对不起她的绝色，　　　　　　　　　　　八〇
那不是他的薄弱技巧所能胜任的。
所以科拉丁欠下的赞语，
　　中迷的塔尔昆在想象中加以补充，
　　静静呆呆地瞪着他的大眼睛。　　　　　　八四

被这恶魔爱慕的人间圣者，
没有怀疑这位虚伪的来宾，
因为纯洁的心难得想到罪恶，
没被胶粘过的鸟不怕黑树林。　　　　　　　　八八
她内心无愧，所以十分欢欣，
　　对她的贵宾坦然地款待；
　　他内怀奸诈，外表没有失态。

因为他的身份掩饰了他的奸恶，　　　　　　　九二
把罪孽藏在威仪的皱褶里面，
一点也看不出他存心叵测，
除了有时眼睛滴溜滴溜地转，
已经看到一切，而还不满。　　　　　　　　　九六
　　可怜的富有者，贪心不足，
　　已经多得过分，还要追逐。

她从未对付过生人的眼睛，
不能了解眉目传情的意义，　　　　　　　　　一〇〇
也不能看懂脸上的表情

所代表的深奥的秘密：
她没吞过饵，对钩子没有过恐惧；
　　她不能解释他的贼溜溜的眼睛，　　　　　　　　　一〇四
　　只认作是他睁开眼睛对着光明。

他对她讲述她丈夫的英名，
是在肥沃的意大利原野上所赢得；
并且极力推崇科拉丁的家声，　　　　　　　　　　一〇八
戴着胜利花冠，打得盔甲残破，
以勇敢行径使得英勇的家声远播。
　　她喜欢得把她的双手高举，
　　为他的成功默默对上天感激。　　　　　　　　　一一二

他绝口不提他来此的意向，
他托故为他来此辩解；
他的平静无波的脸上
毫未露出阴霾风暴的威胁，　　　　　　　　　　　一一六
直到那恐怖之源的黑夜
　　在世上展出了一片黑暗，
　　把白昼幽囚在他的牢狱里面。

塔尔昆随后被送到他的床边，　　　　　　　　　　一二〇
假装作疲乏不堪的模样。
因为他晚饭后和露克利斯长谈，
消磨掉了整个夜晚的时光。

现在沉重的睡意和生命的活力对抗，　　　　　　　　　　　一二四
　　　人人都想享受睡眠的安宁，
　　　　　除了盗贼和忧虑不安的心灵。

塔尔昆正是那样辗转反侧的一个，
盘算着达成愿望时种种的危机；　　　　　　　　　　　　　一二八
但他决心要把希望的目标获得，
虽然这无望之事劝他最好放弃：
愈是无法得逞，愈想从中取利，
　　　如果一旦得逞有大利可享，　　　　　　　　　　　　一三二
　　　　　纵然牵涉到死，也不放在心上。

贪心大的人妄想图大利，
会把已经到手尚未占有的部分
孤注一掷地投了下去；　　　　　　　　　　　　　　　　　一三六
想要再多得，反倒受了减损，
努力要多赚，而过多的利润
　　　成了过分膨胀，引出了苦难，
　　　　　使这金玉其外的富足宣告破产。　　　　　　　　　一四〇

人人都想要在迟暮之年
享受荣誉、富有、舒适的生活，
要达到此目的而面面俱到就很难，
不是牺牲全部便是牺牲一个：　　　　　　　　　　　　　　一四四
例如为了荣誉而甘冒战火，

为了财富而牺牲荣誉；而财富
使一切死亡，是一切毁灭的归宿。

所以我们有所希冀，走错一步，　　　　　　　　一四八
便不免要忘形莽撞；
这种野心的贪心不足，
诛求无厌，还逼我们谬误地想望
我们之所无 [2]：于是我们真正地会忘　　　　　　一五二
　　我们之所有，而且由于智慧缺乏，
　　把不值一提的东西加以夸大。

淫昏的塔尔昆必须冒这个险，
把荣誉孤注一掷去满足肉欲，　　　　　　　　　一五六
为自己而必须丢尽自己的脸。
没有自尊，还谈什么正义？
他如何能希望别人诚实无欺，
　　如果他自己先毁灭了自己，　　　　　　　　一六〇
　　受人唾骂，过狼狈的日子？

现在已到了夜深的时光，
睡眠已闭起了我们的眼睛；
没有一颗星发出一点亮，　　　　　　　　　　　一六四
没有声音，除了鸱鸮和狼的凶鸣；
现在正是时候前去进攻
　　纯洁的羔羊；良心已经死就，

淫欲凶杀正好一显身手。　　　　　　　　一六八

这淫荡的王子从床上跳起，
把长袍往他的臂上一搭，
心中一上一下，又情急又恐惧，
一方面开心，一方面害怕；　　　　　　　一七二
但是恐惧敌不过肉欲的魔法，
　　　常常逼得他往后撤退，
　　　他昏头转向地被击溃。

他用弯刀在石头上轻轻敲打，　　　　　　一七六
好让冰冷的石头有火星飞窜，
他立刻用以点燃一支大蜡，
做他一双色眼的指南，
坚决地对着蜡火开谈：　　　　　　　　　一八〇
　　　"恰似我逼这冷石头冒火，
　　　我也要逼露克利斯从我。"

他吓得脸色苍白，暗暗思忖
他的丑行所冒的危险，　　　　　　　　　一八四
在内心中他在辩论
这将引起何等的苦难。
于是他露出鄙夷的神情满脸，
　　　肉欲总会消歇，其赤裸武器不足恃 [3]，　　一八八
　　　他对他的邪念便这样地予以申斥：

"蜡烛，烧完你的亮光，
她比你亮，你别遮暗了她；
邪念，你尚未用你的肮脏　　　　　　　　　　一九二
玷污她的圣洁，你死了吧。
该焚香在这样纯洁的龛下：

　　　玷污爱情之雪白的外衣，
　　　当为全人类之所共弃。　　　　　　　　一九六

"啊，这会使武士和武器感觉惭愧！
啊，这是我祖上门楣的耻辱！
啊，这是含有一切损害的罪恶行为！
一位军人竟成为爱情的俘虏！　　　　　　　二〇〇
真的勇敢不该一切不顾！

　　　我的行为若是如此地卑鄙放荡，
　　　必将永久地刻在我的脸上。

"是的，我死后，这丑闻也会长存，　　　　　二〇四
成为我的勋章上的污点；
可厌的颜色将涂上我的勋纹[4]，
象征我曾怎样荒谬地痴恋；
我的后人将因此而失去颜面，　　　　　　　二〇八

　　　将诅咒我的骸骨，会公然讥讪，
　　　愿当初没有我这样的一个祖先。

"纵然如愿以偿，又有何所得？

梦幻，泡影，片时欢乐而已。　　　　　　二一二
谁肯哭一星期，买片时欢乐?
或出卖灵魂换取一件玩具?
谁肯为一颗甜葡萄把整棵树毁去?
　　哪个蠢乞丐，只为摸一下王冠，　　　二一六
　　愿立即被权杖一下打翻?

"如果科拉丁诺斯料到我的用意，
他会不会惊起，怒气冲冲，
赶来防止我达成这卑鄙的目的?　　　　二二〇
这对他妻子的进攻，
这青年之耻，这老年的隐痛，
　　这性命交关的事，这永久的羞辱，
　　其罪状永久地难以被人宽恕?　　　二二四

"啊! 我将如何为我自己分辩，
你若指控我的行为如此恶劣?
我能不张口结舌，浑身抖颤，
眼睛失去视力，虚伪的心头淌血?　　　二二八
罪恶固然大，恐惧更要大些:
　　恐惧之极，既不敢斗，又不能逃，
　　只好懦夫一般抖颤着等死罢了。

"科拉丁诺斯若杀了我的儿子或父亲，　　二三二
或者在埋伏中要取我的性命，

或者他根本不是我亲近的友人，

我也许有理由对他的妻子进攻，

作为是斗争中复仇的举动。　　　　　　　　　二三六

　　但他是我的族人，好朋友，

　　罪过无以自解，将抱憾于永久。

"确是可耻；如果事情败露：

确是可恨；爱中不该有恨：　　　　　　　　　二四〇

我去求她爱；但她不能自主：

顶多是被拒绝，被申斥一顿。

我的欲望强，理性无法和它理论。

　　一个人信服老人的格言或箴铭，　　　　　二四四

　　看了一幅画布才会肃然起敬 [5]。"

他便这样邪恶地在内心盘算，

一面是冰冻的良心，一面是火热的肉欲。

从善念中他也会通权达变 [6]，　　　　　　　二四八

加以曲解，以取得自己的利益。

这一念之差就足以立刻毁弃

　　一切善良的情操，而且想入非非，

　　卑鄙的事也像是善良的行为。　　　　　　二五二

他说："她和善地握我的手，

望着我色眯眯的眼睛等待消息，

生怕她亲爱的丈夫那群战友

有了什么不祥的遭遇。 二五六

啊！一抹红晕在她惊慌的脸上泛起：

　　先是红得像我们放在细纱上的玫瑰，

　　后来像是取掉玫瑰的纱那样地白。

"现在她的手在我的手里牵着， 二六〇

她因衷心恐惧而不住地抖颤！

她着急，手便愈发快地哆嗦，

直到听说她的夫君一切平安，

她这才高兴得一笑嫣然： 二六四

　　拿西塞斯若看到她那样子 [7]，

　　决不会顾影自怜跳水而死。

"我又何必寻求借口来分辩？

美人开言，雄辩家都会变哑巴； 二六八

小人物犯小错才良心不安；

诸多顾忌，爱情便不会发达。

情欲是我的主宰，我一切听它。

　　它的彩旗一旦飘扬， 二七二

　　懦夫也会战斗，不会沮丧。

"那么，幼稚的恐惧，滚开！犹豫不决，死去！

考虑与理性，去陪伴满脸皱纹的老年！

我的心永不反驳我的眼力： 二七六

三思后行乃是老年人的特点，

我是青年，这一切我全不管。

　　欲望是我向导，美人是我目的。

　　有这样的宝贝，谁还怕沉沦下去？"　　　　　　　　二八〇

像禾谷被莠草埋没，恐惧之心

也几被放纵的欲念所窒息。

他竖起耳朵偷偷地前进，

满怀非分之想，也满怀疑惧。　　　　　　　　　　　二八四

二者都是坏人所免不了的，

　　各以相反的理由弄得他心神不定，

　　时而想要罢手，时而又要进攻。

她的倩影长驻在他的心念之中，　　　　　　　　　　二八八

可是科拉丁诺斯也在那里盘桓：

一眼看见她，便要丧失理性；

一眼看见他，心中安静一点，

便不至于那样地眼花缭乱。　　　　　　　　　　　　二九二

　　眼睛便要请求内心帮忙，

　　内心一迷糊，也会投向罪恶的一方。

这样一来他的躯体勇气百倍，

居然有内心欣然赞许，　　　　　　　　　　　　　　二九六

于是欲望膨胀，如分秒时辰之聚累；

有内心做统帅，躯体十分得意，

尽其所有地表示敬礼。

这罗马王子被邪念导引， 三〇〇
　　大踏步走向露克利斯的内寝。

他的欲望与她的寝室之间的门锁，
他一重重地打破，应手而开启；
每个门锁打开，都对他斥责， 三〇四
吓得这贼不得不小心翼翼：
门嘟嘟地响，宣布他的秘密；
　　夜出的鼬鼠见了他而惊呼，
　　它们吓了他，他依然进行他的恐怖。 三〇八

每道门勉强地让他通过，
风从各个缝隙飕飕地荡漾，
吹得他的烛光摇晃，要他止步；
又把烛烟照直吹到他的脸上， 三一二
这便是有意要他迷失方向；
　　但是他的淫心，欲火中烧，
　　喷出了火又把蜡烛点燃了。

点燃之后，他就发现 三一六
露克利斯的手套，插着绣针几支。
他从灯芯草上把它拾捡[8]，
用手一握，针刺了他的手指，
好像是说："这手套不惯受人调戏， 三二〇
　　你赶快地去回转，

　　主人的装饰品也凛不可犯。"

这些小小阻力把他拦阻不了，
他采用最坏的解释予以说明：　　　　　　　　三二四
拦阻他的那个门、风、手套，
都是偶然遭遇的事情，
像分秒指针之拖延报时的钟，
　　虽然缓慢移动妨碍他的进展，　　　　　　三二八
　　每分钟终于是在凑足一个钟点。

"所以，所以，"他说，"我遭遇的障碍，
像是早春小小的霜降，
使春天显得格外活泼可爱，　　　　　　　　三三二
使冻僵的鸟儿更有理由歌唱；
吃一点苦才能有幸福可享，
　　巨礁、大风、剧盗、浅滩，
　　商贾都怕，在还乡致富之前。"　　　　　三三六

现在他来到寝室门前，
一道门使得他不能享天堂之乐。
其实没有什么，只是一根门闩，
就不能把他梦想的幸福获得。　　　　　　　三四〇
邪心使他如此地张皇失措，
　　竟祷告上天让他如愿以偿，
　　好像上天会赞助他的猖狂。

但是就在他枉自祈祷之际，   三四四

悬求天上的永恒之神

帮他的邪念把佳人获取，

并且到时候呵护他一切顺心，

他突然退缩，他说："我去蹂躏女人，   三四八

    是我所祈祷的天神之所不容，

    怎能帮我做出这样的罪行？

"那么爱和幸运之神做我的向导！

我的主意是有决心来支持的，   三五二

念头只是梦，除非真做出来了。

最大的罪也可以邀赦免议，

恐惧的寒霜遇到爱火也会融去。

    太阳已经隐起，昏沉的夜晚   三五六

    会遮掩欢乐之后的羞赧。"

说完了，他的孽手拉起门闩，

用膝头把房门拱得大敞开。

夜鸦要来抓的斑鸠睡得正甜   三六○

罪行就是这样鬼祟地做了出来。

发现毒蛇的人都会自动躲开，

    但是她在熟睡，想不到会有变故，

    只得任由他的毒手摆布。   三六四

他阴险地溜进了寝室，

望着她的尚未玷污的床。
床幔紧闭，他只得走来走去，
转动一双淫眼，绕室彷徨。　　　　　　　　三六八
眼睛不正，心也跟着荒唐。
　　他的心立刻对手传下令来，
　　把遮掩明月的云翳拉开。

喏，像光芒四射的骄阳，　　　　　　　　三七二
从云里冲出，令人目为之眩，
床幔拉开，他也得把眼闭上，
因为更亮的光照盲了他的眼。
也许是她照耀出光芒一片，　　　　　　　三七六
　　使他目眩，也许是他有惭愧之心，
　　总之眼是盲了，闭得紧紧。

啊！那两眼若死在那黑牢里面，
总算结束了它们的滔天大罪。　　　　　　三八〇
科拉丁便依然可以在露克利斯身边，
依然可以在纯洁的床上安睡。
但是眼一定要睁，害这幸福的一对，
　　圣洁的露克利斯一定要牺牲　　　　　三八四
　　她的喜悦、生命、快乐，满足他的眼睛。

她的洁白的手托着她的香腮，
夺去了枕头应得的一吻；

枕头大怒，中间塌陷像要裂开，   三八八
两端翘起来，要把她亲；
她的头埋进两峰之间的夹心，
    她躺在那里像一尊善良的神像，
    让那淫秽的眼睛对她景仰。   三九二

她另一只手伸在床外边，
放在绿罩单上，那份白皙
像草地上一株四月雏菊一般，
颗颗汗珠像夜间的露水似的；   三九六
她的眼像金盏草，已把光彩收起，
    在黑暗笼罩之下安然入睡，
    等着张开做白天的点缀。

她的发似金线，和她的呼吸逗着玩。   四〇〇
啊，好文雅的纵乐者！好放纵的雅兴！
这表示她虽睡得像死一般，
她的生命依然把睡眠战胜。
在睡眠中，生与死交相掩映，   四〇四
    好像二者之间没有什么争斗，
    生在死中，死在生命里头。

她的双乳像是苍空中象牙星体，
是一对未被开发过的纯洁世界，   四〇八
除了主人之外不受任何人的奴役，

但是对主人就誓必服服帖帖。
这新世界使塔尔昆有了新主意，
　　他像是篡位者，立刻着手　　　　　　　　　　四一二
　　把主人从这宝座上赶走。

他看到什么而不细心注意？
他注意什么而不欲据为己有？
他见到的，他就喜爱不已，　　　　　　　　　　四一六
就用贪馋的眼睛去看个够；
他爱慕，但不限于心中感受，
　　她的蓝的血管，白的皮肤，
　　珊瑚色的唇，雪白酒窝的颊部。　　　　　　　四二〇

这雄狮在猎物前面温存一番，
饥火已经有一些满足之意，
所以塔尔昆暂且容她安眠，
看看也可把欲火平复下去；　　　　　　　　　　四二四
是缓和，不是抑制，因为在她一旁站立，
　　他的眼，刚刚约束住一场暴动，
　　又引得他的血脉沸腾。

他的眼睛，像从事劫掠的散兵游勇，　　　　　　四二八
放手抢夺的狠心奴才，
喜欢残杀奸淫的暴行，
不管孩子的眼泪或母亲的悲哀，

现在瞪得大大的，盼着进攻到来。　　　　　四三二
　　　怦怦跳的心立刻响起号声，
　　　下令进攻，任两眼自由行动。

他的咚咚响的心，鼓舞他的火眼，
他的眼把指挥权交给他的手；　　　　　　　四三六
他的手，好像是得意地掌握大权，
骄气凌人，大踏步地向前走，
进驻到她的酥胸，她全身的枢纽；
　　　他的手抚摸那一条条的蓝血脉，　　　四四〇
　　　使那两座圆塔惨兮兮地黯然失色。

血液急速奔赴寂静的心房，
那是女主人的居住之所，
告诉她她已陷入围困的中央，　　　　　　　四四四
乱喊乱叫地使她受了惊吓。
她睁开眼睛，慌张失措，
　　　想要偷看出了什么祸乱，
　　　又被他的烛火照得睁不开眼。　　　　四四八

试想一个女人在夜深的时光，
猛然做噩梦从睡中惊起，
以为方才看见了魑魅魍魉，
自然要浑身发抖魂不附体。　　　　　　　　四五二
那多可怕！但她处境更急，

她从睡中醒来，清清楚楚看到
想象中的恐怖居然实现了。

被层层恐惧所包围困扰，   四五六
像刚被害的小鸟，她躺着发抖；
她不敢看，可是眼睛闭了，
一群闪动的怪物出现，样子好丑，
像虚弱的头脑幻出来的虚构。   四六〇
　　由于愤恨在黑暗中两眼发昏，
　　所以幻出更可怕的景象吓吓它们。

抚在她胸上的他那只手，
是用以撞击那垛象牙的墙，   四六四
可以摸到她的心正在遭难发愁。
好可怜，一上一下地想把自己毁伤，
撞击她的躯体，他的手随之动荡。
　　这使他更凶，更少怜悯之意，   四六八
　　更想撞个窟窿钻进去。

先是像只喇叭，他从嘴里吹出
谈判号声，通知他的怯懦的敌人；
她在白被单上伸出更白的嘴部，   四七二
把这悍然进攻的理由来问；
他企图用手势说明他的用心，
　　但她还是义正词严地追究

他做这坏事是凭什么理由。　　　　　　　四七六

他这样回答:"你那容颜
使百合变得苍白,怒气冲冲;
使蔷薇红着脸自觉羞惭,
就会解释我的一片衷情;　　　　　　　四八〇
就是根据这个理由我来攀登
　　你那未被征服的堡垒;怪你自己,
　　是你的眼睛把你出卖给我的。

"你若有意责怪,我先要责怪你:　　　　四八四
你的美貌把你陷入今夜的局面,
你必须安静地服从我的主意,
我有意在今夜向你求欢,
这是我倾全力以求的好事一端。　　　　四八八
　　理性与良心刚扑灭我的淫念,
　　你的美貌又使它死灰复燃。

"我晓得我的企图要带来什么麻烦:
我知道什么尖刺要防护蔷薇;　　　　　四九二
我料到蜂蜜必有螫针卫捍;
这一切我事前都完全体会,
但是热情不肯听从朋友的劝规;
　　它只是有兴致观赏美貌,　　　　　四九六
　　看了就爱,不顾法律和朋友之道。

"我已在心里暗中盘算，

我将造成何等的罪行、羞辱、悲哀，

但是热情发动谁也不能拦，　　　　　　　　　五〇〇

谁也不能阻止那火急的狂态。

我知道事后要流悔恨的眼泪，

　　自责、自蔑和无限的敌意，

　　但我仍不能放松我的狂妄之举。"　　　　　五〇四

说完这话，他高举他的宝剑，

像一只鹰盘旋在高空，

那翅影使下面的家禽蹲伏收敛，

那弯喙威胁着一动即送命：　　　　　　　　　五〇八

露克利斯在这利剑威胁之中，

　　战战兢兢地听他把话说完，

　　像家禽听着鹰的铃响一般。

"露克利斯，"他说，"我今夜要享受你一番，　　五一二

你若拒绝，我只好用武力进行，

我打算在你床上把你摧残；

事毕之后，我要杀你的贱奴一名，

我要你的命，还要毁你的名声；　　　　　　　五一六

　　我要把他放进你的怀抱，

　　就说我见你拥抱他，故此把他杀掉。

"这样你的丈夫就要成为

每个人讥讪取笑的对象;　　　　　　　　　　五二〇

你的族人因此抬不起头来,

你的儿孙因此乱奸而名誉受伤;

而你,这耻辱皆是由你所创,

　　你的丑行将有人作歌传诵,　　　　　　五二四

　　一代代的孩子们也要来歌咏。

"如果你屈服,我为你保密;

过错无人知,犹如没犯错;

小小的毛病,为达成大好目的,　　　　　　五二八

是于法可以原恕的罪过。

毒药有时候可以糅和

　　在良药里,这样一搅拌,

　　毒素的效果也就会消散。　　　　　　　五三二

"为了你的丈夫和你的儿孙,

接受我的请求,莫把永远

无法消除的耻辱留给他们。

那将是永不能忘的污点[9],　　　　　　　　五三六

比奴隶的烙印或生来的缺陷更惨[10]。

　　因为生来就有的标记

　　是自然的过失,不是他们自己的。"

把妖蛇致人于死的眼睛一瞪,　　　　　　　五四〇

他站了起来,把话停住;

她，真乃天真无邪的写生，
像兀鹰爪下的一只白鹿，
在没有王法的荒野中祷祝，　　　　　　　　五四四
　　祷求不为礼法所囿，
　　只知满足欲望的野兽。

但当一朵乌云要遮蔽世界，
高耸的山巅没入阴雾里边，　　　　　　　　五四八
就有一股轻风从地心生了出来，
把漆黑一团的水汽吹散，
防止水汽立刻落到地面。
　　她便是用语言延缓他的鲁莽，　　　　　五五二
　　奥菲阿斯奏乐，普鲁托也会把眼合上 [11]。

夜中醒着的猫，只是闹着玩，
被抓紧的老鼠，气都喘不过。
她的严肃的态度增强了他的馋，　　　　　　五五六
那原是永远填不满的欲壑。
他的耳朵听了她的哀哀诉说，
　　心里却未把她的怨诉听了进去。
　　水能穿石，但泪只能强化淫欲。　　　　五六〇

她的哀求的眼睛苦苦地盯看
他的脸上无情的皱纹，
她的文雅的谈吐羼了声声长叹，

使得她的雄辩格外动人。　　　　　　　　　　五六四
她的句子没有正常标点可寻，
　　她的话常在句子中间停止，
　　说一句话要两次开始。

她求他，指着天神周甫的威名；　　　　　　　五六八
指着武士风度、高贵门风、朋友情分；
指着她本不该洒的泪，她丈夫的爱情；
指着神圣的人道，人类共有的信任；
指着天、地，以及一切的神，　　　　　　　　五七二
　　求他退回到他自己的床边去，
　　要服从荣誉，不要顺从肉欲。

她说："我好心款待你，
你不可用你提出的方式酬答我，　　　　　　　五七六
不可在你就饮的清泉里面投泥，
不可把无法修补的东西打破。
停止瞄准，趁你尚未发射：
　　未到季节就弯弓射鹿，　　　　　　　　　五八〇
　　算不得一名好猎夫。

"我丈夫是你的朋友，看他面上饶了我；
你本人伟大，为你自己不该和我胡缠；
我是弱者，不必为我设下网罗；　　　　　　　五八四
你不像是骗子，不要对我行骗。

我的叹息像狂风，想要把你驱赶。
　　如果男人受不住女人的哀鸣，
　　愿你受我鼻涕眼泪的感动。　　　　　　　　五八八

"鼻涕眼泪，像骇浪涛天，
打击你那礁石般害人的心，
以不断的行动把它变成松软。
因为石头会溶，禁不住水浸。　　　　　　　　五九二
啊！如果你不比石头更硬，
　　我一哭你就溶吧，对我怜悯，
　　慈悲心会进入一道铁门。

"我接待你，当你是塔尔昆，　　　　　　　　　五九六
你难道是冒充他，要陷害他？
我要报告天上所有的众神，
你伤了他的清誉，污了他的门阀。
你不是表面相似的他，如果是的话，　　　　　六〇〇
　　你不像是有帝王天神的身份，
　　因为帝王像天神做事有分寸。

"你年纪轻轻，罪恶已萌，
成年之后，必更滋长成熟！　　　　　　　　　六〇四
备位王储，就敢这样横行，
一旦登极，什么事做不出？
啊！要记取，俗子凡夫

做了错事是无法抹除的，　　　　　　　　六〇八
帝王的罪行不能埋在坟里。

"这行为只能令人对你因惧而爱，
但是贤明的王总是令人因爱而惧。
有些罪大恶极的人你必须忍耐，　　　　　六一二
如果他们指出你有同样的恶迹。
若怕有这种情事，消除你的肉欲。
　　帝王乃是明镜、教师、模范，
　　供臣民学习、阅读、观看。　　　　　六一六

"你可愿做传习淫欲的学府？
让淫棍读你这样可耻的课程？
你可愿做一面明镜，令他看出
一个人可以知法犯法，明知故纵，　　　　六二〇
以你的名义批准罪行？
　　你是在支持对美名的毁谤，
　　你使美名变成了淫媒一样。

"你有威权吗？莫辜负上天赋给你权威：　　六二四
要以纯洁的心控制你的反叛的欲火，
不要拔剑保卫邪恶的行为，
给你剑是要你灭绝一切罪恶。
你如何能善尽帝王的职责，　　　　　　　六二八
　　若是深恶大罪以你为前例可援，

说是向你学习犯罪，是你首开其端？

"只消想想那是何等尴尬，

在别人身上看到你自己的罪行。　　　　　　六三二

人的过错很少自己看得出来，

他们把自己的罪过曲意弥缝，

这罪若在别人身上就该处死刑。

　　　啊！不肯正视自己罪行的人们，　　　　六三六

　　　是多么可耻可恨。

"我举起手来求你，求你，

别莽撞地依从性欲的引诱；

我请求你那退位的尊严复辟，　　　　　　　六四〇

让它复位，让阿谀退后；

它的认真考虑会把邪念押扣，

　　　扫除你那眼前的障翳，

　　　你将看清你的身份，怜悯我的遭遇。"　　六四四

"别说了，"他说，"我的怒潮

不会回转，越阻挡越是高涨。

小火容易吹熄，大火不屈不挠，

风一吹更要烧得狂放；　　　　　　　　　　六四八

小河天天以淡水注入海洋，

　　　只是增长海的浪涛，

　　　不能改变海水的味道。"

"你是，"她说，"海洋，伟大的君王。　　　　　六五二
注意！你那一片汪洋之中
起了邪欲，耻辱，荒唐，
要玷污你的传统的名声。
如果这些毛病改变了你的德行，　　　　　　六五六
　　　你的海洋是被关进了泥淖，
　　　不是泥淖在你海洋里消没。

"这些奴才将要称王，你变成奴仆；
你高贵地屈居低贱，他们卑贱地成为贵显；　　六六〇
你是他们的宝贵生命，他们是你的坟墓；
你露出贱相，他们放荡，都讨人厌。
在下位的不该把在上位的遮掩：
　　　高大的杉木不蹲在灌木脚前，　　　　六六四
　　　矮灌木枯死在杉木的根边。

"所以在你支配下的那些念头——"
"不必说下去，"他说，"我不要听。
顺从我的爱，否则强迫你接受，　　　　　　六六八
将没有爱的轻抚，只有鲁莽的暴行。
事完之后，我将以恶意轻蔑的心情
　　　把你抱到一个贱奴的床上去，
　　　让他做你耻辱结局的伴侣。"　　　　六七二

他说完，用脚踩灭了烛火，

因为光明和肉欲原是死敌。

羞惭在茫茫黑夜之中藏躲，

人在最黑暗的时候最无惮忌; 　　　　　　　　　六七六

狼抓到了羊，羊在哀啼;

　　　最后白羊毛堵住了自己的声音，

　　　呼喊声被关进了她的芳唇。

因为他用她穿着的睡衣 　　　　　　　　　　　六八〇

窒息了她的哀声叫嚷，

用最贞洁的眼睛流出来的

最纯洁的泪水洗他滚烫的脸庞。

啊! 强烈的淫欲竟玷污了如此纯洁的床， 　　　六八四

　　　如果眼泪能洗荡那些污点，

　　　她的眼泪会永久洒在上面。

但她已失去比生命更宝贵的东西，

他所获得的会再失掉。 　　　　　　　　　　　六八八

强逼成奸会引起更多的抗拒，

短暂的快活造成几个月的烦恼。

这热烈欲火变成了冷峻的轻蔑:

　　　纯洁的贞操失去了它的宝货， 　　　　　六九二

　　　那强盗淫欲却比以前更穷得多。

看! 像喂饱了的猎犬或苍鹰

不宜追踪淡味或迅速飞上天，

必定行动缓慢，或完全怠工，　　　　　　　　　　六九六
把本性欢喜的猎物放还；
饱饫的塔尔昆今晚也是这样进餐：
　　尝起来可口，吃下去酸涩乏味，
　　靠狂啖过活的欲火就狼吞虎咽起来。　　　　七○○

啊！这是比无穷想象在沉思里
所能想出来的更为深沉的罪过。
"烂醉的欲望"必须呕出它所吞下的，
才能看清它自己的丑恶。　　　　　　　　　　七○四
肉欲正在高潮，怎样地吆喝
　　也不能使他的欲火消歇，
　　最后像劣马一样，自己会筋疲力竭。

随后露出一副瘦长苍白的脸庞，　　　　　　　　七○八
狞眉皱眼的，步伐无力的，
一副可怜相的"虚弱的欲望"，
像一文不名的乞丐哭他的境遇。
躯体是狂傲的，肉欲与天理为敌，　　　　　　　七一二
　　他在那里作乐，可是骄气一消，
　　那犯罪的叛徒就祈祷告饶。

这位邪恶的罗马王子就是这样。
他热烈地企求成其好事，　　　　　　　　　　　七一六
如今他自己宣告了他自己的下场，

以后世世代代为人所不齿。

而且，他的灵魂的圣地受了损失，

　　各种焦虑都集合在那废址上面，　　　　　　七二○

　　叩问那受损的灵魂是否平安。

它说，它的属下叛变[12]，

攻倒了它的神圣的城墙，

它们犯了严重的罪愆，　　　　　　　　　　　七二四

迫使它的灵魂屈降，

活着受罪，苦痛久长。

　　它一向知道控制它的部曲，

　　但仍无法防止它们的妄举。　　　　　　　　七二八

这样想着，他度过了漫漫长夜，

一个被俘的征服者，虽胜犹败。

带着不治的创伤而别，

难以疗愈的疮疤将永久存在，　　　　　　　　七三二

使那受害人更是痛苦难挨：

　　她担负他留下的奸污了的肉身，

　　他担负他自己不安的良心。

他像偷偷溜去的一条癞狗，　　　　　　　　　七三六

她像躺着喘息的一头倦羊；

他恨自己的丑行而皱起眉头，

她气极败坏地用指甲抓了一身伤；

他心慌汗下，匆匆地逃亡，　　　　　　　七四〇
　　她留在那里，咒骂黑夜可恨；
　　他跑，骂那已逝而可厌的快活一阵。

他带着忏悔者的沉重心情离去，
她是绝望的被遗弃在那边；　　　　　　　七四四
他匆匆盼着看见晨曦，
她祈祷永勿再见白天；
"因为白天，"她说，"要公布夜间出的事端，
　　我的贞洁的眼睛从不知道如何　　　　七四八
　　用狡狯的面貌遮掩罪过。

"我的眼睛想到每只眼睛必都能看见
我自己所看到的耻辱，
所以我的眼睛宁愿长留黑暗中间，　　　　七五二
让没人看见的罪恶没人传述。
因为眼睛一哭就会把罪过泄出，
　　像镪水腐蚀钢铁一般
　　在我脸上刻划难忍的羞惭。"　　　　七五六

于是她咒骂睡眠与休息，
她要她的眼睛以后永远瞎掉；
她捶胸，把她的心惊起，
要它跳到别处去，也许能找到　　　　　　七六〇
较纯洁的地方把这样纯洁的心包好。

她悲愤之极，便尽情发泄，
骂那鬼鬼祟祟的黑夜：

"啊，屠杀欢乐的夜，地狱的阴影！　　　　　　七六四
耻辱的公证人与灰色记录！
悲剧与凶杀之黑色的背景[13]！
含垢纳污的混沌！罪恶的保姆！
盲目包头的淫媒！恶名的隐蔽处！　　　　　　七六八
　　死的洞窟！和强奸谋叛！
　　窃窃私语的共同犯！

"啊，可恨的湿雾弥漫的长夜！
你害得我罪无可逭。　　　　　　　　　　　　七七二
啸聚你的毒雾把东方的光明堵截，
和那按部就班的时间作战；
如果你任由太阳高攀，
　　到了中天，要趁它尚未上床，　　　　　　七七六
　　把毒云罩在它的金头之上。

"用腐秽的湿气污染晨间的空气，
趁太阳尚未趱赶正午的路程，
用那不健康的气息侵袭　　　　　　　　　　　七八〇
它那纯洁的生命；
把你的湿雾聚得很浓，
　　把阳光埋在烟雾里边，

午间日落，像黑夜一般。 七八四

"假如塔尔昆是夜，他本是黑暗的产物，
他会污染那银光四射的月亮，
也会污辱它那些闪闪的婢仆，
使它们不能再透过夜幕窥望， 七八八
这样我的苦痛也好有人同享：
　　苦难有人陪伴可使苦难消减，
　　像香客们谈天可使路程缩短。

"如今没有人陪着我赧颜， 七九二
陪我叉着胳膊俯着头，
拉下帽檐遮羞脸；
我必须独自坐着发愁，
把咸的泪水往土地上投， 七九六
　　在谈话中屡眼泪，在哀伤中屡呻吟，
　　都是永久悲哀之短暂的纪念品。

"啊，夜！你是冒黑烟的熔炉。
不要让警觉的白昼看见 八○○
在你黑袍遮掩之下匍匐
遭苦难而感羞惭的那张脸，
继续盘踞你那漆黑的地点，
　　以便在你治下发生的罪行 八○四
　　可以长久埋进你的阴影。

"别让我给饶舌的白昼做话柄！
我失节的经过，婚盟的败坏，
都在我脸上书写得分明，　　　　　　　　　　八〇八
白昼一定会照得出来。
是的，即使不识字的蠢材
　　　看不懂高深的典册，
　　　　在我脸上也会看出丑陋的罪恶。　　　八一二

"保姆哄孩子，全要讲我的故事，
用塔尔昆的名字吓阻婴儿哭；
雄辩家为了润饰他的辩词，
咒骂塔尔昆，会提起我的耻辱；　　　　　　八一六
赶集的歌者唱起了我的变故，
　　　会使听众一行行地倾耳细听，
　　　　塔尔昆如何害我，我如何愧对科拉丁。

"让我的清白身世，纯洁的名誉，　　　　　　八二〇
为我科拉丁之故而不受玷污。
如果那竟成了辩论的课题，
另外一株树的枝子也要凋枯，
使他受到不该受的耻辱。　　　　　　　　　　八二四
　　　他目前与我的耻辱毫无关联，
　　　　犹如我以往之忠于科拉丁一般。

"但愿是未发现的耻辱！看不到的羞惭！

未感痛的伤口！丢人而隐私的疮疤！　　　　　八二八
但耻辱已经印上了科拉丁的脸，
塔尔昆的眼睛老远就看见了它。
是和平中受的伤，不是战争中把彩挂。
　　　哎呀！有多少人受这样的打击，　　　　八三二
　　　只有打击者知道，而非他们自己。

"科拉丁，如果你的荣誉寄在我身上，
那是被暴力从我身上夺走。
我的蜂蜜已失，我像工蜂一样，　　　　　　八三六
整夏天的成绩已化为乌有，
落入了强暴的盗贼之手：
　　　一只黄蜂爬进你的蜂房里，
　　　唬吸了你贞洁蜂王保藏的蜜。　　　　八四〇

"我也有过错，使你的荣誉遭劫。
我招待他原是为了你的体面，
他从你那里来，我不能拒绝，
我也不该失礼把他怠慢；　　　　　　　　　八四四
并且，他口口声声说他疲倦，
　　　满口仁义道德：啊！这恶魔，
　　　想不到他渎亵了仁义道德。

"为什么害虫闯进纯洁的蓓蕾？　　　　　　　八四八
可恶的杜鹃孵卵在麻雀巢中？

蛤蟆用毒泥污染美好的泉水?
强烈的兽欲藏进礼貌的心胸?
国王违反他们自己下的命令?　　　　　　　八五二
　　天下事没有那么尽善尽美,
　　是罪恶所不能污毁。

"老年人大量积藏金钱,
不免痉挛痛风发作的折磨;　　　　　　　　八五六
他刚把他的宝藏看上一眼,
就像坦塔勒斯之永远挨饿 [14],
辛勤的收获变成无用的存货;
　　赚得的钱没给他带来什么好处,　　　　八六〇
　　只是不能疗治病痛之内心痛苦。

"所以他有了钱而不能用,
只好留给他的儿郎,
他们长大立刻挥霍尽净:　　　　　　　　　八六四
爸爸太弱,儿子太强,
那份造孽家财不能久长。
　　就在我们一息尚存的时候,
　　我们要在吃苦之后尝些甜头。　　　　　八六八

"狂风对嫩枝肆虐,
名花根旁生长莠草,
好鸟和鸣之处毒蛇猖獗,

美德的产物被罪恶吞掉： 八七二
没有好的东西我们能永保，
　　总会遭遇引起恶果的机缘，
　　不是毁了它，便是把它改变。

"啊，机缘！你的罪在不赦， 八七六
是你促成叛贼的罪行。
你把狼放在可以抓羊的处所，
谁要作恶，你就给他安排日程，
是你不顾是非、法律、理性。 八八〇
　　罪恶在你的洞窟里面居住，
　　谁也看不见它，它把过往魂灵捉捕。

"你使得守圣火的处女失节；
信念消融，你就在一旁煽火； 八八四
你扼杀贞操，你屠害誓约；
你这无耻淫媒！你这教唆者！
你栽置丑闻，你排斥光荣成果。
　　你这强奸者、叛徒、奸贼， 八八八
　　你的蜜变苦水，你的喜变成悲！

"你的秘密欢乐会变成公开丑行，
你的私人宴饮会变成大众持斋，
你的赫赫衔称会变成狼藉恶名， 八九二
你的甜蜜嘴巴会变成苦艾，

你的强烈虚荣永不能历久不坏。

　　那么，下贱的机缘，你这样卑鄙，

　　为什么那样多的人还要追求你？　　　　　　　　八九六

"你何时才肯做穷苦求情者的朋友，

指点他得以如愿以偿？

你何时选定一个时间终止大的争斗？

或是把困苦不堪的灵魂解放？　　　　　　　　九○○

给病者以药饵，给痛者以舒畅？

　　穷人、跛人、盲人蹒跚匍匐着向你呼号，

　　但是机缘，他们永远也遇不到。

"医生睡的时候病人死，　　　　　　　　　　　九○四

孤儿饿死的时候霸王肥，

寡妇哭的时候法官吃酒席，

疾病传染的时候当局在游戏，

你不匀出时间送给慈善事，　　　　　　　　九○八

　　愤怒、嫉妒、叛徒、强奸、凶杀案，

　　你的时间像奴仆一般听它们使唤。

"真理与美德和你打起交道，

千种阻挠使它们得不到你的助力。　　　　　　九一二

它们买你的帮助；罪恶不付酬劳，

可得免费帮助；但是你很满意，

听它一开口求助你立刻就允许。

科拉丁和塔尔昆可能一同来的，　　　　　　　　九一六

　　但是他被你给留在那里。

"你罪恶多端，杀人和盗窃，

做伪誓和教唆伪证，

叛逆，伪造文书，诈欺，　　　　　　　　　　九二○

乱伦，那伤天害理的丑行，

就凭你那邪恶的天性，

　　你犯有古往今来一切罪恶，

　　　　自创世起以至世界末。　　　　　　　九二四

"丑陋的'时间'哪，丑'夜'的伴侣，

迅速善变的使者，凶事的搬运夫，

吞食青春者，虚荣的奴隶，

悲哀的更夫，罪恶的牲畜，美德的网罟，　　　九二八

你煦育一切，你又把一切屠戮。

　　啊，听我说，害人骗人的'时间'呀，

　　　　你既使我犯罪，你就教我死了吧。

"为什么你的仆人'机缘'　　　　　　　　　　九三二

把你给我休息的时间给夺了去？

取消了我和幸运所订的条款，

令我受制于永无穷尽的悲戚？

'时间'的任务是消除敌人的恨意，　　　　　　九三六

　　吞掉成见所生的错误，

不是来糟蹋合法婚姻的幸福。

"'时间'的光荣是为国王排难解纷，

暴露虚伪，使真理大明，   九四〇

给衰老的打上岁月之痕；

唤醒清晨，给黑夜值更，

令坏人在后悔之前良心不宁；

     用你的漫长岁月把高楼大厦废毁，   九四四

     用尘埃封埋金碧辉煌的堡垒。

"给堂堂纪念碑充满虫蛀的窟窿；

以事物的腐朽饲喂善忘的头脑；

污毁古老典籍，改变其内容；   九四八

从老乌鸦的翅上把翎毛扯掉 [15]；

耗干老橡树的汁浆，滋养新苗 [16]；

     损坏钢铁打的古玩，

     把命运女神的法轮推得团团转。   九五二

"让老太婆做了外祖母，

让孩子长成人，成年人又变孩子；

杀死以屠杀为生的老虎，

驯服独角兽和野狮子；   九五六

嘲笑那些疑虑过多的聪明人士，

     鼓舞农夫得庆丰收，

     以小水滴磨损大石头。

"你为什么在你行程中恶作剧，　　　　　　　　九六〇

除非是你能退转来弥补求全？

一辈子若能有一分钟退回去，

即可令你赢得朋友千千万万，

让吃倒账的人能有前车之鉴。　　　　　　　九六四

　　　啊！这可怕的一夜，你若能退回一小时，

　　　我就可防止这场风暴，避开你的打击。

"你这在'永恒'左右不断走动的童仆，

不要让塔尔昆逃得平平安安，　　　　　　　九六八

造出一些意想不到的颠连困苦，

让他咒骂这该诅咒的夜晚；

用些骇人的鬼影惊吓他的色眼，

　　　让他一想到他所犯下的罪，　　　　　　九七二

　　　把每棵树化成为一个魔鬼。

"用骚动的梦魇搅扰他的睡眠，

让他伏枕呻吟受尽了床前苦；

让他遭遇一些可怜的意外事件，　　　　　　九七六

使他痛楚，但不怜悯他的痛楚；

用比石头还硬的心投击他，让他受辱；

　　　让温存的女人对他不再温存，

　　　对他要比猛虎还要野性难驯。　　　　　　九八〇

"给他时间撕扯他的发卷，

给他时间痛骂他自己，
给他时间绝望于时间的救援，
给他时间做讨人嫌的奴隶，　　　　　　　　　　九八四
给他时间去讨乞丐的余沥，
　　　给他时间领悟一个讨饭的乞丐，
　　　不肯给他一点残羹剩菜。

"给他时间看着朋友化为敌，　　　　　　　　　　九八八
开心的蠢材齐来对他讥讪；
给他时间注意在愁苦日子里
时间过得多慢，若是嬉戏游玩
时间又是如何地迅速短暂；　　　　　　　　　　九九二
　　　让他所犯不可收回的大罪
　　　有充分时间痛悼他的光阴浪费。

"啊'时间'！好人坏人都奉你为师。
教我如何咒骂你教导为恶的那个人。　　　　　　九九六
让那强盗见自己的影子而疯狂奔驰，
让他无时无刻不想谋杀他自身，
这样坏的手应把这样坏的血来淋。
　　　谁能那么卑鄙来做这种事情，　　　　　　一〇〇〇
　　　给这样下贱的奴才执行死刑？

"他格外可鄙，他来自帝王家，
以堕落行为毁了他的前途。

人越伟大，所做的事也要伟大，　　　　　　一〇四
不管给他带来荣誉还是厌恶。
最大的纰漏出在最伟大的人物：
　　月被云遮立刻引人怀念，
　　小星就可随意隐入云端。　　　　　　　一〇八

"乌鸦可在泥里洗它的黑翅膀，
带着污泥飞去没人看得见；
雪白的天鹅若作如是想，
便洗不掉那白软毛上的污点。　　　　　　一〇一二
帝王如青天白日，平民是乌黑的夜晚。
　　蚊蚋飞到哪里也没有人理会，
　　每只眼睛却要盯着老鹰飞。

"滚，废话！浅薄蠢人的爪牙，　　　　　　一〇一六
无益的声音，懦弱的仲裁者！
到空谈扰攘的学校去效劳吧，
和有闲辩论的人们去辩驳，
对抖颤的诉讼人去讲和。　　　　　　　　一〇二〇
　　至于我，我不屑于辩说一句，
　　我的案件已非法律所能救济。

"我骂'机缘'，骂'时间'，
骂塔尔昆，骂昏沉的夜，都是一场空；　　一〇二四
我责难自己的耻辱，也是徒然；

我轻蔑我的委屈，也是劳而无功。
干冒烟的空谈对我没有用：
　　对我真有裨益的救助，　　　　　　　　　一○二八
　　是把我受污的血液放出。

"可怜的手，你为何受命而战栗？
请你光荣地把我的耻辱铲除；
因为我死后，荣誉长属于你，　　　　　　　一○三二
我若活着，你只能寄生于我的耻辱；
你既不能保卫你的美德的主妇，
　　又怕伤害她的邪恶的仇家，
　　把你自己和受辱的她一并杀了吧。"　　　一○三六

说完这话，她从凌乱的床上跃起，
看有什么可供自杀的家伙可用。
这不是屠场，没有杀人的武器，
给她多开一个出气的窟窿。　　　　　　　　一○四○
她的一腔闷气都向她的唇间集中，
　　消散在空气里，像火山喷烟一般，
　　又像大炮放后冒出的一缕浓烟。

"我活不下去，"她说，"可又找不到　　　　一○四四
结束这不幸一生的适当工具。
我唯恐死于塔尔昆的弯刀，
可又寻求利刃达成同样的目的。

不过我怕的时候我是忠实的妻，　　　　　　　　一〇四八
　　现在依然是。啊，不！不可能！
　　塔尔昆已夺去那忠实的典型。

"啊！我求生的目标已经失去，
所以我现在无须怕死。　　　　　　　　　　　一〇五二
一死湔雪污点，我至少可以
给丑闻的制服佩上荣誉的标志[17]，
让生存的耻辱一死了之：
　　无可奈何，珠宝既已被窃，　　　　　　　一〇五六
　　索性把珠宝匣子烧却！

"唉，唉，亲爱的科拉丁，
不能让你尝到婚姻受污的滋味；
我不愿这样辜负你的真情，　　　　　　　　　一〇六〇
用破损了的贞操来欺骗你；
这接秧的杂种不能让他活下去，
　　不能让污染你的品种的那种人，
　　夸口说你是他的儿子的父亲。　　　　　　一〇六四

"也不能让他对你暗中讥讪，
或是当众耻笑你的境遇；
我要让你知道，你的财产
未受金钱贿买，是从大门被人抢去。　　　　　一〇六八
至于我，我会处理我的命运的，

我永不饶恕我的罪过，

直到死亡把我的罪行宽赦。

"我不愿以我的污点传染你，　　　　　　　　　一〇七二

也不愿把我自己推脱干净；

我不愿粉饰我的罪恶的黑地[18]，

来遮掩这一夜荒谬的实情；

我的嘴要和盘托出，我的闸门似的眼睛　　　一〇七六

　　要像山泉放水流入山谷似的，

　　淌出清水冲洗我的污秽的事迹。"

说到这里，哀伤的夜莺结束了

它夜间哀恸的悠扬的歌声，　　　　　　　　　一〇八〇

庄严的夜以沉重缓慢的步调

降入冥府。看！晨光一片红，

给每只要借光观看的眼睛以光明，

　　但是露克利斯羞得睁不开眼，　　　　　　一〇八四

　　宁愿永久关闭在夜里边。

白昼从每一罅隙里探望，

像是指她在那里坐着哭泣，

她抽噎着对它说："啊，太阳，　　　　　　　一〇八八

你为何照进我的窗？不要窥觑，

用你刺人的光芒和睡觉的人调戏。

　　不要用你的光芒烙我的头额，

因为夜间做的事与白昼无涉。" 　　　　　　　一〇九二

她无论看见什么都这样挑剔。
真正的悲哀像孩子似的无理取闹，
别扭起来，对什么都不满意。
旧的苦恼异于新的悲哀，绝不暴躁，　　　一〇九六
长久不断的折磨就把前者驯服了；
　　　后者像初学游泳，不住地扑通，
　　　用力过分而技巧不足，溺死在水中。

她便是这样深陷苦恼的海里，　　　　　一一〇〇
和每件看到的事物争论不休，
把一切悲哀和她自己相比；
没有一件事物不引起她的烦忧，
一件才去，另一件又上心头；　　　　　一一〇四
　　　有时她的苦恼哑口无言，
　　　有时又疯狂似的议论连篇。

发出晨间欢乐歌声的小鸟，
会使她的哀号格外地激动，　　　　　　一一〇八
因为欢乐深深地刺激烦恼，
伤心人在愉快群中最为苦痛。
苦恼最喜欢由苦恼陪同：
　　　那时节苦恼会觉得满意，　　　　一一一二
　　　同病相怜地聚集在一起。

陆地在望的时候淹死等于死上两回，

守着食物挨饿的人是十倍的难堪，

看见膏药创口会病得更厉害，　　　　　　　　一一一六

巨大的悲哀遇到救星最心酸。

深刻的苦恼像河流似的往前翻，

　　　若遭受阻碍，就会决堤。

　　　苦恼若被玩忽，便无所顾忌。　　　　　一一二〇

"讽刺的鸟，"她说，"把你们的歌声

收进你们的虚空毛覆的胸窝，

不要发出任何声音给我听。

我内心错乱，不欣赏那抑扬顿挫，　　　　　一一二四

伤心的主妇不能忍受欢腾的宾客。

　　　把你们的清歌献给开心的人，

　　　苦人儿以泪度日，只爱听悲苦之音。

"来，歌唱强奸的菲洛美[19]，　　　　　　一一二八

在我蓬松的头发里筑巢，

湿土听了你的惨史而落泪，

我听了你哀歌也把泪抛，

以呻吟响应你的低沉歌调：　　　　　　　　一一三二

　　　我像帮腔似的哼着塔尔昆的名字，

　　　你以较妙歌声唱出蒂利阿斯的故事。

"你以胸脯靠在荆棘之上，

提醒你自己的创痛巨深。　　　　　　　　　　　　一一三六

我模仿你，用尖刀抵住我的胸膛，

使我自己看着触目惊心，

一打瞌睡就会死于这把利刃。

　　　这种方法，如乐器上的弦柱，　　　　　　一一四〇

　　　调整我们的心弦，声声凄楚。

"可怜的鸟，因为你不在日间唱歌，

好像是羞于让人看见，

我们去寻一片偏僻的荒漠，　　　　　　　　　　一一四四

那里没有酷热，也没有严寒。

我们在那里唱出我们的辛酸，

　　　使禽兽听了都会改变本性，

　　　人变了兽，让兽有温柔的心情。"　　　　一一四八

像是受惊的鹿，站着呆望，

打不定主意往哪个方向逃；

又像一个人进入迷宫一样，

无法把出路安然找到；　　　　　　　　　　　　一一五二

她便是这样地犹豫烦恼，

　　　生死之间不知何去何从，

　　　生则受辱，死又怕受人讥评。

"自杀，"她说，"哎呀！那算什么呢，　　　　　一一五六

于戕害躯体之外再污毁灵魂[20]？

损失一半的人和全部损失的相比，
应该有较大的忍耐心。
那位母亲的办法太残忍，　　　　　　　　　　一一六〇
　　　两个孩子有一个夭折，
　　　便索性杀死另外一个。

"我的躯体与灵魂，哪个重要一些，
若是一个纯洁，使另一个成为神圣?　　　　　一一六四
哪个的爱对我自己比较亲近一些，
若是二者都为上天和科拉丁好好保重?
哎呀! 高高的松树若是剥下外皮层，
　　　叶子要枯萎，汁浆要干涸，　　　　　　一一六八
　　　我的灵魂亦然，若把皮剥脱。

"它的家被劫，它的宁静被骚扰，
它的大厦被敌人所捣毁，
它的庙宇被污，被掠，被辱了，　　　　　　一一七二
以大胆的罪行层层地把它包围。
那么，不要认为是不敬的行为，
　　　若是我在这稀烂的堡垒挖个洞，
　　　以便把这受困的灵魂往外送。　　　　　一一七六

"但我还不要死，要等科拉丁
听到我提前死亡的缘由，
让他在我死时发誓声明，

要对逼我自尽的那个人报仇。   一一八〇

我的污血我要给塔尔昆保留，

     血是被他污的，一定要送给他，

     要在我的遗嘱里明白地写下。

"我要把我的荣誉赠给   一一八四

把这耻辱的躯体戳伤的利刃。

结束受辱的生命是一件荣誉，

生命消灭，荣誉就能长存，

我的美名也将从耻辱的灰烬里出生。   一一八八

     因为我一死就可消除羞辱，

     耻辱一去，我的荣誉重新生出。

"亲爱的夫君，属于你的宝贝我已失去，

我还能有什么遗产给你留？   一一九二

我的坚贞，我的爱，是你应得的东西，

你可按照我的榜样去报仇。

如何对付塔尔昆，可从我身上研求：

     我，你的朋友，杀了我自己，你的敌人；   一一九六

     为了我，你也要同样地对付塔尔昆。

"我的遗嘱可以简单说明：

我的灵魂与肉体交给天与地；

我的坚贞，丈夫，你要承继；   一二〇〇

我的荣誉由我自尽的尖刀拿去；

我的耻辱由毁我名誉的人承继；

  我所有的不朽美名，分送

  不以我为羞的诸位友朋。   一二〇四

"科拉丁，你来做这遗嘱的执行人。

我真糊涂，这遗嘱竟要你来看！

我的血会洗涤我的丑闻，

我这一生的罪行，一死即告消散。   一二〇八

脆弱的心，不必伤心，大胆地说：'就这么办。'

  你要顺从我的手，我的手要征服你。

  你死，双方都死，双方都得到胜利。"

她悲伤地订下了自杀之计，   一二一二

从她眼上揩去了泪珠，

以粗嘎的声音喊她的婢女。

她立刻应声来见她的主妇，

因为她要插翅飞去尽她的义务。   一二一六

  可怜的露克利斯的面颊

  犹如冬天的草地，雪刚融化。

她向女主人轻轻道声早安，

细声细气地，表示恭顺，   一二二〇

为适应主人的悲哀，也愁容满面，

因为主人脸上罩了悲哀的愁云。

但是不敢向她大胆地问询：

为什么两眼这样地被乌云遮起，   一二二四

为什么美丽的脸庞被悲哀冲洗。

大地像是在哭，太阳尚未升起，

每朵花湿得像泪汪汪的眼睛，

这婢女也用大颗的泪滴   一二二八

湿润她的圆眼，表示同情

她主人脸上镶着的两颗亮星。

那两颗星要在海水里把光明浸灭，

这使得婢女哭得像多露的夜。   一二三二

这两个美丽的人儿站了好久，

好似象牙雕像喷水在珊瑚池里，

一个哭得有缘故，另一个没有

缘由，只是陪着她哭泣：   一二三六

女人们是常喜欢哭哭啼啼，

想着别人的痛苦就自己难过，

于是伤心痛哭，涕泗滂沱。

男人心似石，女人心似蜡，   一二四〇

所以他们外表也像石头做的；

弱者若受压力，无论武力或欺诈，

立刻显露出外来的痕迹；

那么不可说她们自作罪孽，   一二四四

犹如蜡上印了恶魔的肖像，

不能认定蜡为有罪一样。

她们平易坦白，像美好的平原，

可以看出小小毛虫在上面爬过；　　　　　　　　一二四八

男人像荒野的森林，里面

藏着闷睡的穴居的罪恶；

每粒尘埃都不怕水晶墙的阻隔，

　　　虽然男人绷着脸把罪行掩盖住，　　　　　一二五二

　　　可怜的女人的脸即是他们罪行的记录。

谁也不可谴责枯萎的花朵，

只可骂那摧花的寒冬，

该骂的是吞食者，不是被吞者。　　　　　　　一二五六

啊！女人备受男人的欺凌，

不要认为过错应由女人担承：

　　　那些骄纵的老爷，错在他们，

　　　他们把弱女子拿来蹂躏。　　　　　　　　一二六○

看看露克利斯的例证。

午夜被袭，有立即死亡的危险，

死了之后也还会有受辱的可能，

足以使她的丈夫丢脸。　　　　　　　　　　　一二六四

反抗起来这危险即不可免，

　　　死后的恐怖散到她全身去，

　　　谁不能糟蹋一个死人的躯体？

这时节，美丽的露克利斯忍耐不住，　　　　　　　一二六八
对着她面前的肖像开始抱怨。
"孩子，"她说，"你为何眼泪扑簌，
顺着你的两腮往下流窜？
如果你哭的是我所受的苦难，　　　　　　　　　一二七二
　　你须知，姑娘，这无益于我的心情。
　　如果眼泪有益，我自己的就该受用。

"但是告诉我，姑娘，"她停一下深深叹着，
"塔尔昆是什么时候从这里走的？"　　　　　　　一二七六
"夫人，我还未起床。"婢女回答说。
"真是怪我太懒没有早一点起，
不过我还可以这样原谅我自己，
　　天还没有亮我即已起床，　　　　　　　　　一二八〇
　　在我起床前塔尔昆即已远扬。"

"但是，夫人，请饶恕你的小婢，
她要大胆问你为什么烦恼？"
"啊！别问，"露克利斯说，"因为　　　　　　　一二八四
述说一遍不能使悲哀减少。
这件事我不知怎样说才好，
　　那份惨痛应如地狱一般，
　　若是所受苦难匪言可宣。　　　　　　　　　一二八八

"去，给我拿来纸墨和笔。

不必费事了，我这里有。

我该怎么说？去通知我丈夫的一个仆役，

教他准备，过不了好久，　　　　　　　　　　一二九二

把信送到我亲爱丈夫的手。

　　教他准备快快地送到那边，

　　事很急迫，信立刻就写完。"

她的婢女走了，她准备写。　　　　　　　　　一二九六

先拿着翎管在纸上晃摇，

思想与悲哀冲突得激烈，

理智刚写下来，又被情感抹掉。

这写得太直率，这写得太纤巧：　　　　　　　一三〇〇

　　颇像门口挤了太多的人，

　　想法太多，争着要进门。

最后她这样开始："夫君大鉴，

你的拙妻在此向你致意，　　　　　　　　　　一三〇四

祝你健康！你若还想看见

你的露克利斯，你务必

赶快前来此地和我相聚。

　　我从家里悲伤地向你致敬：　　　　　　　一三〇八

　　我的信虽短，我的苦痛无穷。"

她折起她的悲惨的文件，

并未写明她悲哀的内容。

科拉丁从这短笺可以想见　　　　　　　　　　一三一二
她的苦恼，无从知道真情。
她不敢在信里把真相说明，
　　她怕尚未用血洗清被污的经过，
　　他可能误认那是她自己的错。　　　　　　一三一六

况且，她积蓄她的悲愤之情，
要他在身边听取，再娓娓倾诉。
用叹息、呻吟、眼泪，在叙述之中
点缀她的受辱，更可以帮助　　　　　　　　一三二○
扫除世人对她的猜疑之处。
　　为避免这种污辱，她不在信上多写，
　　实际行动也许比较更合适些。

悲惨的景象，眼见比耳闻更令人感动，　　　一三二四
因为眼睛看见悲惨的动作
会一一地解释给耳朵听[21]。
假如每一演员都有一段悲惨经过，
我们听到的只是一部分的怆恻：　　　　　　一三二八
　　深滩比浅流发出的声音小，
　　悲哀被语言一吹就要落潮。

她的信加了封漆，上面写得明白，
"自阿尔地亚匆匆寄上夫君。"　　　　　　　一三三二
她把信交给待命的信差，

命令那板着面孔的仆人

要快走，像北风吹送的落后飞禽：

　　即使再快，她也觉得迟缓，　　　　　　　　一三三六

　　人到紧急时总是要趋极端。

这仆人向她深深鞠躬，

红着脸望她一下，目不转睛地

一声不响接过了书信一封，　　　　　　　　　一三四〇

红头涨脸地匆匆离去。

人们若是内心里有所惭惧，

　　会觉得人人都看穿了他们的罪过。

　　露克利斯看他脸红，以为他已把她看破。　　一三四四

单纯的仆人！天晓得，

那只是不够活泼缺乏胆量。

这样的人喜欢认真把事做，

另一些人就大不一样，　　　　　　　　　　　一三四八

狡猾地满口答应，做起来不慌不忙。

　　这位现世难得的楷模，

　　便是露出诚实模样，没有话说。

他的一片忠心引起了她的疑心，　　　　　　　一三五二

两个人都瞪大了眼睛。

她以为他脸红，必是晓得塔尔昆的奸淫，

于是也跟着脸红，对着他盯；

她越凝视他，他越心惊；   一三五六

    她越发现他的脸上充血，

    她越以为他对她有所发觉。

她想，要等很久他才能回来，

这忠心的仆人不过是刚刚去。   一三六〇

这长久的时间她实在难挨，

她现在没有心情再呻吟哭泣。

悲哀弄乏了悲哀，叹息弄倦了叹息，

    所以她暂时停止她的哀诉，   一三六四

    想找新的方法把悲哀倾吐。

最后她想到了一幅精巧的画布，

画的是普莱阿姆的脱爱 [22] ：

城前聚集了希腊的队伍，   一三六八

为了海伦被奸要把全城毁坏，

要打翻高可参天的宫殿楼台。

    那些建筑可真画得矞丽堂皇，

    好像上天要俯身吻那塔尖一样。   一三七二

其中有成千的可怜事物，

艺术竟凌驾自然，使之栩栩如生：

许多的干点像是妻子的泪珠，

在哭她们的被屠杀的夫君；   一三七六

为表示画家手段，殷红的血气熏蒸；

垂死的眼睛冒出灰色光芒，
像将熄的炭火在长夜中烧光。

你可以看到劳苦的工兵　　　　　　　　　　一三八〇
浑身是汗，浑身是泥；
从脱爱城垛的孔洞之中，
还有男人的眼睛向外窥觑，
望着希腊人，没有一点好意。　　　　　　　一三八四
　　这幅画有如此细腻的表现，
　　你可看到远处的眼色凄惨。

在大将的脸上你可以看到
凛凛的威风，扬扬自得；　　　　　　　　　一三八八
在青年身上，是灵巧活跃；
画家还要到处加上几个
苍白脸的懦夫，战战兢兢地走着，
　　真像是一些无勇的贱民，　　　　　　　一三九二
　　我们看出他们在战栗逡巡。

至于哀杰克斯和优利赛斯，啊 [23]！
那是何等高明的观察相貌的艺术，
每人的脸都各把心事泄露。　　　　　　　　一三九六
他们的脸把他们的性格完全露出：
哀杰克斯的眼里火气十足；
　　狡猾的优利赛斯的柔和目光

表示深谋远虑和雍容的器量。　　　　　一四〇〇

你可以看到奈斯特站着演说[24]，
好像是在鼓舞希腊人奋战。
他的手庄严地挥动着，
引人注意，逗人爱看。　　　　　　　一四〇四
说话时他的银白的长髯
　　上下摆动，从他的唇间
　　　飞出一圈圈呼气，盘旋上天。

他周围有一群张大嘴的听众，　　　　　一四〇八
好像要把他的忠告吞下去。
全都倾耳静听，各有不同的神情，
好像妖女唱歌吸诱他们的耳力，
有些高，有些矮，画得好细腻。　　　　一四一二
　　许多人的头，几乎遮在后面，
　　　令人觉得好像是在往上窜。

一个人的手扶着另一个的头顶，
鼻子被旁边人的耳朵给遮住；　　　　　一四一六
一个被挤的人红头涨脸地往后撑；
另一个几乎被窒息，像在咒骂发怒；
一个个地都把他们的凶相露出，
　　若不是怕漏听奈斯特的金玉良言，　　一四二〇
　　　他们会要拔出剑来拼一死战。

其中颇有想入非非之处，

想象得巧妙，想象得自然：

阿奇利斯的矛枪代替了他的面目 [25]， 一四二四

由披甲的手握着。本人藏在后面，

我们看不到，除非在我们心中出现

　　手、脚、脸、腿、头，任何部分

　　就代表你想象中的整个的人。 一四二八

从层层包围的脱爱城

走出了主将赫克特，前赴战场 [26]。

许多脱爱妇女都有愉快心情，

看她们的儿子举着亮晃晃的枪； 一四三二

她们表示希望，却又怪模怪样，

　　于轻微的喜悦之中，

　　像亮的东西受了污染，心事重重。

从他们鏖战的脱爱海滩 [27]， 一四三六

到西摩伊的芦苇岸，赤血直流 [28]，

河水也想模仿作战，

波涛汹涌；一排排的浪头

拍上受损的岸，然后 一四四〇

　　又退回去，等大批波浪来援，

　　再把水抹喷向西摩伊两岸。

露克利斯走去看这幅杰作，

想找一张绘满忧愁的面孔。　　　　　　　　　一四四四

她看到不少脸都带有忧色，

但没有一张含有一切悲痛。

后来她看到亥鸠巴的愁容 [29]：

　　老眼昏花地望着普莱阿姆的伤，　　　　一四四八

　　鲜血直流地躺在皮鲁斯的脚旁 [30]。

画家在她的脸上显示出

岁月无情，花容易摧，愁恨难免：

她的颊上有裂纹皱褶密布，　　　　　　　　一四五二

当年的丰韵没有留下一点；

每条眼里的蓝血变成黑暗，

　　干瘪的血管缺乏浆液，

　　表示生命在垂死的躯体里衰歇。　　　　一四五六

露克利斯注视这悲惨的画像，

以自己的悲哀揣摩那老太婆的苦痛。

她没有话可说，只合对她嚷嚷，

只合咒骂她的敌人太凶。　　　　　　　　　一四六○

但画家非神，不能令她出声，

　　所以露克利斯说他对她不起，

　　给她那么多苦恼，而不能言语。

"可怜的器官，"她说，"发不出音响，　　　　一四六四

我来用我的喉舌歌唱你的悲哀：

把膏药敷上普莱阿姆的伤创，
责骂皮鲁斯对他的伤害；
用我的泪扑灭烧得这样久的脱爱；　　　　　　　一四六八
　　　用我的小刀去剜出
　　　和你作对的希腊人的眼珠。

"让我看看引起这场战争的娼妇，
我好用指甲抓她的脸。　　　　　　　　　　　一四七二
糊涂的巴利斯，你的淫欲无度
使火焚的脱爱承受天谴，
这场大火是你的眼睛所点。
　　　在这脱爱，为了你的眼睛的过失，　　　一四七六
　　　你的父亲、儿子、妇人、女儿，都得死。

"为什么一个人的私人享受，
变成为好多人共同的灾难？
一人有罪，罪过该落上他一个人的头，　　　　一四八○
因为罪是由他一个人所犯，
无罪的人不该受到牵连。
　　　为了一人有罪，何以那样多人吃苦，
　　　罚私人罪恶而让大众受惩处？　　　　　一四八四

"看！亥鸠巴在这里哭，普莱阿姆死在这里，
勇赫克特在这里晕厥，脱爱勒斯在此昏倒，
自己人和自己人一同辗转于血的沟渠，

自己人把自己人无意中伤害了。　　　　　　　　　一四八八
一个人的淫欲把这样多性命送掉:
　　　昏瞆的普莱阿姆若是管教儿子严,
　　　脱爱会光芒万丈,不是火焰冲天。"

她对画图中的脱爱洒下同情之泪,　　　　　　　　一四九二
因为悲哀,像一口沉重的钟,
一旦摇起,靠本身重量就摆起来,
轻轻一推即可发出悲恸的响声。
露克利斯便这样地被发动,　　　　　　　　　　　一四九六
　　　对画图中的悲哀讲悲惨的遭遇。
　　　她赋予他们语言,她借他们的神气。

她又放眼观看整幅画图,
看到一个可怜的,就一阵哀恸。　　　　　　　　　一五〇〇
最后看到一个被缚的人物,
他使得一群牧羊人对他同情。
他虽愁容满面,态度却还从容。
　　　他随同这群平民直趋脱爱,　　　　　　　　一五〇四
　　　他的耐心好像把痛苦忘怀。

这个人,画家特别用心描刻,
隐起他的狡猾,给他和善的样子,
步履安详,面容宁静,眼带忧色,　　　　　　　　一五〇八
好像欢迎苦难似的把头昂起,

脸既不红也不白，混合得体，

    红的时候不像是心中有愧，

    灰白起来不像是心虚生畏。   一五一二

像一个恶性重大的坏人，

他露出十分善良的仪态，

里面却是包藏着祸心，

善猜的人也猜不出来   一五一六

阴险欺诈居然会在

    大清白日投入这样黑压压的风波，

    给这样圣徒般的人涂上地狱般的罪恶。

这位高明的画家所做的造像   一五二〇

便是骗人的赛嫩，他的花言巧语

后来致轻信的老普莱阿姆死亡。

他的话像火药一般烧光了脱爱的 [31]

光荣美誉，上天也为之伤心不已。   一五二四

    小星都从固定位置中间迸落，

    因为它们照映自己面目的明镜已破 [32]。

她把这幅图画仔细端详，

怪画家的技巧实在过人，   一五二八

说赛嫩的样子是被夸张，

这样好的人不会存那样坏的心。

她看了再看，仔细留神，

她发现他的脸是一副诚实相，　　　　　　一五三二
　　她的结论是这幅画是走了样。

"这不可能，"她说，"这么多的虚谎
不可能藏在这样的相貌后面。"
但她忽然忆起塔尔昆的形状，　　　　　　一五三六
她的"不可能"就变成了"难免"，
她把"不可能"的意义予以改变，
　　变成了这样，"据我观察所及，
　　这样的脸不可能不怀恶意。　　　　　　一五四〇

"这里画的这个狡诈的赛嫩，
那么严肃，那么疲惫，那么温和，
好像哀伤疲累得要发昏，
塔尔昆便是那个样子来见我。　　　　　　一五四四
他貌似忠良，而心怀叵测。
　　普莱阿姆怎样待他，我怎样待塔尔昆，
　　结果是我的脱爱荡然无存。

"看，看，倾听的普莱阿姆湿了眼睛，　　　一五四八
只因看到赛嫩洒了几滴假泪！
普莱阿姆，你偌大年纪怎么不够聪明？
他落一滴泪，一个脱爱人流出血水；
他的眼落的是火，没有水流出来；　　　　一五五二
　　他的圆大眼珠打动你的同情，

实乃不灭的火球前来烧你的城。

"这种坏人窃取黑暗地狱的作风，
因为赛嫩含着火却冷得战栗，　　　　　　　　一五五六
炽烧的人却住在寒冷之中；
这相反相克的东西却调和在一起，
只是给蠢人壮胆，令他们无所顾忌。
　　　所以赛嫩的泪得到普莱阿姆的信赖，　　　一五六○
　　　他居然可以用水烧毁了他的脱爱。"

讲到这里，她的情感激动，
心里再也忍耐不得。
她用指甲抓破赛嫩的图影，　　　　　　　　　一五六四
把他比作给她带来灾祸，
使她厌恨自己的那个恶客。
　　　最后她一笑置之不再措意。
　　　"蠢材，蠢材！"她说，"他受伤不会痛的。"　　一五六八

她的悲哀就是这样起伏涨落，
她的怨诉使得时间都感觉疲倦，
她盼着夜，然后又把明天盼着，
二者她都嫌太久地和她做伴。　　　　　　　　一五七二
痛苦极时，短时间也像很久远：
　　　悲哀虽然沉重，但很少睡眠；
　　　醒着的人眼看着时间爬得好慢。

这一段时间不知不觉地溜去，　　　　　　　　一五七六
她用这段时间和画中人物盘桓；
她深深地揣想别人不幸的遭遇，
忘了自己身受的苦难，
把她的悲哀混在画图的苦恼中间。　　　　　　一五八〇
　　　这样虽然不能治疗，可使心情缓和，
　　　心想自己的苦楚别人也曾经受过。

现在那小心的信差，已经返回，
带着主人和客人来到家中；　　　　　　　　　一五八四
他发现露克利斯穿着一身黑，
围绕着她的泪汪汪的眼睛
有两道蓝圈，像彩虹在天空：
　　　这样的虹出现在她的天空上，　　　　　一五八八
　　　预示业已消歇的暴雨又要下降。

她的面色严肃的丈夫看到这种情形，
便对她的悲伤的脸惊讶地望着：
她的眼睛虽有泪水浸着，还是红肿，　　　　　一五九二
忧愁已经杀死她的生动的颜色。
他没有力量问她的近况如何，
　　　两人像旧相识陷入迷惘中，
　　　异地相逢，不知彼此的去迹来踪。　　　一五九六

最后他拉起她的没有血色的手，

这样问她:"你究竟是遭遇
什么意外,这样地站着发抖?
爱人,什么事使你脸上惨兮兮的? 一六○○
你为什么把丧服穿起?
　　爱人,揭开这愁云惨雾,
　　说出你的苦恼,我们好设法解除。"

她为点燃她的悲哀发出三声叹息, 一六○四
还是一句悲苦的话也射不出来[33]。
终于,为了使他顺心满意,
她羞答答地准备让他们明白
她的贞操已遭敌人破坏。 一六○八
　　科拉丁和他一群同来的友朋,
　　以沉重的心情听取她的说明。

现在这白天鹅在她的水面上
开始唱她必然死亡前的哀歌。 一六一二
"关于这番罪行没有多话好讲,
任何借口不能宽恕这种过错;
我心中的悲苦比话要多;
　　我的怨诉可能扯得太长, 一六一六
　　若是慢慢细说全部情况。

"那么必须说的话大致是这样:
亲爱的丈夫,一个生人把你的床占据,

就在你经常放头的那个枕上 　　　　　　　一六二〇
他安然躺在那里睡去，
他以后如何对我施用暴力
　　你可想象得到，这一切灾祸，
　　哎！你的露克利斯无法躲过。 　　　　　一六二四

"在那午夜漆黑可怕的时光，
一个人偷偷地举着蜡烛一根，
提着亮亮的刀走进我的睡房，
低声喊：'醒来，你这罗马妇人， 　　　　　一六二八
接受我的爱；否则我决心
　　今夜使你全家永久含羞，
　　你若拒绝我的情欲的要求。

"'除非你顺从我的意思， 　　　　　　　　一六三二
我立即杀掉你那丑陋的奴才，
然后我再把你处死，
并且宣称你们两个正在
举行幽会，被我撞见予以杀害。 　　　　　一六三六
　　我这一举可以获得美名，
　　你却永久地坏了名声。'

"我听了这话就害怕啼哭，
他用刀直抵着我的心窝， 　　　　　　　　一六四〇
发誓说，除非我乖乖地屈服，

我便不能活着再有话说;
我的耻辱将永不可磨,

    露克利斯和仆人私通而亡,   一六四四

    这事将长久存留在罗马史上。

"我的敌人势强而我势弱,
一害怕,格外地强弱悬殊。
残酷的法官不准我分说,   一六四八
没有申辩可以在那里提出,
他的绯红的淫欲宣誓把证言陈述,

    硬说我的美貌夺了他的眼睛,

    法官被抢,犯人只得受死刑。   一六五二

"啊!教导我如何原谅我自己,
至少让我有这样一个退步想:
虽然这罪行污染了我的躯体,
我的心依然纯洁无恙;   一六五六
心未受损,心永不倾向于

    做帮凶,在污染的躯壳里

    永远保持它的纯洁的本体。"

看!这遭受损失的贸易商,   一六六〇
垂着头,哽咽不能作声;
瞪着眼睛,胳膊盘在胸上;
从那刚变白的嘴唇中间吹送

一口大气，尽在不言中。　　　　　　　　　　一六六四
　　他虽然狼狈，还苦苦地挣扎；
　　他呼出的气，他还要吸回它。

像汹涌的流水穿过桥孔，
眼睛来不及看，水流得太迅速，　　　　　　一六六八
在漩涡中跳跳蹦蹦，
跳回逼它疾流的狭窄水路，
怎样猖狂流出，怎样收回如故：
　　他的叹息便是这样，有如拉锯，　　　　一六七二
　　叹出一腔怨气，又把它吸回去。

可怜的女人看到他痛苦无言的模样，
便这样地惊醒了他的昏迷：
"亲爱的，你的愁苦给了我新的力量。　　　一六七六
激流不因雨而把速度减低，
你的同情使得我的悲戚
　　格外难堪：那么了结这一段苦恼，
　　淹死这一双泪眼，也就是了。　　　　　一六八〇

"我既对你有此魅力，为了我的缘故，
为了你的露克利斯，请你注意：
立刻对我的仇敌施以报复，
你的仇敌，我的仇敌，也是他自己的 [34]。　一六八四
假想你是在抵御我过去所受的侵袭，

你的援助虽然太晚，还是不能让他活，
因为网开一面只是助长罪恶。

"但是指名以前，诸位大人，"她说，　　　　　　　一六八八
这是指和科拉丁同来的那群人，
"我要你们发誓答应我，
迅速前去为我报仇雪恨；
因为用武力把冤屈申　　　　　　　　　　　　一六九二
　　乃是值得称道的侠义行径，
　　根据誓约武士应为妇女抱不平。"

经此请求，每位大人豪气如云，
开始答应为她出力，　　　　　　　　　　　　一六九六
对她的命令都表示武士精神，
愿听她宣布那可恨的仇敌。
但是她，趁悲惨任务尚未述说完毕，
　　止住他们的诺言。"请问，"她说，　　　　　一七〇〇
　　"如何把逼迫下的耻辱给我洗脱？

"我是被可怕的情况所逼迫，
我犯的罪过属于何种类型？
我的纯洁的心可否赦免丑恶的罪过，　　　　　一七〇四
重振我的低落的声名？
有什么申辩可以使我免于罪刑？
　　受污染的泉源可以澄清自己，

我被迫受辱何以不能涮洗？” 一七〇八

听了这个，大家立刻就说，
她心地纯洁可以洗清躯体的污损。
她惨然一笑把脸转过，
那脸带着苦难折磨的皱纹， 一七一二
是眼泪刻上去的印痕。
　　“不，不，”她说，“以后的妇女
　　不可要求宽恕而以我为例。”

她长叹一声，好像心要裂开， 一七一六
她说出了塔尔昆的姓名，“他，他，”她说，
除了“他”以外她什么也说不出来；
经过好多次的噎嚅与延搁，
急促的喘息，无力地挣扎着， 一七二〇
　　她说了，“他，他，诸位，就是他，
　　他引我的这只手使我自杀。”

这时节她把无辜的刀插进无辜的胸，
她的灵魂就从那里飞了出去， 一七二四
这一击使它不再惶恐不宁，
把它保释出了那龌龊的牢狱；
她的带翅的心灵被她忏悔的叹息
　　送上了云霄，永恒的生命 一七二八
　　从那伤口飞离了毁废的一生。

科拉丁和他所有的朋友

被这惨事吓得木然僵立，

露克利斯的父亲看见鲜血直流，　　　　　　　　一七三二

向那自戕的身体扑了过去；

布鲁特斯把刀从殷红的泉中拔起，

　　　刀一离开那个地方，

　　　血追了出来像要报仇一样。　　　　　　　一七三六

血从她胸上汩汩而出，分成了

两条缓流，殷红的血液

把她的身体从各方环绕，

像是刚遭洗劫的岛，渺无人迹，　　　　　　　一七四〇

一片荒漠似的在赤流中矗立。

　　　她的血一部分还是鲜红如初，

　　　一部分变黑，那便是塔尔昆所玷污。

在那一摊凝冻的黑血面上，　　　　　　　　　一七四四

有一圈血水流露[35]，

像是在哭这污秽的地方：

从此以后，像是怜悯露克利斯的耻辱，

污血总是有水渗出；　　　　　　　　　　　　一七四八

　　　纯洁的血永远是鲜红不变，

　　　看着这样污秽的东西而红脸。

"女儿，亲爱的女儿！"老露克利斯喊，

"你夺去的那条性命原属于我。　　　　　　一七五二

如果父亲的影像在孩子身上重现，

如今露克利斯已死，我将何所寄托？

我当初生你不是为了这样的结果。

　　若是孩子们先父母而死去，　　　　　一七五六

　　我们是他们的后人，他们不是我们的。

"可怜的破镜，从你的美丽的影像

我常看到我返老还童的神气，

但如今那美好的明镜，黯然无光，　　　　一七六〇

给我映出年久磨损的髑髅一具。

啊！你已把我的模样从你脸上扯去，

　　你打碎了我的美好的明镜，

　　我无从再见我以前的情形。　　　　　一七六四

"啊，时间！停止前进，勿再继续，

如果该生存的居然死亡。

死神征服了年富力强的，

还能任由老弱的人们徜徉？　　　　　　　一七六八

老蜂死去，年轻的占据蜂房：

　　亲爱的露克利斯，你再活下去，

　　看你父亲死，不是你父亲看你！"

这时节科拉丁才像由梦中惊起，　　　　　一七七二

请求露克利斯让他来悲恸；

他倒在露克利斯冰冷的血流里，

洗他那灰白惶恐的面容，

做出要与她同归于尽的神情：　　　　　　　　　　一七七六

　　男子汉的气概不准他这样死，

　　要他活下去为她报仇雪耻。

他内心的深刻苦痛

逼得他的舌头哑不成声，　　　　　　　　　　　　一七八〇

舌头愤恨悲哀控制它的活动，

使它这样不能说话来和缓心情。

开始说话了，微弱的语言往唇间拥，

　　想要舒畅他的心，但是太匆匆，　　　　　　一七八四

　　他说的是什么没有人能听得清。

有时把"塔尔昆"说得清清楚楚，

但也是硬从齿间挤出来的。

这场风暴，尚未酿成大雨如注，　　　　　　　　一七八八

忍着悲哀的潮水，增大了冲力；

雨终于下来，风势减去：

　　父亲和女婿谁也不肯让人，

　　哭女儿，哭爱妻，看谁哭得最伤心。　　　　一七九二

两人都说她是属于他的，

但是谁也不能享有他的要求。

父亲说："她是我的。"丈夫接上一句：

"啊！她是我的。请不要夺走 一七九六
我悲伤的特权；她仅是由我一人所有，
　　任何人不能说是为她而哭啼，
　　只能由科拉丁来放声哭泣。"

"啊！"父亲说，"那生命是我给的， 一八〇〇
她毁得太早，又恨其太晚。"
"惨也，惨也，"科拉丁说，"她是我的妻，
我拥有她，她毁的是我的财产。"
"我的女儿""我的妻"喧声震破了天， 一八〇四
　　天已把露克利斯的生命接收过去，
　　回答他们说"我的女儿""我的妻"。

布鲁特斯，他把刀从露克利斯身上抽出，
看到他们二人争着表示悲哀， 一八〇八
便给滑稽谈吐穿起庄严的衣服，
在露克利斯伤口里把他的傻相掩埋。
他在罗马人中间本是一位蠢材，
　　像国王宫中的弄臣一般， 一八一二
　　可以信口开河，说些无谓的谰言。

但是现在他放弃了轻佻的作风，
做出深谋远虑的姿态，
拿出了他深藏已久的聪明， 一八一六
止住了科拉丁的眼泪。

"受屈的罗马人，"他说，"起来，

　　你以为我是傻子，实在是莫测高深，

　　我要教训你这阅历深的聪明人。　　　　　　　　一八二〇

"唉，科拉丁，悲哀能治悲哀？

创伤能疗创伤，痛心能疗痛心的事迹？

你的娇妻被人欺侮而流出血来，

你给自己一刀，就算是报仇完毕？　　　　　　　　一八二四

这种儿戏的脾气是弱者才有的。

　　你的不幸的夫人做事太粗心，

　　竟自杀了，应该杀她的敌人。

"勇敢的罗马人，不要把你的心　　　　　　　　　　一八二八

浸在由悲哀融化出来的泪水里，

和我一起跪下，尽你一份责任，

用祈祷把罗马的天神惊起，

请准许把这些骇人听闻的事体，　　　　　　　　　一八三二

　　因为罗马本身因此而失掉光辉，

　　由我们使用武力予以穷追。

"我们来发誓，指着我们崇敬的庙堂，

指着这冤枉受辱的贞洁的血迹，　　　　　　　　　一八三六

指着煦育万物的天上的太阳，

指着我们在罗马所有的一切权利，

指着露克利斯曾向我们声冤的

贞洁灵魂，还有这血淋淋的刀子，　　　　　　　一八四〇
我们要报复这忠贞的妻子之死。"

说完这话，他以手捶胸，
吻那把凶刀，结束他的誓言，
敦促别人也做同样声明；　　　　　　　　　　　一八四四
大家都吃一惊，赞成他的意见，
于是共同跪倒在地面；
　　布鲁特斯把誓言又说了一次，
　　大家跟着发了那个重誓。　　　　　　　　　一八四八

他们对熟虑的主张宣誓之后，
决定把露克利斯的尸体移去，
举着血淋淋的尸体在罗马巡游，
这样宣布塔尔昆的丑恶罪迹。　　　　　　　　一八五二
等这一切都迅速地做毕，
　　罗马人民一致欢呼拥护，
　　把塔尔昆一家永久驱逐。

注　释

[1] "这一段描写的是美貌与贞操之争，所用辞藻属于纹章学之范围，
红即金，白即银，金与银乃纹章上使用之两种金属也。大意如下：露

克利斯一见塔尔昆，变色数次，脸上时而红时而白。白色的贞操像是占上风的时候，美貌就红了脸；但是贞操就嫉妒起来，企图以其银白的颜色遮盖那红晕。美貌觉得它有权利摆出一副白的面孔，认为那满面白地是从维诺斯的鸽群得来的。贞操反唇相讥，认为它也可以具有美貌的红晕，因为它在黄金时代已经准许男人们在盾牌上混合金银二色，盾乃是防卫武器，耻辱进攻时可持以御侮也。"（耶鲁本 Albert Feuillerat 注）

[2] Pooler 的注可能是对的，他说："富人有野心太大的毛病，内心常有苦痛，以为他们缺乏他们所已拥有的东西——例如财富。"

[3] "赤裸武器"（naked armor），似是矛盾语。但以赤裸肉体为武器，正是肉欲之写照。Kittredge 教授的解释最好："His only armor in this enterprise is lust...which is no real armor, for it is always slain (perishes, comes to naught) when it is satisfied. The fulfilment of such desire kills the desire."

[4] 缙绅皆有勋章，其人如有败德，则勋章局之主事者在其勋纹上加以标识，常于若干固定地点涂染红色或橘色，以彰其过。

[5] "画布"（painted cloth），指从前挂在墙上的装饰品，通常是棉布或帆布，上有油画，用以代替较价昂之织绵的壁衣，其画题通常是《圣经》或古典的材料，附有经文或格言者亦属常有。

[6] Prince 注云："The sense is that out of even his good thoughts Tarquin draws a 'disposition', i.e. a permission to act as he desires, by twisting their sense in a way which suits him."

[7] 拿西塞斯（Narcissus），希腊神话中之美男子，顾水中之影而深相爱恋，憔悴而死，并非溺于水。

[8] 昔日习惯用灯芯草（rush）撒在屋内地上，代替地毯。

[9] 指因通奸而产私生子（bastard）。祖先来历不明为奇耻大辱。

[10] 天生缺陷，如兔唇、胎痣等。

[11] 奥菲阿斯（Orpheus），希腊神话中之诗人，擅音乐，妻Eurydice死后，入冥府寻觅之，冥府之王普鲁托（Pluto）为其音乐所迷，归其妻。

[12] "属下"，指感官与情感而言。

[13] 伊利沙白时代的舞台，在演出悲剧的时候，悬挂黑幔表示悲惨的气氛。

[14] 坦塔勒斯（Tantalus）获罪于天，被下地狱，见水而不得饮，见食而不得餐，永处于饥饿状态。

[15] 据说乌鸦（raven）的寿命有人的三倍长。

[16] 原文 cherish springs，显然有误。Warburton 提议改为 tarish，约翰孙赞成改为 perish。较近的编者如新阿顿本的 Prince，新剑桥本的 Maxwell，均不主张改动。"时间"本有除旧布新的效用，莎士比亚可能在这行里想到"时间"的这一效能，下一节即有此一想法的引申。springs = young oaks，or saplings of any kind.

[17] 十六世纪贵族之家所用童仆皆着制服，袖上佩有主人之勋纹。

[18] 黑地（sable ground），指盾形勋章之黑色面，黑地上绘有彩色勋纹。ground = background.

[19] 菲洛美（Philomel），亚典王之女，色累斯王蒂利阿斯（Tereus）妻（Procne）之妹也，其妻生一子，名 Itys。蒂利阿斯强奸菲洛美，割去其舌。Procne 设法释放其妹，烹其子 Itys 以飨其父。后 Procne 被变为燕，菲洛美被变为夜莺，蒂利阿斯被变为田凫。

[20] 按照基督教义，自杀为罪。按照罗马人的看法，挫败受辱之后自杀为光荣之事。莎氏是以基督教的眼光描写罗马人。

[21] 指傀儡戏，演员不发言，但有剧情说明解释一切。

[22] 普莱阿姆（Priam），脱爱（Troy）的国王。脱爱围城的故事在当时是众所习知的，莎士比亚后来在戏剧中屡次提到，《脱爱勒斯与克莱西达》完全以脱爱为背景，更不待言。从一三六六行起至一五八二行，莎士比亚一直在描写这一幅脱爱战争的画，可能莎士比亚真的见过这样一张画布，所以描写得这样细致。

[23] 哀杰克斯（Ajax），Salamis 国王，身材高大，勇敢善战，甚为自负。后赫克特被害，其甲胄酬给优利赛斯，愤而疯狂自杀。优利赛斯（Ulysses），伊色佳国王，足智多谋，老成持重。

[24] 奈斯特（Nestor），Pylos 国王，希腊大军中最年长最有经验的领袖之一，成为智慧的象征。

[25] 阿奇利斯（Achilles），Myrmidons 族之王，脱爱战役中最显赫之希腊英雄，杀死脱爱英雄赫克特。

[26] 赫克特（Hector），普莱阿姆之长子，英勇善战。

[27] 脱爱城不在海边，在内地，但 Troas 乃一广大区域，脱爱仅是其中的主要城市，故有 the strond of Dardania 之语。Dardania 即 Troas。

[28] 西摩伊（Simois），河名，源出 Mount Ida，汇入 Scamander 河，流入脱爱平原。

[29] 亥鸠巴（Hecuba），普莱阿姆之第二个妻室，生十九子，包括赫克特在内。

[30] 皮鲁斯（Pyrrhus），又名 Neoptolemus，为阿奇利斯之子。据魏吉尔，杀死老王普莱阿姆的是他。Pyrrhus 是黄发之意；Neoptolemus 是新到的军人之意。

[31] wildfire 通常译为"野火"，实乃古代战争中所使用之一种纵火物品，入水仍燃，极难扑灭。又名 Greek fire，其组成分子主要是硫黄、硝石与沥青。按即火药。

[32] glass，指脱爱宫廷房屋之顶，亮晶可鉴，反映天上群星。

[33] 喻用火引发枪炮。

[34] "他自己的（仇敌）"，因他杀害善良，不容于天，自毁前途。

[35] rigol = ring or circle，i.e. serum.

十四行诗

The Sonnets

序

  莎士比亚的《十四行诗》是他的作品中最受人注意的一部，学者及批评家对它钻研之细，致力之勤，仅次于《哈姆雷特》一剧。Sir Walter Raleigh 在他的《莎士比亚传》里说："在这神秘窟穴的周围有许多足迹，但其中没有一个是方向朝外的。没有人企图解决这个问题而不留下一本书；于是莎士比亚的神龛上密密杂杂地挂满了这些奉献的祭品，全都枯萎尘封了。"（*Shakespeare*，1907，p.86）有关《十四行诗》的著作，年年都有出现，迄今不衰。其中难题所在，由于客观证据之缺乏，不易解决，难得定论。欲欣赏这些十四行诗，则原诗具在，并无须乞援于考证；欲对之多一些了解，则历年来之有关文献仍自有其价值。兹将有关问题择要略加阐说，以为增加了解之一助。

一　版本

  一五九九年 W. Jaggard 刊印了一个八开本的小册子，其同年发行的第二版的标题页是这样的：

The Passionate Pilgrime. By W. Shakespeare. At London. Printed for W. Jaggard，and are to be sold by W. Leake at the Greyhound in Paules Churchyard. 1599.

　　这小册子包括二十一首诗，其中只有五首确是莎氏作品，但是这不诚实的出版家竟冒用莎士比亚的名字。Folger Library 现藏的一本没有标题页，也许是由于莎士比亚的抗议而抽掉的。那五首确属于莎士比亚的诗，有两首是《十四行诗》的第一三八及第一四四首，文字标点略有出入。另外三首是采自《空爱一场》（Love's Labour's Lost）的三首十四行诗，文字标点亦略有出入。这集中的前两首十四行诗，因有异文，倒有了研究的价值，请参看译文注一〇六及注一一七。这是莎士比亚的十四行诗之首次刊印，虽然只有两首。

　　一六〇九年五月二十日书业公会登记簿有这样的一个记载:"a booke called Shakespeares Sonnettes"，同年此书出版，是一个四开本，售价五便士，现存于世者共有十三本，其中的四本之标题页如下:

SHAKESPEARES/SONNETS./Neuer before Imprinted./ AT LONDON/By G. Eld for T.T. and are/to be solde by William Aspley/1609./

　　另有七本之标题页略有部分不同字样如下:

by John Wright，dwelling/at Christ Church gate./1609./

　　还有两本则没有标题页。

　　这个四开本的出版家 T.T.，即是 Thomas Thorpe，他既非印刷者，亦非销售者，他把书稿交人印好之后给两家分别销售。

　　这四开本收十四行诗一百五十四首，是我们所能看到的唯一的完整本，排印错误之处甚多。据统计，《维诺斯与阿都尼斯》有一千一百九十四行，只有三处轻微错误，而《十四行诗》有二千一百五十五行，错误至少在三打以上，平均每六十行有一错误，标点不在内。卷首献词由 T.T. 署名，莎士比亚并未出面，而且献词之内文义暧昧，引起后来无穷的揣测（参看下文及注一）。凡此迹象皆足令人疑心此四开本之出版盖未经莎士比亚之授权许可，至少是未经他的校阅。集中第九十九首，有十五行；第一百二十六首只有十二行；第一百四十五首，每行八音节；最后第一百五十三及一百五十四首是翻译性质；而且全集各诗次序有些地方也显得凌乱。这些异常的现象又令人疑心这一诗集的编辑也非出自莎士比亚之手。

四开本虽然舛误甚多，热心拥护的亦不乏人，例如：

George Wyndham: *The Poems of Shakespeare*，1898.

Percy Simpson: *Shakespearean Punctuation*，1911.

但是近代多数批评家都以为四开本不完全可靠，不过最低限度，如威尔孙教授之所主张，我们应该承认四开本所根据的是和莎士比亚原稿相当接近的一种抄本。

一六四〇年（实际是一六三九年），《十四行诗》再度出版，这一回发行人是班孙（John Benson），他是伦敦的一个书商，死于一六六七年，这一本书的名字不是《十四行诗》，而是《诗集》，其标题页如下：

POEMS: /WRITTEN/BY/WIL. SHAKESPEARE./Gent./Printed at *London* by *Tho. Cotes*，and are/to be sold by *John Benson*，dwelling in/ *St.Dunstans* Church-yard.1640.

班孙这本书是盗印性质，其内容包括四开本之一百四十六首

《十四行诗》（删去的是第十八、十九、四十三、五十六、七十五、七十六诸首，另外两首即第一三八与一四四首则已包括在全部照收的一六一二年版的 *The Passionate Pilgrim* 之内），此外还有 *A Lover's Complaint*、*The Phoenix and Turtledove* 等诗，以及其他诗人的作品如 Jonson、Beaumont、Herrick，体裁非常杂乱。他处理这一百四十六首十四行诗的方法也很特殊。他把诗的次序变更了，分别缀成为七十二首，各冠以标题。有些男性的代名词与形容词一律改为女性的，he、his 改为 she、her，使诗人在诗中致辞的对象一律成为女性。T.T. 的献词也删去了。班孙改正了四开本的错误约二十处，但是他增加了新的错误五十处。

班孙的本子在此后一百五十年中发生很大的影响力。第一个十八世纪的编本是 Charles Gildon 的，刊于一七一〇年，他根据班孙而加以现代化，四年后重刊时成为 Nicholas Rowe 的《莎氏戏剧全集》（共六卷）的第七卷。Alexander Pope 编的《莎士比亚全集》的第七卷所包括的十四行诗是 Dr. George Sewell 的编本（一七二五年），也是遵守班孙的传统。此后诸家编本，如 Ewing（一七七一年）、Gentleman（一七七四年）、Evans（一七七五年）、Oulton（一八〇四年）、Durrell（一八一七年至一八一八年），都是维持班孙的传统。早在一七一一年出版家 Lintot 曾翻印四开本（编者姓名不详），但标题页上说："One Hundred and Fifty Four Sonnets, all of them in Praise of his Mistress."，可见亦未脱班孙影响。

一七六六年，Steevens 编《莎士比亚戏剧二十种》，附有四开本的十四行诗。Capell 曾有一部手稿，修订 Lintot 印本，未付印，现藏三一学院图书馆，在序中攻击班孙及其附和者。但是真正重振四开本声威的是马龙（Edmond Malone），他有两个编本，第一个刊于一七八〇年，作为 Johnson and Steevens 合编《莎氏戏剧全集》的补编，第二个刊于一七九〇年，作为他自己编的莎氏全集之第十卷。两个本子都是根据四开本，校勘甚精，且附有评释。

　　十九世纪早期的版本都是马龙本的翻印，尤其是一七八〇年的那个本子。后来一八三二年 Dyce 的 *Aldine edition*，则倾向于恢复四开本原文，排斥马龙的勘正，这种趋势一直发展下去。十九世纪重要版本有 Clark and Aldis Wright 编的环球本（一八六四年），第一版剑桥本（一八六六年），第二版剑桥本（一八九三年）。Wyndham 的编本前已述及，是绝对拥护四开本的。但是趋于另一极端的是 Samuel Butler，他的编本（一八九九年）改动四开本的地方又太多了，常常是不必要的。

　　二十世纪的编本如 Neilson（一九〇六年）、Ridley（一九三四年）、Kittredge（一九三六年）、Harrison（一九三八年）、Bush and Harbage（一九六一年）、Ingram and Redpath（一九六四年）、Wilson（一九六六年）等，有一共同倾向，都是要尽可能保持四开本的面貌。集注本有两种特别值得注意，一个是一九一六年的 Alden 集注本，另一个是 H.E. Rollins 新集注本，后者材料特别丰富，一九四四年刊。

二　Mr. W. H. 是谁？

　　《十四行诗》中的人物有四:（一）诗人自己;（二）诗人的朋友;（三）另一竞争的诗人;（四）黑女人。最重要的是诗人的朋友，因为这些诗大部分（一至一二六）是写给他的。

四开本的献词明白地说 Mr. W. H. 是“the onlie begetter of these insuing sonnets”，但是何谓“onlie begetter”？ onlie = incomparable; peerless（牛津大字典定义五），在此处似不宜作“唯一的”解。更重要的是 begetter 一字，可以有两种解释：一个是 = procurer for another person，obtainer 指为发行人搜集十四行诗原稿或抄本的人；一个是 inspirer，指引起诗人写作的那个人。二说距离很大。

主前说者可以 Sidney Lee 为代表（参看他的《莎士比亚传》一九三一年增订版页六八一至六八五）。他认为 W.H. 是 Mr.William Hall，此人乃是伦敦书店学徒出身的一个出版业者，可能是 T.T. 的一名助理人。William Jaggard 于一五九九年刊印了 *The Passionate Pilgrim* 可能引起了 Thomas Thorpe 刊印全部莎氏十四行诗的野心，于是 W.H. 乃大施手腕居然搜求到那一百五十四首诗稿，交给 T.T. 于一六〇九年印行。这一揣测的主要根据是一六〇六年刊行的一部诗集 *A Foure-fould Meditation*，作者为 Robert Southwell，这本诗集有由 W.H. 具名的献词。此一 W.H. 想来即是《十四行诗》献词中之 W.H.。最近 A.L. Rowse 于一九六三年出版的《莎士比亚传》（页四六三）摭拾旧说以为 W.H. 是 Master William Harvey（即骚赞普顿母亲的第三任丈夫），也是把 begetter 当作了 procurer 解。

主后说者意见更分歧，不过最重要的只有两派，一派认为是 Henry Wriothesley，the third Earl of Southampton（1573—1624），另一派则认为是 William Herbert, the third Earl of Pembroke（1580—1630）。莎士比亚曾把他的两部诗集《维诺斯与阿都尼斯》和《露克利斯的被奸》献给骚赞普顿伯爵。这位伯爵比莎士比亚年轻九岁半，在八岁的时候就袭承了爵位，以后成为文艺的保护人，并且得女王宠，与爱塞克斯昵，两度从征国外。因与爱塞克斯的表妹 Elizabeth Vernon 先奸后娶，触女王怒，短期下狱，失势甚久。后因牵涉爱塞克斯叛变事败，终身监禁，女王死始得获释。骚赞普顿美丰姿，风流潇洒，与莎士比亚善。Rowe 在一七〇九年记载一个故事，据说骚赞普顿有一次曾赠给莎士比亚一千镑钱帮他购置产业。款数甚巨，但非不可能。Nathan Drake 于一八一七年在他的 *Shakespeare and His Times* 一书中之 Disquisition on the Object of his Sonnets 一篇论文里首先提出 W.H. 即骚赞普顿的主张。Gerald Massey 于一八八八年著 *The Secret Drama of Shakespeare's Sonnets*，继承此说。这两个人主要都是在文字上寻求论证，从客观的莎士比亚交游情形寻求证据最力的当推二十世纪之 Mrs. Charlotte Carmichael Stopes，她有两部重要著作：*Shakespeare's Sonnets*（1904）及 *The Life of Henry, Third Earl of Southampton, Shakespeare's Patron*（1922）。骚赞普顿一派学说之最大弱点是一五九四年以后他与莎士比亚并无密切友谊的记录，第一对折本的献词没有提到他，十四行诗中也没有提到骚赞普顿后半生之不寻常的遭遇。再则骚赞普顿的名字缩写应是 H.W. 而不是 W.H.。

另一派主张 W.H. 是潘伯娄克伯爵。威廉·赫伯特（William Herbert）生于一五八〇年四月八日，于一六〇一年始承继爵位，早年也是一位风流倜傥的人物。莎士比亚和他的家族渊源甚深。莎氏早年（一五八九至一五九二年间）的戏剧是由名为"潘伯娄克剧团"演出的。此一剧团初现于一五九二年间的记录，旋于一五九三年九月解散。这一群演员的保护人便是这位第三任潘伯娄克伯爵的父亲（他的母亲便是那位著名的潘伯娄克伯爵夫人，其兄 Philip Sidney 曾为她写了那部著名的 *The Countess of Pembroke's Arcadia*）。

莎士比亚的第一对折本是献给潘伯娄克兄弟二人的（William Herbert and Philip Herbert），献词中提到潘伯娄克对他的多年知遇。首倡 W.H. 为潘伯娄克这一学说的是 James Boaden（一八三二年），而 C.A. Brown：*Shakespeare's Autobiographical Poems*（1838）鼓吹最力。Thomas Tyler（*Shakespeare's Sonnets*，1890）也是最有力的一个支持者。近年的学者们如 Hyder Rollins（1944）、J.D. Wilson（1966）、Oscar James Campbell（1964）都倾向于这一派。这一派学说之最大缺点是潘伯娄克于一五九三年时只有十三岁，莎士比亚谆谆劝告这样冲龄的贵族子弟赶快娶妻生子，勿乃不伦？所以潘伯娄克一派总喜欢把《十四行诗》的写作时代稍往后推，同时指陈伊利沙白时代的贵族家庭有提早为子女议婚的习惯。一五九五年，潘伯娄克十五岁，他的父母曾逼他和 Elizabeth Carey（即莎氏剧团保护人 George Carey, Lord Hunsdon in 1596 and Lord Chamberlain in 1597 之女）结婚，订婚初步仪式已经举行，而潘伯娄克仍坚持不允，莎士比亚可能是在这个时候受潘伯娄克的父母之命而撰写那十七首劝告结婚的十四行诗。

此外还有别的学说。例如 Richard Farmer（1735—1797）建议说莎士比亚的外甥 William Hart 可能即是 W.H.，但此说殊不可能，因为他的这个外甥于一六〇〇年方才出世。又如 Thomas Tyrwhitt（1730—1797）曾根据第二十首十四行诗之第七行 "A man in hew all Hews in his controwling" 认为其中有双关义，Hews = Hughes，而第一三五、一三六、一四三所谓 Will Sonnets 其中又隐含着一个 William，从而假想当时有一年轻演员 William Hughes，面目姣好，扮演女角，即是诗中之 W.H.。此说全无根据，当时各剧团演员名单都还存在，其中没有这个名姓。但是 Oscar Wilde 于一八八九年

写 *The Portrait of Mr.W.H.*，仍然根据此一假想敷演成为一篇演义式的论文。最有趣的莫过于 D.Barnstorff 在一八六〇年所做之建议，以为 W.H. 即是 William Himself 之缩写！

无论 W.H. 是骚赞普顿还是潘伯娄克，献词里何以不直书其名，何以不称其全衔而仅称之为"先生"，我们只能有一个解释，那就是 Thorpe 没有获得伯爵的同意，以诗的内容而论亦难得当事人的同意，故只好如此地隐约其词了。

三　另一位竞争的诗人是谁？

莎士比亚在他的诗中不断地隐隐约约地提起另一个和他竞争的诗人，此人是谁，引起颇多揣测。较旧的说法是以为此一诗人乃是固定的一个诗人，例如：

Boaden—Daniel（the rival poet）

Cartwright—Marlowe

Bodenstedt—Spenser

Minto—Chapman

Lee—Barnabe Barnes

Henry Brown—Sir John Davies

较新的看法是以为莎士比亚在不同的写作时间所提到的竞争诗人可能不是一个固定的人，而是若干不同的诗人。此一说法似较近情理。

自七十五至八十六诸首，通常认为是有关"竞争的诗人"的部分。实际上第七十六首是意义较为明显的，莎士比亚自承文笔陈腐，比不上时髦作风，他所指的该是 John Donne 所代表的那一派 Metaphysical poetry，而不是固定的哪一个人。不过 John Donne 确曾一度和潘伯娄克过从甚密。据班章孙说，John Donne 的最好作品是二十五岁以前写的，那即是一五九七年以前，而一五九七年正是潘伯娄克庆祝十八岁生日的那一年。莎士比亚所轻视的那种诗，他自己在一六○一年也试作了一首，那便是 The Phoenix and the Turtledove，也许是他不甘服输，故意在潘伯娄克面前显露一下他的多方面的才华。

第七十八首里所提到的诗人，不是 Chapman 便是班章孙（参看译本注五十七）。总之是一位学殖较莎士比亚为深的诗人，班章孙的可能性较大。

第七十九、第八十两首，那较大的天才是谁？是马娄还是斯宾塞？

第八十六首像是特指 Chapman。他译的荷马史诗《伊利阿德》前七卷刊于一五九八年，用每行十四音节的韵语翻译，确是如莎士比亚在此诗中所说的"声势壮盛"。

四　黑女人是谁？

《十四行诗》自第一至一二六首为一大段，自第一二七至一五二首为另一大段。前一大段是以诗人的朋友为主题，第二大段则以一位黑女人为主题。这黑女人是谁，我们无从确知，但是就诗中所述我们知道她是一个肤色深褐，其貌不扬，但是具有无比的魅力，而且放荡成性，阅人甚多，甚至把莎士比亚的朋友也牵涉在内。像这样的一个女人，在"十四行诗传统"里是没有前例的，显然是实有其人，而且莎士比亚确实与她有不寻常的关系。

如果我们承认 W.H. 是潘伯娄克，那么顺理成章地我们也应该承认这黑女人大概就是玛丽·菲顿（Mary Fitton）。菲顿是潘伯娄克的情妇。莎士比亚笔下的女人中，罗萨兰（Rosaline）是一个值得注意的角色，例如在《罗密欧与朱丽叶》及《空爱一场》两出戏里的罗萨兰，便都是一个肤色黑的少女。我们有理由相信莎士比亚大概是深深地恋爱过这样的一个黑女人。有许多地方玛丽·菲顿太符合莎士比亚对这黑女人的描述了。

玛丽·菲顿生于一五七八年，于六月二十四日受洗。她的父亲是一位曾在爱尔兰政府服务的 Sir Edward Fitton，家住在 Gawsworth, Cheshire。她在十七岁时（一五九五年）来到伦敦宫中，翌年奉女王命为宫女（Maid of Honour）。她初到伦敦时就受到潘伯娄克夫人的款待，事实上菲顿先生当年之能晋封爵士便是靠了潘伯娄克夫人（即 Mary Sidney）的父亲的力量，所以两家本是早有旧谊的，年轻的威廉·赫伯特很快地就和这位少女发生了情愫。

玛丽·菲顿之所以能顺利地做了宫女，是由于她父亲的老友当时任内廷总管的 Sir William Knollys 的汲引，他不但照拂她，而且很快地坠入情网，苦追不遂，卒于妻亡之后以六十一的高龄娶了一位十九岁的少女。罗萨兰于《空爱一场》所说"青春的热情燃烧起来没有成年人荒唐得厉害"可能是对他的讽刺（看拙译《空爱一场》第五幕第二景）。

潘伯娄克和玛丽·菲顿的恋情在宫廷里播开了。一六〇一年二月间玛丽怀孕的消息已经不是秘密，潘伯娄克自承与之有染，但是拒绝与之结婚，事闻于女王，女王震怒。三月间玛丽产一男婴，夭折。潘伯娄克下狱，不久开释，玛丽罪罚较轻，只是被逐出宫廷交付看管。除了这一个私生子之外，玛丽还和 Sir Richard Leveson 私生过两个女儿。玛丽后来又嫁过两个丈夫，一个是 Captain Lougher，另一个是 Captain Polewhele。

首先提出黑女人即是玛丽·菲顿的是 Thomas Tyler，他编的《十四行诗》附有长序说明玛丽的历史，刊于一八九〇年。Frank Harris 写《莎士比亚其人》，也接受这一学说。萧伯纳的戏 The Dark Lady of the Sonnets 更给这个故事一个有力的宣传。(较详尽的资料见 Lady Newdigate-Newdigate: *Gossip from a Muniment Room*; *Being passages in the lives of Anne and Mary Fytton*，1907.)

五　著作年代

《十四行诗》不是一个短短时期内写成的。一五九八年秋后 Francis Meres: *Palladis Tamia: Wits Treasury* 有这样的记述："The sweete wittie soul of Ovid lives in mellifluous and honey-tongued Shakespeare，witnes his Venus and Adonis，his Lucrece，his sugared Sonnets among his private friends,"；随后他又举出莎士比亚为当时若干十四行诗作家之一："most passionate among us to bewaile and bemoane the perplexities of Love."。

这里所谓"甜蜜如糖的十四行诗"，可能只是我们现在所读到的一小部分。

如果我们承认大部分十四行诗是写给潘伯娄克的，那么莎士比亚开始写十四行诗应该是在一五九五年，那年潘伯娄克十五岁，那时候十四行诗正时髦，而且莎士比亚可能是奉潘伯娄克父母之命而写的，已略如前述。四开本的前十七首诗可能即是最早写作的一部分。以后莎士比亚陆续写作，可能一直拖到伊利沙白女王朝代的末尾。

第一百零七首诗是考证写作年代最重要的一首。无疑地里面含有重大的政治事件的影射，但所谓"人间的明月安然度过了她的晦蚀"，意义颇费推敲（看译注七十六）。比较合理的解释大概是指一五九六年伊利沙白女王之渡过了她的六十三岁大关。

六 《十四行诗》的次序

四开本各诗次序可能有若干部分是凌乱的。前十七首自成段落，至一二六为一大段，至一五二为又一大段，这是没有多大问题的，但是如果在诗中寻求一个连贯的故事，则有若干地方不大衔接，可能在一个大段之内或两个大段之间需要加以调整。四开本的次序未必全都正确，班孙的一六四〇年改订本更有问题，所以马龙一七八〇年本又恢复了四开本的次序。近代刊本对于次序之调整各出心裁，由 Charles Knight 于一八四一年开其端。自班孙以至 Tucker Brooke（1936），据 Rollins 的记载，有不下二十种不同的调整方法。现在且举一个最近的例，Oscar James Campbell 一九六四年编 *The Sonnets Songs & Poems of Shakespeare* 页二六至二八所提供的意见：

一至十七

诗人致年轻的威廉·赫伯特爵士，后晋袭为潘伯娄克伯爵，二人可能尚未晤面。这一辑诗，通常称为"劝娶妻生子之十四行诗"
（procreation sonnets）。

十八至二六

诗人开始攀交。所谓"爱"，即"友谊"之别称；为加强情意，
诗人使用性爱之词句。诗人宣称他的作品可以使他的朋友永垂不
朽。诗人把这一辑诗连同前一辑诗送呈潘伯娄克，称之为"written
ambassage"。

一二七至一三二

按照时间顺序，我们要读诗人致黑女人的最初几首诗。他起初
是出之于半戏谑的态度。他赞美她的黑肤色，欣赏她的弹琴。此时
必尚未发觉女方对赫伯特的亲昵情形。一度缱绻，又生悔恨。悔恨
之余，又极口赞颂其美，唯恐失宠。

二七至四七

诗人外出旅行（二七至三二）。在旅行期间诗人发现其年轻友
人与黑女人发生暧昧。诗人责其不义，使之羞惭落泪（三四）。诗
人感其知悔，恕之，仍旧和好。至第四十首，友人又与黑女人私
通。诗人对此二度犯罪加以曲谅，认定黑女之诱惑难以抵御。在
四十二首里诗人坦然承认他与友人乃异体同心，对黑女之双方示爱
并无芥蒂。

一三三至一四二

黑女二度不忠之后，诗人分析形势，认为她应负主要责任。
一三五至一三七首，即所谓 Will sonnets，诗人直斥之为"大众碇
泊的湾港"，因她有人尽可夫之欲望。诗人知其不义，仍不能忘情，
衷心苦痛。

四八至六六

诗人焦虑沮丧。朋友不忠及人生无常为主要课题。

六七至一〇八

自剖忏悔之余，诗人又与朋友书翰往来。六七至七十首劝潘伯娄克慎交游。七十五至九十九首诗人忠谏未被采纳，苦恼彷徨。第一百首，心情一变，诗人对朋友之误会顿消，又复沉醉于友情之中。

一四三至一五二

诗人把黑女人形容为一个舍弃婴儿追逐鸡群的主妇，向她求宠。他自知为情所缚无法挣脱。一五二首表示大梦初醒，毅然在心理上表示决绝。

一〇九至一二六

诗人最后向潘伯娄克解释，友谊几被黑女人所离间，友谊仍可恢复，永久不渝。

七 十四行诗的传统与时尚

十四行诗始于何时，已不甚可考。十三世纪时在意大利已经有人写作。最著名的是皮特拉克（Petrarch，1304—1374），他写了一连串的三百一十七首十四行诗歌颂他的可望而不可即的爱人 Lady Laura。莎士比亚在《罗密欧与朱丽叶》（第二幕第四景）里提起过皮特拉克及其爱人。自皮特拉克起，十四行诗写作风气盛行，几达三个世纪之久，形成为一种传统。若干首诗一定是同一主题，联成一系，所谓 sonnet sequence。诗中的对象是一位风姿绝世的女郎，她不但是一位有血有肉的美人，也代表至高无上的理想美。她冷若冰霜，她高不可攀。诗人既感青睐之难得，又伤流光之易逝，柔肠寸结，缠绵悱恻。此种作风，几成定型，所用文辞亦多夸张之比喻。而对于诗之永久不朽的价值之推崇，亦为习见之事。

十四行诗的风尚由意大利传入法兰西，著名作者包括 Ronsard、du Bellay、Desportes。流入英国是从 Wyatt and Surrey 之翻译皮特拉克开始，他们的翻译收在他们死后才刊行的 *Tottel's Miscellany* 里面（一五五七年）。十四行诗在英国成为风尚是由于 Philip Sidney 所作的 *Astrophel and Stella*，刊于一五九一年之春。嗣后五年之内陆续刊行的著名的十四行诗集很多，例如：

Daniel: *Delia*，1592

Lodge: *Phyllis*，1593

Constable: *Diana*，1592

Drayton: *Idea*，1594

Spenser: *Amoretti*，1595

莎士比亚的十四行诗大概亦即作于此时。不过在形式上和内容方面，莎士比亚的十四行诗和皮特拉克的传统都有出入。皮特拉克的十四行诗，分前后两段，前段八行，所谓 octave，其脚韵的排列为 abbaabba；后段六行，所谓 sestet，可以有两个或三个脚韵，排列次序不止一种，不过末两行必不押韵。全诗主意在前段中完全写尽，后段仅是评述阐释以为结束。莎士比亚的诗则形式略异，诗十四行，每行十音节，抑扬格，分三个 quatrain，各四行，最后两行，其脚韵的排列为 abab, cdcdefef, gg。（但亦有几个例外，第九九首为十五行，第一二六首为十二行英雄诗体，第一四八首每行八音节）。莎士比亚的这种诗体不是他的创造，在一五七五年 Gascoigne 在他的 *Certayne Notes of Instruction* 里已经为英国式的十四行诗体加以明白的描述了：

"Some thinke that all Poems（being short）may be called Sonets, as in deede it is a diminutive word derived of Sonare, but yet can best allowe to call those Sonets whiche are of fourteene lynes, every line conteyning tenne syllables. The first twelve do ryme in staves of foure lines by crosse meetre, and the last two ryming togither do conclude the whole."

在莎士比亚手里，此种形式使用到了最纯熟的地步，故我们称之为"莎士比亚体之十四行诗"，而不称之为"Surrey 体"。不过莎士比亚偶然也在第八行与第九行之间做一截断，与意大利体无异，如第二九、二一至二三、七一、七二、七六各首。在内容上则莎士比亚的诗不合于传统之处亦甚明显。例如诗中主题并不以爱情为限，而且诗中的女主人并不拒人千里之外，诗人也未表达一般失恋的人所有的苦楚。最值得注意的是大部分诗是写给一位男士的。显然地，莎士比亚在沿袭十四行诗传统之余，也还抒写了他个人当时的各种感触，描述了他个人当时的各种经验。

给男朋友写情诗，在当时也许不是太稀奇的事。文艺复兴期间的人非常重视友谊。《圣经》上早就宣示 David and Jonathan 的友好之情"超过了对女人的爱"。一五七一年 Richard Edwards 的 *Damon and Pythias*，一五七九年 John Lyly 的 *Euphues or the Anatomy of Wit*，都是对友谊大加赞扬。Lyly 说过这样的话：

The love of men and women is a thing common and of course: the friendship of man is infinite and immortal. Love is but an eyeworm, which only tickleth the head with hopes and wishes; friendship the image of eternity，in which there is nothing moveable，nothing mischievous....Friendship standeth stiffly in storms.Time draweth wrinkles in a fair face，but addeth fresh colours to a fast friend，which neither heat，nor cold，nor place，nor destiny can alter or diminish.

大意是说："男女之爱乃事所当然，男人之友谊乃无限而神圣的。爱情不过是眼皮底下的一条丝虫，刺激头部，使生欲望；友谊则是永恒的象征，其中没有游移没有虚诈……于惊涛骇浪之中友谊屹立不动。时间给姣好的面貌上刻画皱纹，但是给忠贞的朋友增加鲜艳的色彩，真实的朋友不是人间冷暖、地位、命运所能改变或削弱的。"莎士比亚诗中对男友所表示的爱，是友谊的爱。

这样的解释似仍嫌不足，因为莎士比亚在诗里屡屡明显地表示他爱他的男友乃是爱他的美貌。直到十七世纪 Sir Thomas Browne 在他的 Religio Medici 里还称颂友谊之可贵远在对父母、妻子的情感之上，仅次于对上帝之爱。但莎士比亚在诗里没有表现出多少宗教色彩，他的爱就是人性的爱（虽然也有人过分地重视了第一四六首字面的意义）。我们与其强调友谊爱之理想境界，不如面对现实地承认一个男人可能对一个年轻的面目俊俏的男人发生一种不寻常的爱。Sidney 是著名的十四行诗作家，他爱的是一位求之未得的少女，亦即诗中之 Stella，但是他也有一段不甚寻常的友谊经验。他十八岁时遨游欧陆，在德国遇到一位五十四岁的 Herbert Languet，顿成莫逆。Languet 爱的是他的风度翩翩，翰札往来，情致缠绵。可见这种不寻常的忘年交在事实上是可能的。不过同性间的爱也有不同的表达方式，我们在莎士比亚写给潘伯娄克的那些首诗里，找不到任何证据足以指控他犯有实际同性爱的罪行。第二十首是常为人诟病的，George Steevens 在一七八〇年就说："读到这一首写给一个男人的言不由衷的赞颂词，便不能不有厌恶与愤慨交加之感。"（"impossible to read this fulsome panegyrick, addressed to a male object, without an equal admixture of disgust and indignation."）其实这一首诗正好可以说明莎士比亚对他的朋友的关系只是精神的爱，断袖癖的罪名是加不上去的。关于此点，Edward Hubler 教授有很透彻的解释，他说："关于莎士比亚的性生活，无可争辩的证据是这样的，十八岁时他娶了一位比他大八岁的女人。结婚六个月后他做了父亲。一年又九个月后他再度做了父亲，这一回生的是孪生儿。很明显地，他早年的性生活完全是异性的，没有任何证据说他是同性恋者，当然也没有证据说他不是。一个男人若不打老婆，他的克制功夫是不会有记载的。双方面皆无绝对证据。我们只好推测其可能性，一个人在青年从事异性恋的人以后大概不至于深陷于同性恋事件之中。这种事当然也曾经有过，不过以统计的观点来说，发生的可能性不大。对莎士比亚可能没有发生过。"（*The Sense of Shakespeare's Sonnets*, 1952，页一五五）。

华滋渥斯（Wordsworth）的著名诗句：

"勿轻视十四行诗；批评家，你皱眉，

忘了它的光荣历史；用这钥匙

莎士比亚打开了他的心。"

（Scorn not the sonnet; Critic, you have frowned, Mindless of its just honour; with this key Shakespeare unlocked his heart.）

莎士比亚真的把他的心事都在诗中倾诉出来了吗？ Sidney Lee 本来是这样相信的，后来又改变了意见，以为莎士比亚的诗只是传统的模拟之作。平心而论，这些十四行诗不可能没有自传的成分，但是我们难以确定其中的事迹罢了。抒情诗与戏剧不同，不可能全是无病呻吟,更不可能是借题发挥。诗的文字有时是不免于夸张,有时不免于隐晦,诗里面的思想与情感却是真的。后人连篇累牍地考证文字,本身是有趣的,但足以转移读者对诗的本身之注意。Rollins 教授说得好:"如果 Thorpe 没有写那三十个字,如今无疑地会有更多的人把这些十四行诗当作诗来读!"

献 词 [1]

発行人于发刊之际敬谨祝贺

下列十四行诗之无比的主人翁

W.H. 先生幸福无量并克享

不朽诗人所许下之千古盛名

T.T.

一 [2]

愿最美的人能多多生育，

使青春美貌的花朵永久不朽，

成熟的到时候总要死去，

他的幼嗣可以继续他的风流。

但是你，只看中你自己的亮眼睛，

用自身做燃料培养那眼里的火焰，

在丰收之际造成了饥馑的灾情。

与自己为敌，对自己未免过于凶残。

你是当今世界之鲜艳的装饰品，

是烂漫春光之无比的一朵奇葩，

你竟在自己的蓓蕾里埋葬你的子孙。

吝啬鬼，你越是舍不得你是越糟蹋。

　　怜悯这世界吧，否则你便是个饕餮的人，

　　你独身而死，你吞食了这世界应得的一份。

二

四十个冬天围攻你的容颜 [3]，

在你美貌平原上挖掘壕沟的时候，

你的青春盛装，如今被人艳羡，

将变成不值一顾的褴褛破旧。

那时有人要问，你的美貌现在何地，

你青春时代的宝藏都在什么地方。

你若回答说，在你深陷的眼坑里，

那将是自承贪婪，对浪费的赞扬[4]。

拿你的美貌去投资生息岂不更好！

你可这样回答："我这孩子多么漂亮，

他将为我结账，弥补我的衰老。"

他的美貌和你的是一模一样！

  这就好像你衰老之后又重新翻造一遍，

  你觉得血已冰冷又再度觉得温暖。

三

照照镜子，告诉你看到的那张脸

现在时间已到，该把那脸另换一张。

如果现在你不重整你的焕发的容颜，

你辜负世人，使一个做母亲的失望。

哪个女人那样美，她那未开垦的子宫

会拒绝你去耕耘？

哪个男人那样蠢，顾影自怜地把命断送，

而心甘情愿地断子绝孙？

你是你母亲的镜子，她看到你

便忆起她的青春愉快的时光。
你将来皱纹满面，从你老年窗扉望出去，
同样也可窥见你黄金时代的景象。

　　但是你若虚度一生，只愿死后被人忘记，
　　　　那么就独身一世，你和你的踪影一同死去。

四

不事积蓄的人儿，你的美貌的产业
为什么都在你自己身上挥霍净尽？
造物主不做任何赠予，只是暂借，
她本身豪爽，只肯借给慷慨的人们。
美貌的吝啬鬼，你为什么滥用了
那份给了你要你再给人的丰富资产？
不善经营资产的人，你何以花掉
这样多的资产而还不能活得久远？
因为你只是和自己交易往来 [5]，
你甘心欺骗你的可爱的自己。
等造物主有一天叫你走开，
你留下的账目如何交代下去？

　　你未加运用的美貌将随你一同入殓，
　　　　若善为利用，会做你的遗产执行人。

五

时间，以巧妙的手艺创造

那众人瞩目的可爱的容颜，

有一日要对它变得非常粗暴，

把那绝世之姿变成丑陋不堪。

永无休止的时间引导着夏季

到可怕的冬天，就在那里把它毁伤：

浆液被寒霜凝结，绿叶全无踪迹，

美貌覆上了冰雪，到处一片凄凉。

如在夏季不曾提炼香花的精华，

把那香水密封在玻璃瓶里，

美的芬芳和美的本身将一起被糟蹋。

本身无存，也没有什么可供回忆。

　　花儿一经提炼，纵然遇到冬天，

　　只是花颜失色，其芬芳永在人间。

六

那么在你的精华未加提炼以前，

不要让严冬的粗手把你的盛夏毁伤。

把香水装进一个瓶里，趁它尚未消散，

把这宝藏放进一个宝贵的地方。

那不算是违法的高利贷，

若能使举债付息的人们得到幸福。

那乃是你自己又滋生一个你出来，

若是生出十个便是十倍的满足 [6]。

十倍的你将比你现在十倍的快乐。

如果十个孩子都长得完全像你，

你逝世的时候死神能奈你何，

看着你在后代中安然生活下去？

　　不要任性，因为你这样的美于姿容，

　　不可被死神强占 [7]，不可让蛆虫继承。

七

看，那慈祥的光明从东方

抬起了他的火红的头，下界众生

都膜拜他这新出现的景象，

以恭顺的眼光注视着他的威风；

他爬上了半空中陡峻的山，

像是一个踏入中年的壮丁，

人们仍然仰慕他的美丽容颜，

注视着他的辉煌的旅程；

但是从那最高顶点，驾着疲惫的车辆，

像一个衰弱老者，他蹒跚地从白昼踱出，

以前恭顺的眼睛现在转了方向，

不再注视他的下坡的路途：

    你也是一样，你自己的正午转眼即逝[8]，

    死也无人管，除非你能生个儿子。

八 [9]

你的声音如音乐，你听音乐何以要凄怆？

甜的与甜的不相冲突，快乐的喜欢快乐的事物。

不能愉快接受的东西，你何以还要受赏？

难道你是高高兴兴地接受这份悲苦？

如果真正和谐的音调

配合无间，使你听着不舒服，

那便是它在曼声地谴责你，你破坏了

生命的和谐而宁愿孤独。

听，一根弦像是另一根的亲爱夫妻，

彼此交响起来，是多么地琴瑟调和；

像是父、子和快乐母亲的关系，

齐声唱出一支悦耳的歌：

    这无词的歌，像是一声出自众口，

    对你歌唱："你独身则将一无所有。"

九

你是否怕湿了一个寡妇的眼睛，
所以独身不娶，糟蹋你自己？
啊！如果你死后没有人继承，
世人都会像寡妇一般地哭你；
世人都将是你的遗孀，长久地哀悼，
怨你没有留下你的形影，
而真正的寡妇却能回忆丈夫的容貌，
只消看看孩子们的眼睛。
看，一个浪子在世间挥霍金钱，
金钱只是换了主，依然由人享用；
但是美貌一糟蹋就算完，
留着不用便是自己把它断送。
　　一个人这样凶狠把自己毁坏，
　　心中不会对别人有半点慈爱。

一〇

说什么你对任何人怀有爱意[10]，
你对你自己如此地漠不关心！
你要承认，是有许多人爱你，

很显然地，你并不爱任何人。

因为你的嫉恨实在是太凶恶，

甚至对你自己都存心不良，

一心想要毁灭那美丽的躯壳，

其实你该对它如意地装潢。

改变你的主张吧，我好改变我的观感！

恨的住处难道比爱的更为漂亮？

要像你的外表一般，温柔而和善，

至少要对你自己有慈爱的心肠。

  为了爱我起见，请再造出一个你来，

  让美貌在你或你的孩子身上永久存在。

一一

你衰歇得快，但是在你滋生出来的 [11]

儿子身上你也生长得一样迅速；

你青春时候投注下的新鲜血液，

到你衰老时，便有了你原来的面目。

这样做便有智慧、美貌和滋生，

否则便只有愚蠢、老迈和腐朽。

如果大家与你做同样想，人类将要绝种，

六十年的时间将使世界一无所有。

有些人造物主本无意把他们繁殖起来——

粗制滥造——无妨让他们断子绝孙，

但你是灵秀所钟得天独厚的人才 [12]，

便该把这一份丰盛的秉赋永久保存。

　　造物主把你雕刻成为她的印玺，

　　　　为的是要你多多盖印，不可予以废弃 [13]。

一二

我数着报时的钟声，

看着大好的白昼陷入夜晚；

我看到紫罗兰开过了全盛，

一层银白罩上了貂黑的发鬈；

我看见曾为牧群遮阴的高树，

如今树叶已经完全脱光，

夏季的绿苗都紧紧捆扎成束，

带着白硬芒须被抬了去埋葬。

于是对于你的美貌我就开始担心，

恐怕你要随着时间而被淘汰，

因为美妙的事物总要蠲弃自身，

很快地死去，看着别个生长起来。

　　时间的镰刀没人能够阻挡，

　　　　除非是你被抓走，让孩子去抵抗。

一三

愿你能永久不变！但是，爱人，

你逃不过你的尘世间的寿命，

你要准备这个末日的来临。

把你的美貌让另外一个人继承，

那么你所租赁的美丽形体

将永无尽期。在你死后

你将再度是你自己，

你的美丽形体由你的美丽子孙保有。

有这样漂亮的房子，谁肯任其坍倒，

如果善为安排即可抗拒

冬季的风狂雨暴

和冷酷的死神之无情的打击？

　　啊，除了败家子谁也不肯：我的朋友，你晓得，

　　你曾有过父亲，让你的儿子也能这样说。

一四

我的判断不是靠了星象而来，

但是星象学我想我也懂一点，

不过我不会预言运气的好坏，

疫疬，灾荒，或四季的吉凶变迁；

我也不能为人卜算流年，

指点出某时某刻有迅雷风雨；

我也不能靠什么朕兆出现在天边，

就对帝王们预报什么灾异。

但是从你的眼睛我获得了学问，

从你的两颗星眸我得到这样的指点：

"真与美将同时并存，

如果你肯把你自己传诸久远。"

　　否则我可以对你预告：

　　"你死之日便是真与美的末日来到。"

一五

我有时思量，生长的百物

其全盛时期都非常地短暂，

人生舞台只有戏剧的演出，

由满天星斗暗中指导评判；

我有时看出，人和草木一样生长，

受同一老天的鼓舞与训斥，

在青春时候趾高气扬，

盛极而衰，盛况从记忆中消逝。

所以，想到了人生无常，

我愈发觉得你年少翩翩，

这时节光阴正在和毁灭商量，

要把你的灿烂青春变为黑暗的夜晚。

　　我为了爱你而与光阴奋斗，

　　我要为你移植新枝 [14]，他要把你的生命夺走。

一六

但你为何不对这凶恶的暴君，时间，

以更强硬的方式去作战？

你为何不采取比我这无力的诗篇

更为有效的自卫的手段？

你如今正在幸运的巅峰状态，

许多尚未播种的处女园地，

都愿为你开出活的花儿来，

比你的画像要更为像你。

所以，寿命应该由儿女加以伸展，

世间的画家或我这支拙笔，

无论怎样描绘你内心的秀美或外在的容颜，

都无法使你长久存在人们的眼里。

　　牺牲自我便可保存自我于永久 [15]，

　　用你自己的妙笔去画，即可长生不朽。

一七

后世谁会相信我的诗篇,

如果里面都是对你绝口称赞?

虽然,天晓得,我的诗像坟一般

遮盖了你的生命,没能表扬你的才华一半。

如果我能写出你的眼睛的漂亮,

以清新的诗句记述你的仪态,

后世一定要说:"这诗人说谎,

如此神妙之笔不曾触到凡人脸上来。"

于是我的诗稿,旧得发黄,

被人轻蔑,好像是信口胡说的老人,

把你本来面目看成为诗人的狂想,

一首古代诗歌之夸张的翻新。

　　但是那时节如果你有子孙,

　　　靠子孙,靠我的诗,你将双倍地永存。

一八 [16]

我可能把你和夏天相比拟?

你比夏天更可爱更温和。

狂风会把五月的花苞吹落地 [17],

夏天也嫌太短促，匆匆而过；

有时太阳照得太热，

常常又遮暗他的金色的脸。

美的事物总不免要凋落，

偶然的，或是随自然变化而流转。

但是你的永恒之夏不会褪色，

你不会失去你的俊美的仪容。

死神不能夸说你在他的阴影里面走着，

如果你在这不朽的诗句里获得了永生。

　　只要人们能呼吸，眼睛能看东西，

　　　此诗就会不朽，使你永久生存下去。

一九

吞噬一切的时间哪，你磨钝狮子的爪，

你使尘世吞食她自己的亲生孩子；

从猛虎嘴里把锐利的牙齿拔掉，

把长命的凤凰活生生地自行烧死；

你一面飞驰，一面造成多少欢欣悲戚。

捷足的时间哟，这广大的世界

及一切美好脆弱的东西由你随便处理，

但我不准你做一桩最可恶的祸害：

别在我的爱友的额上镌刻横纹，

也别用你的笔在脸上胡乱画线;

你在途中不要让他受到伤损,

好给后世的男人留一个美貌的模范。

　　不过你尽管发威,时间。不怕你为害,

　　我的好友在我的诗里将青春永在。

二○ [18]

你有一张女人的脸,

是造物亲笔画的,是我诗中热情之所寄;

你有一颗女人的温柔的心,但并未沾染

一般轻浮女子之善变的恶习。

你的眼比她们的亮,不那样虚伪地流盼,

你看到什么便给什么镀上了金;

你风度翩翩,压倒了一切美貌少年,

使男人们目眩,使女人们倾心。

造物主原想把你造成一位女郎,

后来在造你的时候爱上了你,

为了使我对你大为失望,

在你身上添了一件对我无用的东西。

　　她既然选中了你,要你讨女人的欢心,

　　把你的爱给我,把情欲送给她们。

二一

我和那诗人可大不相同。
他见了打扮漂亮的女人就勾起诗意，
不惜使用天堂来肆意形容，
用各种美丽的东西和他的美人相比。
竟敢这样大言不惭地比拟，
说他的美人媲美日、月、水陆的奇珍，
四月初放的鲜花，以及天空大气
圈在这世上的一切稀罕的物品。
我是真心相爱，只能说老实话，
请相信我，我的爱人的容颜
和任何女人生的人不相上下，
虽然不及镶在天空的金烛那么灿烂。
　　爱说陈词滥调的人们让他们说去，
　　我无须夸赞，因为我无意出售你。

二二

我的镜子不能使我承认老朽[19]，
只消青春能与你一同常驻；
但是看到时间在你额上留下犁沟，

我就要提防死将把我的一生结束。
因为你所拥有的一切的美丽，
只像是我的心所披上的服装，
我的心住在你胸里，你的心住在我胸里。
我如何能是比你更为年长？
所以呀，朋友，你要珍重自己，
像我不为我自己而为你那样地珍重。
怀抱着你的心，我要小心翼翼，
像是慈爱的乳母维护她的孩婴。

　　我心一死，莫想把你的心再收回去。
　　你已把心给了我，我不能再还给你。

二三

像是舞台上的一个笨拙的演员，
惊慌中忘记了他的戏词；
又像是一只野兽过度地凶残，
雄厚的威力削弱了内心的控制；
所以，我，缺乏自信，忘了说
成篇人套的爱情的辞令。
自己爱得太狠，反倒觉得虚弱，
爱的力量把我压得太沉重。
啊，让我这哑口无声的诗卷

像哑剧一般为我表达满腔的言语[20]，

为我去求爱，为我讨对方的喜欢，

比能言善道的舌头更能畅达情意。

　　请试读无言之爱所发出来的呼声，

　　用眼睛来听该是情人应有的本领。

二四

我的眼睛权充一个画家，

把你的美貌刻画在我的心版上；

我的身体便是那张画的框架，

透过我的眼睛才能看到最美的画像[21]。

你必须透过我的眼睛才能看到画家的绝技，

因为你的真正的肖像是画在那个地方，

那肖像是永远悬挂在我的心房里，

你的眼睛便是那心房的玻璃窗。

请看眼睛对眼睛多么互相有用处，

我的眼画了你的像，你的眼

为我的胸腔开了窗。经过那窗户，

太阳喜欢对着你窥探。

　　但是眼睛在艺术上还欠缺一点技能，

　　只能画所看到的东西，不能体会心灵。

二五

让吉星高照之下的那些人们

夸耀他们的高官显爵，

这种好运固然于我无份，

从我最敬爱的人我却得到了喜悦。

帝王宠幸的人们像金盏草，

只是朝着太阳展瓣，

刹时间要收起他们的骄傲，

帝王眉头一皱，他们的光荣就会消散。

以善战著名的忠勇之士，

千次胜利之后只要打败一回，

光荣的史册便要注销他的名字，

以往的勋绩全部地付诸流水。

    我爱人并且被人爱，我好运气，

    我不见异思迁，亦不虞被人抛弃。

二六 [22]

我爱情的主宰哟，你的优点

值得使我对你永效忠诚，

我呈上这些作品到你身边，

是表示恭顺，不是炫耀才能。
我的才气不足，词不达意，
使得我的忠诚表示显得寒酸。
我希望你能看过心中欢喜，
接受我这些简陋的诗篇。
有一天，导引我的一颗星宿
照着我走上一帆风顺的途程，
给我的褴褛的爱穿上华丽的衣服，
使我值得接受你的爱敬 [23]：
    那时节我才夸口我对你如何眷恋，
    在那之前我不敢出头受你的考验。

二七 [24]

奔波得疲倦了，我赶快爬上床铺，
那是旅途劳顿的肢体休息之所；
但是我的脑子里又走上了一段路，
肉体的劳作停止，心里又要振作；
因为我的情思，从这遥远的所在，
动身前去和你热烈地会面，
使我沉重的眼皮睁得大开，
呆望着盲人们眼前的一片黑暗；
只是我的灵魂之富于幻想的眼睛，

在一片黑暗中看到了你的影像，

恰似一颗宝石悬在漆黑的半天空，

使得黑暗变美，另是一番新的模样。

　　看，白天我的肢体，夜里我的心灵，

　　为了想你，为了奔波，永不得安宁。

二八

我如何能容光焕发地归去，

既然一点休息也不能得到？

白昼的辛劳，夜里不得休息，

夜以继日日以继夜地受着煎熬。

日与夜，彼此原是敌人，

却携手合作把我来虐待，

一个令我奔波，一个令我怨恨，

如此奔波还是和你这样远地离开。

为了讨好，我对白昼说，你真光明，

乌云蔽天的时候你照得它通亮；

同样地我对黑夜也极力奉承，

星不眨眼的时候你把它镀成金的一样。

　　但是白昼一天天地把我的愁苦拖长，

　　夜晚每晚都更加重我的悲伤。

二九

我遭幸运之神和世人的白眼，
便独自哭我这身世的飘零，
以无益的哀号惊动耳聋的青天，
看着自己，咒骂我的苦命，
愿自己能像某人之前途光明，
有某人的仪表，有某人广大的交际，
羡慕这一个的文笔，那一个才气纵横，
对于自己的这一份最不满意；
但是这样想来想去，几乎轻蔑我自己，
偶然想起了你——那时节的我
恰似破晓时云雀从地面飞起，
在天门引吭高歌。

  想起了你的爱，那真是财富无限，
  虽南面王的地位我亦不屑于交换。

三〇

当我召唤往事的回忆
前来甜蜜默想的公堂，
我为许多追求未遂的事物而叹息，

为被时间毁灭的亲人而再度哀伤，

向不流泪的眼睛就要泪如泉涌，

因为多少好友均已幽冥永隔，

要重温早已勾销的爱情的苦痛，

哀叹多少往事一去而不可复得。

我为以往的悲苦而再感悲苦，

把以往的痛心的事情

一件一件地从头细数，

好像旧债未还，现在才偿清。

  但是我如果想到你，亲爱的朋友，

   一切损失都恢复，结束一切的哀愁。

三一 [25]

许多阔别的知交，我以为早已死去，

原来都是在你的胸膛里面聚首，

那里洋溢着友爱，一切的殷勤好意，

以及我认为已经埋葬了的那些朋友。

深挚神圣的友爱从我的眼里

偷去了多少圣洁哀悼的眼泪，

那泪好像是死者应得的权益，

其实他们只是搬到了你的胸膛之内。

你是一座坟，里面住着死去的友人，

我的亡友们的纪念物挂在上面，

他们把我的情意都送给你收存，

他们应得的友谊现在为你独占：

  在你身上我看到他们的遗容，

  你是他们全体，你得到我全部友情。

三二

如果"死亡"那贱人用黄土埋我的骸骨[26]，

我了无遗憾地死去，而你尚在人间，

而且偶然地再度来阅读

你的亡友的拙劣的诗篇，

若拿来和时下进步的诗人相比，

纵然每个人的作品都比我的强，

每个人都比我有更高的造诣，

为了爱，不为艺术，请保存我这些诗章。

啊，我盼你对我有这样的想法：

"我的朋友的诗才若能随着时代成熟，

他的友爱必能表现出更高的才华，

在更辉煌的诗人行列中向前迈步。

  可惜他已死去，别的诗人都进步了，

  我读他们是赏其文笔，读他是为不忘旧好。"

三三 [27]

我曾见过多少次灿烂的清晨

以帝王的眼光宠顾着山巅，

以金赤的脸吻那油绿的草茵，

以奇妙的幻术镀亮灰色的河川；

忽然竟任由卑贱的云雾

挟着阴霾在他脸上逡巡，

使凄凉的世界看不见他的面目，

含着羞悄悄地西沉。

有一天早晨我的太阳也是这样，

光芒四射地照耀着我的脸。

但是，哎呀，他属于我不过是片刻时光，

现在乌云蔽空已经把他遮掩。

  我的爱却不因此而对他冷淡，

  天上太阳都会变色，地上的何尝不然。

三四

你为什么对我预示天气晴朗，

使我不带外衣就走上了征途，

半途中却让乌云把我赶上，

把你的光芒隐入蒙蒙的云雾?

你纵然冲破云层晒干我脸上的雨点,

那对我也没有多大的好处,

因为没有人肯称赞

只疗创伤而不医心病的药物。

何况你的羞惭也治不了我的伤心,

你虽然悔过,我的损失无法补偿。

害人者的愁苦对于受害的人

所身受的荼毒没有多大救济的力量。

  但是你的爱所洒珍珠一般的泪,

  价值连城,足以赎一切的罪。

三五

不必再为你做下的事而悲伤:

玫瑰有刺,银色泉源会变浊,

云翳亏蚀也能遮暗月亮太阳,

最娇媚的花苞偏有虫儿来蛀。

人孰无过,我自己也是有错的,

我妄用比喻为你开脱罪行,

为掩饰你的过失而我自陷于无理,

将物比人,未免过分地矫情[28]。

因为我强词夺理地开脱你的肉欲,

你的对手方成了你的辩护人。
我要开始申诉正式控告我自己：
我的爱与恨是如此地自相矛盾，

　　以至于自己成为一名共犯了，
　　帮助了那狠心劫掠我的风流强盗。

三六^[29]

我要承认我们两个必须分散，
虽然我们有不可分割的一段情，
好让那耻辱留在我的身畔，
不需你帮助，让我独自来担承。
虽然命运打击我们，必须分离，
我们两个的爱却是一致的，
命运改变不了我们的爱的专一，
却能把爱的欢乐时间抢夺了去。
我永远不能再和你过从，
否则我的罪过会要把你连累；
你也不必再公然给我以恩宠，
除非你甘愿辱没你的门楣。

　　但不可那样做，我爱你如此之深，
　　你是我的，你的名声也该为我保存。

三七

像是衰老的父亲欢欢喜喜地看着
他的活泼的孩子青年有为，
我，受了命运的残酷折磨，
从你的高贵精明而获得安慰。
无论仪表、门第、财产或聪明，
或任何一项，或全部，或更多项目，
你都能表现得十分出众。
我把爱的枝条接上你那丰美的根株，
于是我便不苦、不穷，不受人白眼。
这一番想象竟给了我真实的资料，
我满意于你这一份丰盛的资产，
我借你的一部分光荣而自在逍遥。

  人间的至善至美，我愿都属于你。
  我这愿望达成了，所以十倍地快活如意！

三八

我的"诗神"的吟咏资料不虞缺少，
只要你活着，你就会把你自身的题材
注入我的诗篇，你自身的美妙

岂是每个庸碌的诗人所能描写得来?
我的诗若有几句值得你看一眼,
啊,你该感谢的是你自己,
因为你自己引起别人的灵感,
谁那样笨不写诗献给你?
任由诗人乞灵的"诗神"原有九个,
你做第十个吧,你有十倍的力量。
现在有人向你呼唤,你让他创作
一些万古常新的不朽的诗章。
　　拙诗若能博得苛求的读者欣赏,
　　我不辞辛劳,让你接受赞扬。

三九

啊,你是我的较佳一半的全部,
我怎能适当地赞美你呢?
我自己吹嘘对我自己有何益处,
我赞美你岂不就是赞美我自己?
因此之故,我们也就该分散,
我们的爱只是损失正团聚之名,
我们分离之后我便可以贡献
你所应独得的一份奉承。
啊,别离呀,你将是一场何等苦难,

若非你这惨痛的机缘能允许我

以两地相思来打发时间，

因为相思最能把时间与愁怀来消磨，

　　并且你教我如何把一个人分为两份，

　　在诗里赞美一个远在异方的人。

四○

把我爱的都拿去，爱人，都拿去。

在你以前所有的之外还能有什么增加？

你夺去的爱不会是真实的情意，

你夺得这个之前，我的一切都属你啦。

如果你为了爱我而接收我的爱人，

我不怪你和我的爱人缱绻。

可是还要怪你，如果你纡贵屈尊，

和一个你所不爱的女人胡缠。

我宽恕你的劫夺，风流强盗，

虽然你夺了我仅有的这一点点。

不过情场中人都会知晓，

忍受爱的委曲比恨的创伤更为悲惨。

　　放荡的公子，你显露了一切的劣迹，

　　你尽管辱我杀我，我们不可成为仇敌。

四一

有时我不在你的身边,

你做出一些小小的荒唐,

你年轻貌美, 难怪其然,

你在哪里都有诱惑的力量:

你高贵温柔, 所以令人艳羡;

你仪表堂堂, 所以招人略诱;

女人献媚, 哪个女人生的男子汉

能够峻拒, 不令她勾引到手?

哎呀, 你可以不霸占我的地位,

你应当谴责你的青春美貌

不该引诱你胡作非为,

逼你把双重的誓约毁掉。

　　　她的誓约, 因你的美貌而诱她失身;

　　　你的誓约, 因你的美貌而对我负心。

四二

你占有她, 那不是我全部的痛苦,

不过我确是对她有深深的爱;

她占有你, 那才是我痛苦主要的缘故,

使我感触更深的友谊失败。

亲爱的罪人，我愿这样地为你们开脱：

你爱她，因为你知道我对她钟情；

她也是为我的缘故才欺骗我，

让我的朋友为我的缘故而把她看中[30]。

我失去你，我的损失正是我的爱人的收益；

我失去她，这损失正被我的朋友所寻获；

你们互有所得，我是二者俱行失去，

你们折磨我都是为了我的缘故。

　　但是我乐观，我的朋友和我原是一个。

　　悦耳的自欺之谈！她爱的只是我。

四三 [31]

我闭上眼，我看得最清晰，

因为在白昼一切都视若无睹；

但是到了睡时梦中看到你，

衷心喜悦，黑暗中看得最清楚[32]。

你的影像把黑暗照得通亮，

幽灵既能这样照耀闭着的双眼，

那么你的真身有比白昼更强的光芒，

将使白昼显得何等地格外灿烂[33]！

在深夜中你的残缺的美丽影像

能穿过熟睡来到没视力的眼前，

我若在大清白昼对着你望，

对于我的眼睛那将是何等的福缘！

　　看不到你，白昼有如黑夜什么也看不见；

　　黑夜有如白昼，如果你在梦中出现。

四四

我的陋质顽躯若能像思想一般轻灵[34]，

残酷的距离便不能拦阻我。

那时节我会不顾遥远的路程，

从遥远的地方飞到你的住所。

纵然我站立在离你最远的地方，

到那时节也就没有什么关系。

因为轻灵的思想能跳过陆地与海洋，

一想你在何方，立即到达那里。

但是呀，我不是思想，实在遗憾无穷，

你去后我并不能飞越万里，

我乃是土与水混合而成，

只好悲伤地恳求"时间"准我们团聚。

　　我是由这样卑贱的两种元素做成的，

　　只能求得忧伤的泪，我的元素之悲哀的标帜。

四五

我另外二元素，轻灵的气与净化的火，
无论我在何处，都是跟着你在一起。
前者是我的思想，我的情感是后者，
二者都动作敏捷地倏来倏去。
因为这两个敏捷的元素
前去代我向你殷勤做爱之际，
组成我这生命的四个元素仅余半数，
忧郁重压之下，只得消沉而死。
等那敏捷使者从你那里归来，
把我的生命的组织复原，
就在这时节他们已经返回，
对我声言你的身体康安。
　　我听了高兴，可是高兴不了多久，
　　我又把他们遣回，立刻开始忧愁。

四六 [35]

我的眼和心拼命地相争，
争着分享看你的权利：
我的眼不准我的心看你的图形，

我的心拒绝我的眼独占那项权益；
我的心说，你是在他心里藏着，
那是锐眼永远看不穿的一个房间；
但是被告否认这项诉说，
他说你的容颜只能由他来观看。
为了解决这项权利纠纷，
住在心中的思想应聘为陪审团，
由于他们的判决而获得结论，
眼该分到多少，心该获得若干。
  是这样的：我的眼可享受你的外形，
  我的心占有你的内在的爱情。

四七

我的眼与心和解成立，
如今彼此互相帮助：
我的眼渴望看你之际，
或心为相思而被叹息噎住，
我的眼便把吾爱的肖像饱餐一顿，
并且邀心同享这彩绘的筵席；
有时我的眼是我的心的来宾，
分享他的一部分缠绵情意。
于是靠了你的肖像或我的爱，

你虽远出仍和在我身边一般。
因为你走不出我的思想范围之外，
我永远跟着思想，思想跟在你身边。
　　如果思想睡觉，你的肖像在我眼前
　　会唤醒我，使我的心与眼享受一番。

四八 [36]

我外出时多么小心翼翼，
每件小东西都严封固扃，
放在妥当的地方来藏起，
不让心术不正的人摸去乱用！
但是你，珠宝比起你来不值一文，
我最大的安慰，也是最大的忧伤，
你是我最亲密的，我唯一挂心的人，
会成为每个市井无赖猎取的对象。
我没有把你在任何箱子里锁起，
除了我这个温暖的胸膛，
你不在里面，而我觉得你在那里，
你可以在那里自由出入地游荡。
　　从那里，我仍怕你被人偷走，
　　有这样的宝物，君子人也会下手。

四九

为了提防那一天（如果那天真会来到），

我看着你对我的缺点狞眉皱眼，

你的爱把最后一笔款也已经付了，

精思熟虑之后要和我进行清算[37]；

为了提防那一天，你会冷冷地离去，

不肯用你那太阳似的眼睛对我一顾，

爱情变了，不再有往常的那种情意，

更何患找不出理由变得那样地严肃；

为了提防那一天，我要寻个隐蔽处，

先对自己的缺点做一番反省，

然后举起手来把我自己保护[38]，

抵抗你那振振有词的指控。

　　你有合法的权利把可怜的我抛弃，

　　因为我根本找不到令你垂爱的根据。

五〇

我在征途中心情多么愁苦，

我一心企求早日到达目标，

而每日安歇偏偏向我声诉：

"你离开朋友又多数里之遥。"
我的坐骑，受我愁苦的折磨，
驮着我的沉重心情缓缓走去，
这可怜东西好像本能地觉得
骑他的人不喜欢太快地离开你。
我有时怒起，踢刺他的腹部，
血淋淋的刺马钉不能使他前冲，
他只是哀鸣一声作为沉痛的答复。
他使我心伤，比我踢得他更痛，
　　因为那声哀鸣把我的心事勾起。
　　我以后全是悲哀，欢欣已成过去。

五一

为了爱，在我离你而去的时候
我会这样原谅我的马的迟缓，
我在离你而去为什么要匆匆驰骤？
除非是归来，无须急忙地把路赶。
那时最高速度还会嫌太慢，
这可怜的畜牲将如何得到宽容？
纵然驭风而行我还要催马急窜，
风驰电掣我也会觉得丝毫未动。
没有马能和我的情意并驾齐驱，

所以我这一番纯爱所做成的情意

会要奋跃嘶鸣，不同于驽骀下驷。

但是爱，由于慈悲，会原谅我的马匹 [39]：

　　"当初离开你，他曾故意慢慢走，

　　我如今放脚奔向你，放他慢步优游。"

五二

我恰似一位富翁，有一把钥匙，

能打开他锁着的可爱的宝藏，

他并不愿随时地去开启检视，

生怕难得的乐趣变得稀松平常。

所以盛大的节日必定很稀少，

难得一遇，在漫长的岁月中间

偶然一见，有如稀世的珠宝，

或几颗主要宝石镶在颈链上边。

时间，像是我的宝库，收藏着你，

又像收藏服装的一只衣箱，

只有在一些特殊的日子里

才抖出它藏着的漂亮服装。

　　你有福，你的优点实在太广泛。

　　见面时，我欢欣；不见时，我想见。

五三

你究竟是什么原料所造成，
有万千的影子跟随着你？
每一个人只能有一个阴影，
你，一个人，却各种影子都能供给：
描绘阿都尼斯，那幅画像
将是你的肖像之失败的作品；
把一切绘画手段集中在海伦脸上，
结果是你穿着希腊服装的新像一帧[40]。
讲起一年之间的春华秋实，
前者象征你的容光照出的阴影，
后者像是你的乐善好施。
我们看出你具有各种优美的态形。

　　一切仪表的美都是属于你的，
　　　但是讲到不变的心，没人能和你比。

五四

美貌将显得多么格外地美，
若是加上忠诚做美妙的装潢！
玫瑰好看，但是我们以为

使他格外好看的是那一缕芬芳。
野蔷薇和那芳香的玫瑰
有同样秾丽的颜色，
夏日熏风吹破他们的蓓蕾，
同样地高挂枝头，同样地快乐。
只因他的妙处全在于仪表，
便没有人爱没有人理地凋谢，
悄悄地死去。玫瑰便不然了，
从死之中炼出最可爱的香液。

　　你也是一样，美貌可爱的少年，
　　你青春消逝，你的忠诚由诗提炼。

五五

石碑或金碧辉煌的帝王纪念碑
不会比这有力的诗篇寿命更长。
你在这诗篇里发射出来的光辉
将比多年积尘不扫的石碑更亮。
毁灭性的战争会把雕像推翻，
打斗会把皇皇建筑连根铲除，
但是马尔斯的剑或战争的火焰[41]
不能烧掉你的名声之活的记录。
你可以不顾死亡和被人遗忘之虞，

昂然前进，你的光荣的名声
将永久存在于一切后人的眼里，
它们直到世界末日绵延无穷。
　　直到最后审判之日你再站起，
　　　你活在诗里，住在情人们眼里。

五六

甜蜜的爱情，重振你的力量，
不要令人说你的锋芒比食欲钝，
今天吃饱只是今天不饿得慌，
明天依旧要饿得发狠。
爱情，你也这样吧：虽然你今天
塞饱了饿眼，塞得两眼闭拢起来，
明天要再睁开眼睛看看，
不要用永久的昏迷杀死了爱。
这昏迷期间要像海洋一般[42]，
把两个新婚的人分开两地，
他们每天来到海岸边，
看到爱潮高涨，那景况格外可喜；
　　也可以把它比作冬天，满目凄凉，
　　　使得夏天格外地稀罕，令人向往。

五七

既是你的奴仆，我还能做什么，
除了随时随刻地听候你的差遣？
我根本没有宝贵时间可供消磨，
也没有事可做，除了听你使唤；
我不敢责骂那永无终止的时间，
我的主人，我乖乖为你守着时钟，
当你对你的奴仆说了一声再见，
我也不敢想那黯然分离的苦痛；
我满心疑虑，可是不敢追问
你在什么地方，你在做什么事情，
我像个可怜的奴才安守本分，
只是揣想和你相遇的人多么高兴。

　　痴爱的人真是蠢，随便你做什么[43]，
　　他都会觉得你的存心不恶。

五八

使我生而为你奴仆的那个神
不准我在思想中限制你的享受，
也不准我要求你计算时辰，

我是你的奴仆，只合耐心等候！
啊！我既听你呼唤，我只能够
任你放荡自由，让我忍受孤苦，
忍受惯了就会随时地逆来顺受
而不怨恨你对我的欺侮！
随心所欲地去吧，你有权利
任意支配你的时间，
时间完全是你自己的，
你自己才可原谅你自作自受的罪愆。
　　等待固然难熬，我还是要等待，
　　不敢怪你享乐，无论那是好是坏。

五九 [44]

如果世上无新物，一切是早已有的，
我们的头脑岂非是受了大骗，
枉自努力创造，想孕育新奇的东西，
结果生出来只是旧有产物的重现！
我愿记载往事的典籍
对五百年前旧事加以回顾，
告诉我自从文字纪事时候起，
典籍中可曾有过你这样的人物！
我愿知道古人有什么可夸，

面对着你这样翩翩的形体，
究竟我们进步，还是他们较佳，
还是变来变去都是一样的。
　　我敢说，古代有见识的人们
　　　把赞颂之词送给了较劣的产品。

六〇

像波浪向碎石的岸上冲，
人生也每分钟奔向终点，
每一分钟代替了前一分钟，
连续地努力，争着往前赶。
婴儿，一旦跃入"光海"里面，
爬到成年，把那荣冠戴起，
邪恶的蚀影便对他的光荣作战，
"时间"竟摧残它自己的赠予。
"时间"真能毁坏青春的美貌，
给美人的额上钻刻了沟纹，
把自然的杰作中的珍品吞掉，
镰刀过处，一切都荡然无存。
　　但是我的诗篇要垂诸永久，
　　　赞美你的优秀，不怕它的毒手。

六一

是否你有意用你的影像
使我在漫长夜里睁着睡眼？
用貌似你的影子戏弄我的目光，
使得我为之彻夜地失眠？
是否你的灵魂受你的差遣，
远道而来查看我的行为状况，
在行为上有无逾闲荡检，
构成了你的嫉妒的对象？
啊，不！你的爱不至于这样深刻，
是我的爱使我闭不上眼睛；
我自己的痴爱使我辗转反侧，
为了你的缘故而整夜地打更。

我为你失眠，而你在别处作乐，
离得我远远的，而和别人亲热。

六二

一种顾影自怜的毛病迷住了
我的眼、我的心，我的每一部分，
这毛病是无法可以救药，

它是深深地在我的心里生根。
我觉得无人有我这样俊秀的脸，
这样完美的体形，无事比这更要紧。
我自己私下估量我自己的优点 [45]，
我在各方面超过了所有的人。
可是揽镜自照我的真面目，
憔悴，生满皱纹，而且苍老，
我发现我的自鸣得意是错误，
爱这样的自己毋乃太荒谬。
　　你才是我自己，我赞美的是你，
　　把你的青春粉饰了我这一把年纪。

六三

预防我的爱人将来和我一样，
被时间的毒手压平磨损，
光阴耗干他的血液，在他脸上
布满皱纹；他的青春之晨
要步入老年的崎岖的黑夜，
他现在唯我独尊的一切的美，
就要逐渐地完全消灭，
偷偷地带走他青春的宝贝。
我现在着手防备这时间的到来，

我要抵抗老年的利剑之残酷无情，
它纵然能把吾爱的性命破坏，
不能毁灭他的美貌留下的名声。

　　他的美永留在一行行黑字中间，
　　诗垂不朽，他在诗中永久新鲜。

六四

我看到年湮代远的豪华工程
被时间的毒手所毁却；
我看到当年的高楼被夷平，
永生的铜碑禁不起死神肆虐；
我看到饥饿贪食的沧海
吞没岸边陆地的良田，
陆地又把海的领域夺了回来，
互有盈亏地更番侵占；
我看到这样的荣辱无常，
繁华终究归于死寂，
这惨况使我不免要思量，
时间会把我的爱人夺去。

　　想到这里有如死别，不能不唏嘘，
　　因为我现在所有的终有丧失之虞。

六五

既然铜、石、陆地、无边的海洋

都抵不住死亡之毁灭的暴力，

美貌的活力不比一朵花儿强，

能有什么力量和暴力抗拒？

啊，夏季之一阵阵的花香，

如何禁得一天天的风狂雨暴？

岩石不够硬，钢门不够强，

都不免要被时间毁掉。

想来真是可怕！何处藏这天生的宝贝，

才可不被装进时间的宝箱？

何等的巨手才能扯回时间的快腿？

谁能制止它对美貌的劫掠？

　　没有人能，除非这个奇迹生效，

　　我的爱人在我的诗里永久照耀。

六六 [46]

这些我厌倦了，我要在死中安息，

例如看着天才生而为乞丐，

蠢货反倒穿戴得堂皇富丽；

最纯洁的誓约惨遭破坏，

金亮的荣誉被放错了地方；

处女的贞操被人横加污辱，

一代完人的名誉被人中伤；

懦者当权，强者徒呼负负，

学术慑于权势不敢发言，

愚昧假充内行对专家发号施令；

真诚被目为头脑简单，

良善服从邪恶的乱命。

　　这些我看厌了，我要离开这人世，

　　只是我若一死，我的爱人形单影只。

六七 [47]

啊，为什么他活在这腌臜世界里，

为那些邪恶的人们增光，

以至于罪恶因他而讨到便宜，

有他做伴而得意扬扬？

为什么要用脂粉冒充他的容颜，

从他的生动的神采偷取死板的模样 [48]？

他脸上既已具有玫瑰的鲜艳，

又何必摹绘那玫瑰的影像？

"自然"既已破产，脉管里缺乏血流，

· 294 ·

无以滋润她的朱颜，他为什么还要独活？
因为她除了他的美貌已一无所有，
过去人才辈出，现在只靠他一个。
　　啊，她保藏他，表示许久以前
　　她何等富有，不似如今这等寒酸。

六八

他的脸是古往时代的象征，
美貌的盛衰有如花开花落，
那时候人造的脂粉尚未发明，
也不敢往活人的脸上涂抹；
那时候死人的金黄发鬈
是属于坟墓的，没人把它剪下来，
在别人头上再活一个第二遍，
死人的毛发不装潢活人的脑袋。
在他的脸上可以看到往昔盛世，
朴实无华，一向保持本来面目 [49]，
不用别个的绿叶假充夏季，
不劫夺死者来装扮新的人物：
　　"自然"保藏他，像保藏图表一帧，
　　给擦胭抹粉的人看看古代的美人。

六九

你身上所共见的各个部分，
尽善尽美，怎样想也无以复加；
人人都衷心地对你加以承认，
说的是实情，恰似敌人之不肯过夸。
你的仪表受到了表面的赞扬，
但是这些极口赞美你的人们，
比用眼睛做更深一层的估量，
立刻改变语调，一反赞美的口吻。
他们要对你内心的美加以探讨，
以你的行为做估量的准绳。
蠢材们，虽然眼睛对你很好，
他们心中却给你的花容加上臭名。

　　何以你的气味和外表不能相称，
　　答案是——你是个随波逐流的人。

七〇

你受责备，这不是你的缺失，
因为流言总是以美貌做箭靶。
遭嫉乃是美貌的一项装饰，

有如晴空万里飞过一只乌鸦。

只消你洁身自好，毁谤只能证明

你的人品高，为大众所喜爱；

罪恶有如害虫钻入最香的蓓蕾之中，

而你正在天真无邪的青春时代，

你已经躲过青春时代的埋伏，

没受到诱惑，或已战胜了诱惑。

可是这赞美不能长久地缚住

那永无遮拦的嫉妒的口舌。

    如果你的仪表没有蒙上恶意的猜忌，

    你便是天下无双，万众归心于你。

七一

你听到丧钟沉重地响起，

通告世人我已经离开

这万恶世界去和蛆虫同居，

你就不要再为我而悲哀。

不，你若读到此诗，不要怀想

写诗的人，因为我爱你太深，

我情愿被人所遗忘，

如果想起我来你太伤心。

如果我已和泥土混在一起，

你偶然看到这首小诗，
请连我的名字都不必再提，
让你的爱和我的生命一起消逝。
　　否则世人要追问你忧伤的缘故，
　　　使你在我死后和我一同受到侮辱。

七二

啊！我死后世人怕要逼你说
我有何德值得你爱，
所以，亲爱的，请完全忘了我，
我有什么好处你说不出来。
除非你肯捏造弥天大谎
来称颂我，超过我应得之份，
对我这死人大加揄扬，
超过真理之所甘愿承认。
啊！这样你的爱怕不像真诚的爱，
你是为了爱而称赞我，而作假，
所以我的名字该和我的身体一起埋，
不要再为你或为我招人笑骂。
　　因为我对我的作品感到羞惭[50]，
　　　你竟垂爱，也会觉得有失体面。

七三

从我身上你可看到这样的季节，
寒风中抖颤着的树枝上面
是光秃秃的，或只挂着几片黄叶，
像是好鸟栖过的唱坛废墟一般；
从我身上你可看到这样的黄昏，
夕阳已经在西方褪了颜色，
不久黑夜那死亡的化身
就会把它取走，使一切安息静卧；
从我身上你可看到这样的火亮，
躺在青春的灰烬上面酣睡，
好像它必须命终在那死人床上，
被维持生命的东西把生命销毁。
　　你看到这些，你会爱得更深，
　　爱那你不久即将永别的人。

七四

但是我若被凶狠狠地拘捕而去，
并且没人来保释我，你大可放心。
我的生命有一部分存在这诗里，

它会长伴着你做永久的纪念品。
你重读这首诗，你就会再度看出
其中主要部分是献给了你的。
泥土只能收回它所应得的泥土，
我的较好部分，我的精神，属于你。
所以你损失的只是生命渣滓，
我的躯体死了只是蛆虫的食物，
凶汉刀下之怯懦的牺牲者[51]，
太低贱了，不值得令你回顾。

　　躯体的价值在于它含有精神，
　　那精神即是我的诗，诗将与你共存。

七五 [52]

你于我心犹如食物之于生命，
又如及时甘霖之于土地。
为享受你的友爱我心不宁，
像守财奴对于财富之忧虑，
时而以拥有多资而自傲，
又怕世人觊觎偷去他的宝藏；
时而以和你单独厮守为最好，
时而又想世人看看我的得意扬扬；
有时候我已饱餐了你的秀色，

不久又想看你，而且十分情急。
我不追求也不能有任何快乐，
除非那快乐是自你那里来的。

　　我就这样地一天挨饿一天饱撑，
　　不是尽情饕餮，便是席上空空。

七六 [53]

我的诗何以这样缺乏新鲜花样，
这样缺乏变化或敏捷的才思？
我对时髦作风何不加以模仿，
使用新奇笔调或诡异的复合名词？
我为什么写法总是千篇一律，
有所创作总是穿着陈旧衣裳，
每个字几乎可以宣示我的名字，
露出身份以及来自何方？
你要知道，爱人，我写的永远是你，
你与爱永远是我的题材；
我擅长的是把旧词变成新的，
已经用过的不妨再用一回：

　　太阳每日出没，新旧递嬗，
　　我的爱也永远是老调重弹。

七七 [54]

镜子将告诉你，你的美在逝去，
日晷将告诉你，你的时光在流转，
这些空页将负载你心思的痕迹，
从这册子你将尝到这样的指点 [55]：
你的镜子正确映出的满脸皱褶
能使你记起那敞着大口的坟墓；
你从那日晷的阴影之偷偷摸摸
可知时间正向着永恒偷偷迈步。
凡是你的记忆收藏不下的事情
可以记在这空白页上，你会发现
从你脑中产生出来的那些儿童
养大之后会像你新认识的人一般。
　　你若常看这些事物所发生的作用 [56]，
　　不仅你获益，并可充实这册子的内容。

七八

我常常乞求你做我的诗神，
笔下果然获得很多的灵感，
于是每个文人都学我的窍门，

在你的眷顾之下发表诗篇。
你的眼睛曾教哑巴高声歌唱，
曾教笨重的冥顽翱翔于天空，
居然把羽毛加在学者的翅上[57]，
使得尊贵的人得到双倍威风。
请以我的作品为最值得骄傲，
那是受你的启发，那是你的产物。
在别人作品里你只是润饰笔调，
用你的威仪来装点他们的学术。
　　但你是我艺术的全部，你把我的愚顽
　　高高地抬举到和学者一般。

七九

我从前独自向你乞灵，
我的诗独得你全部的欢心；
如今我献媚的诗篇开始失宠，
我的拙作让位给另外一个人。
我承认，亲爱的，你这题材太美，
应由较健的手笔来处理。
不过你那诗人笔下尽管天花乱坠，
其实是从你身上抢来又送还给你的。
他说你有美德，那句话

是他窃自你的行为；他说你美，

那是他在你脸上发现的；

他夸你的种种，你早已就都具备。

　　那么为了他的话你无须感激，

　　　　因为他该给你的原是你自己付出去的。

八〇

提笔写你的时候我好心灰意懒，

明知另有高才在使用你的名义，

他用尽全力对你加以称赞，

使我闭口结舌无从表扬你的令誉！

但是你的优点，浩如海洋，

负载扁舟一如负载巨舰，

我的小船远不如他的堂皇，

偏要在你的广阔海面出现。

你的浅滩就可以把我浮起，

他只能在你深不可测之处航行。

我即使触礁，破船损失无几，

他则高樯壮丽，损失不轻。

　　如果他成功而我被遗弃，

　　　　最恼的人是——我的爱使我一败涂地。

八一

不是我活着为你写墓铭，

便是你活着而我已变烂泥。

死神不能夺去你在世间的名声，

虽然我的每一特点都会被人忘记。

你的大名将永垂万古，

虽然我一死便默默无闻；

人间只能给我一抔黄土，

你将在众人眼里筑起高坟。

你的纪念碑便是我的温柔诗句，

未来的眼睛会加以吟诵。

等到现世的活人都已死去，

未来的舌头会谈论你的生平。

　　你将永生不朽——我的笔有这等魅力——

　　在有生人呼吸的地方，在众人的口里。

八二

我承认你没有和我的诗神结婚，

所以作家们对于他们的美丽题目

写些仰慕的词句讨你的欢心，

你可以逐册地披览，不算错误。

你的学识和丰采是一般地高超，

觉得我的赞美尚不足以表彰你，

于是你不得不到别处去寻找

当代较进步的较清新的手笔。

可以的，爱；不过他们文思驰骋，

不外是修辞上勉强的堆砌而已，

你是真正的美，你最忠实的反映

是在说实话的朋友之坦白陈述里；

　　他们的浓装艳抹的笔法不妨

　　用在贫血的脸上，对你是用错了地方。

八三

我从不觉得你需要粉饰，

所以我不为你的美貌装潢。

我觉得——自以为觉得——你胜似

一个诗人所能献给你的辞章，

所以我没有积极地颂扬你。

你自己在活着，即可充分证明

庸俗的鹅翎管如何地贫乏无力。

讲到才德，你是如何地头角峥嵘。

你以为这沉默是我的罪状，

其实哑口无言是我最光荣之处，

因为我保持沉默没有把美损伤，

别人想给你永生，却带来了坟墓。

　　你的一只亮晶晶的眼睛，

　　比两个诗人的谀辞更有生命[58]。

八四

谁说得最彻底[59]？哪个能说出

比这更丰富的赞词——"你就是你"？

在你的范围之内有了美的全部，

你只能提供你自己来和你匹敌。

那支秃笔实在是寒酸，

若不能给他的对象增光；

但是写你的人若能称赞

"你就是你"，这也就足够堂皇。

让他照抄你身上写着的文章，

不必损伤造物者的辉煌成绩，

这样的描绘可以使他文名大扬，

到处都会钦仰他的文笔。

　　你给你的美名带来了咒骂，

　　你太贪求赞美，反把赞美糟蹋。

八五

我的缄默的诗神礼貌地一声不作，
一般赞美你的作品却堂皇富丽，
为文字传诸久远，他们用金笔镂刻[60]，
所用辞藻是历代诗家琢磨过的。
别人的文字好，我的用心好，
我就像无学识的教堂小吏一般，
一俟每篇名家精撰的颂词唱完了，
我总是跟着喊出一声"阿门"。
听你受到赞美，我就说："确是这样的。"
于他们的极口称赞之外我要加上一点，
不过这是我在心里想，这一番情意，
虽然说得最慢，实在是走在最前边。

  那么对别人你要注意他们的文辞，
  对我，注意我真诚而无言的表示。

八六

是否他的伟大诗篇声势壮盛，
要前去掠劫你这个稀世之珍，
以致我的成熟思想在脑中葬送，

它们的胎腹变成了它们的坟？

是否他的心灵，得到精灵指点，

写得出神入化，给了我致命打击？

不，他，成半夜帮助他的那些伙伴[61]，

都不能把我的诗吓得麻痹。

他，或是以虚伪知识在夜间

来骗他的那位殷勤的精灵，

都不能夸说我被制得哑口无言，

我不是为怕他们而气馁心惊。

　　不过你的恩宠若注满了他的诗句，

　　我就没得可写，那就使我的作品空虚。

八七

再会！你太高贵，我配不上你，

也许是你认清了你自己的价值，

你这样高贵的身份有取舍的权利，

我对你的义务到此全部废止。

除非你准许，我怎能把你占有？

我又怎配享受那样一份财富？

我没有取得这份重礼的理由，

所以我的所有权又缴还原处。

你未认清自己的价值，故倾心相爱，

也许你倾心于我，是看错了人，
所以你的伟大礼物是由于误会，
审慎考虑之后又返回了家门。

　　我和你交欢有如一梦，
　　　梦中为王，醒后一场空。

八八

有一天你若是看我不起，
使我在人眼前受到轻侮，
我要站在你那一面打击我自己，
证明你虽不够交情，却无错误。
我最明了我自己的弱点，
为支持你我可以自行摊牌，
和盘托出我的秘密缺陷。
你断绝我可以获得更多光彩，
我这样做也并不吃亏，
因为我全心全意地爱你。
我对我自己如此地诋毁，
于你有益，对我也就大大有利。

　　我的爱如此之深，我和你如此难舍难分，
　　　为了你好，一切苦恼我都能忍。

八九

若说因为我犯错才和我断绝，
我愿把那错误立即加以申说；
若说我跛脚，我立刻一拐一瘸，
你提出的理由我决不辩驳。
爱人，你表示愿意和我绝断，
这使我难堪，但是还赶不上
我先意承志自行贬抑之难堪的一半[62]：
此后我要和你断绝，做陌生人状，
躲避你常走动的地方，在我舌端
不再有你那亲密可爱的姓名，
怕的是渎亵过分，竟一时失检，
谈起我们以前交往的情形。
　　为了你，我发誓要对自我宣战，
　　因为你所恨的人我决不留恋。

九○

想恨我就恨我吧。要恨，现在就恨。
现在，趁世人都在想打击我，
和命运之神联起手来使我俯首受困，

不要等到以后突然给我折磨。

啊！不要等到我的心已逃出这场苦恼，

在已被克服的悲哀之后又来反扑。

一夜风狂，不可再有清晨的雨暴，

延长我的不可避免的苦楚。

你若想离我而去，别最后再走，

别等其他伤心小事先把我熬炼，

参加第一批攻势吧，以便一开头

我就尝到命运之最恶劣的手段。

忧伤万缕，现在看来都像是忧伤，

若和失掉你一比，怕就要不像。

九一

有些人夸耀门阀，有些人夸耀才学高；

有些人夸耀财富，有些人夸耀体力；

有些人夸耀服装，虽然是可厌的时髦；

有些人夸耀鹰犬，有些人夸耀马匹。

各种性格自有其附属的快乐，

各在其中得到无上的乐趣。

但是这些东西不能满足我，

我有一项快乐胜过这一切东西。

你的爱胜过你的高贵门阀，

比财富更丰盛，比服装更高贵，

比鹰和马更好耍。

有了你，我有了一切人的宝贝。

　　唯一遗憾的是，怕有一天

　　你拿走这一切，使得我极度寒酸。

九二

但是你尽可施展绝招，偷偷地溜走，

因为终我一生你都是属于我的。

我的生命不能比你的爱滞留更久，

因为它是靠了你的爱才能延续。

我无须恐惧遭受最严重的打击^[63]，

你稍有冷漠的表示我就会命终。

我以为死是一个较佳的境遇，

胜似观察你的颜色而苟且偷生。

你三心二意不能使我烦恼，

因为你变心就会置我于死地。

啊，何等荣幸的权利令我获得了，

荣幸地获得你的爱，荣幸地死去！

　　什么美妙的事物没有污损之虞？

　　也许你已变心而我尚无所悉。

九三

这样我还可活下去，误以你为忠贞，
像一个被骗的丈夫；爱情在表面上
还可像是爱情，虽然你是变了心；
你的脸对着我，你的心在别的地方，
你的脸上不可能存有厌恶，
所以在那里我无法觉察你变心。
许多人变了心，心事就会流露，
发脾气，锁眉头，满面冷漠的皱纹，
但是上天创造你的时候，
规定你的脸上永久存着爱，
不论有什么心事，起什么念头，
你的脸上只露出可喜的神态。
　　你的美貌多么像是夏娃的苹果，
　　如果你的外表不配合你的美德！

九四

有些人有伤人的力量而不想伤人，
好像要做一种事而并未去做，
能打动别人而自己如石一般坚贞，

稳定，冷峻，不易受人诱惑，

这样的人真是得到了上天的恩宠，

一点也不浪费自然赋予的资产。

他们是自己的面貌的主人公，

别人不过是他们的才貌的办事员。

夏日的花儿供夏日的观览，

它本身却只是花开花谢，

但那花儿若是遭恶疾感染，

最贱的莠草也比它漂亮一些。

　　因为最香的东西变得最臭，若是行为腐败，

　　烂的白百合花比莠草的味道更坏。

九五

你把耻辱装点得多么可喜，

像芬芳蔷薇中的一只蛀虫，

污染了你的含苞待放的美誉！

啊！你用何等香料掩饰你的罪行！

你说起你的日常生涯，

把你的拈花惹草说得淋漓尽致，

那不是自谴，而是一种自夸。

提你的姓名，就把恶行变成好事。

啊！那些罪恶有多么好的大厦一间，

它们要个住处竟选中了你。
美的面幕遮蔽了每个污点，
外表上的一切都成了美的！
　　使用这广泛特权，亲爱的，你要谨慎；
　　最锐利的刀，不善用就会丧失锋刃。

九六

有人说你的缺点是年轻、荒唐，
有人说你的优点是年轻、浪漫，
缺点优点，贵贱都一样地欣赏。
缺点到你身上，你会变成优点。
若是戴上了王后娘娘的手指，
最贱的宝石也会受人的敬慕。
所以你身上若发现一些过失，
也会变成德行，被视为无误。
多少只羊要被恶狼欺侮，
如果他能变得和羊一样！
多少仰慕你的人要被你引入歧途，
如果你使出一切风流的力量！
　　但不可如此。我深深地爱着你，
　　你是我的，你的名誉也是我的[64]。

九七

与君别离后，多像是过冬天，
你是时光流转中唯一的欢乐！
我觉得好冷，日子好黑暗！
好一派岁暮荒寒的景色！
这离别其实是在夏天[65]，
凸了肚皮的丰盛的秋季
承受着春天纵乐的负担，
像丈夫死后遗在腹内的子息。
不过对于我，这子孙的繁衍
只是生一个无父孤儿的指望。
因为夏天的欢乐都在你的身畔，
你一去，鸟儿都停了歌唱。

  即使歌唱，也是无精打采，
  使得树叶变色，生怕冬天要来。

九八

我在春天离开了你，
那时骄艳的四月正在盛妆，
给一切注入了青春气息，

阴沉的土星都笑着和他跳荡 [66]。

但是鸟啭和各种色香的花

所发散出来的芬芳气味，

都不能令我说开心的话，

或把花儿从花圃中摘了下来。

我不羡慕百合花的白，

也不赞美蔷薇花的红，

他们只是香，只是善于描摹

你这无美不臻的标准模型。

　　　不过这依然像冬天。你不在身边，

　　　我赏花，就像是和你的影子玩。

九九 [67]

我这样谴责那早开的紫罗兰：

艳贼，若非取自我爱人的呼气，

你那香味哪里偷来的？你那嫩脸

偷得一层红润，堂皇而富丽，

必是你大胆染自我爱人的血管。

我斥责百合偷你手上白皙的颜色，

薄荷花苞偷了你的头发香。

蔷薇在刺枝上惶悚地挂着，

红的是羞愧，白的是慌张，

不红不白的是两者各偷了一点^[68]，

不红不白的是两者各偷了一点[68]，
颜色之外还加上了你的吐气香。
但是为了偷窃，乘他正在成熟发展，
一只报复的蛀虫把他吃得精光。

我看过很多花，但尚未见过一朵
其色香不是从你身上偷得。

一〇〇 [69]

你在哪里，诗神，你这样久忘了
谈谈那启发你全部力量的话题？
你的灵感全在无聊诗篇里消耗掉，
贬损你的力量去光耀低级的东西？
回来吧，健忘的诗神，立刻去用
高尚的诗歌赎回这样浪费的时光。
唱给尊重你的作品的人听，
向使你获得诗意的人去歌唱。
起来，懒的诗神，看看我的爱人的面孔，
"时间"有无刻下一些皱纹在那里，
如果有，你要对那毁灭力量加以讥讽，
令"时间"的暴行到处被人看不起。

给我的爱人扬名，要快过消耗生命的时间，
你便可抢在他的镰刀和凶器之先。

一〇一

玩忽的诗神哪，你怠慢了
美貌的真诚，其将何以补偿？
真与美都以我的爱人为依靠 [70]：
你也是一样，靠他才显得辉煌。
回答，诗神，也许你要说：
"真的本色不需要再润饰一下，
美不需要画笔再来涂抹，
最好的永远是最好的，何必羼假？"
只因他不需要赞美，你就噤不作声？
不要这样为沉默辩解，因为你有能力
使他能有比一座金坟更垂久远的美名，
使他受未来一代一代的赞誉。
　　那么执行任务吧，诗神，我教你怎样
　　使他以后长和现在一般地漂亮。

一〇二

我的爱心加强，虽然像是减弱；
我的爱没有减，虽然较少表现。
那种爱实乃普通的商货，

由货主到处宣扬它的优点。

我们当年初恋，情爱方萌，

我是常写诗篇吟咏我们的风流。

像夜莺在初夏新试歌声[71]，

到了夏杪就住了她的歌喉，

并非是夏季风光如今减了色，

不若她当初哀歌使得长夜屏息，

而是众鸟喧啾压得枝头欲堕，

美的东西变成庸俗就没有趣。

　　　所以像夜莺一般我把口缄，

　　　因我不愿以我的歌讨你的嫌。

一〇三

哎呀，我的诗神带来的东西好寒碜，

有这样施展手段的好机会，

赤裸的题材居然大有可观，

比加上我一番赞美之后更美！

啊，莫怪我不能更赞一词！

照照镜子，就会看到一张脸，

比我的拙作更为楚楚有致，

使我的描写相形见绌，使我羞惭。

原来很好的素材，愈描愈糟，

那岂不是一桩罪过?

因为我的诗没有其他目标,

只想把你的才貌说一说:

　　你揽镜自照,你便有所得,

　　比我的诗所表现的要多得多。

一〇四 [72]

好朋友,你对我永远不会老,

因为当年我和你初次相逢,

到如今风采依旧:三度冬季寒飙,

吹落了林中三度夏季的盛容,

岁序转移之际我已经见过

三度美好春天变成黄色秋天,

自我初见你至今不变的颜色,

三度四月的香在热的六月里烧燃[73]。

美貌像是日晷上的时针一般

偷偷地走,瞧不出脚步移动,

你的风采亦如是,我以为永久不变,

其实是在动,是我的眼受了欺蒙。

　　因为有此一虑,未来的人请听我说:

　　你们未生之时,美的全盛时代已过。

一○五

莫把我的爱情唤作偶像崇拜，

也莫把我的爱人当作偶像，

只因我的诗歌和赞美都一概[74]

献给一个人，千篇一律，永不变样。

我的爱人今日温柔，明日温柔，

那美好的心肠永久不变。

所以我的诗歌颂扬你的敦厚，

只表达一种心情，没有改换。

"美貌、温柔、忠实"是我全部主题，

"美貌、温柔、忠实"万变不离其宗。

在这变化之中我用尽我的想象力，

一个题目包含三个，题材自然无穷。

    美貌、温柔、忠实，常是孤立无邻，

    在此以前从不永久荟萃于一身。

一○六

我在过去的史纪当中，

看到最漂亮的人物的描述，

还有美人为古诗平添光荣，

赞美着古往的淑女和风流武士。

他们肆力描写美人最美的地方，

手、脚、嘴唇、眼睛、眉毛，

我就看出他们笔下是想

描绘出你现在所有的美貌。

所以他们的赞美不过是预言

我们这个时代，预报你的到来。

他们只是揣测一番，

无法颂扬你整个价值的所在^[75]。

　　至于我们，生在当前这个时代之中，

　　只能瞪眼仰慕，不会张口赞颂。

一〇七

我自己的疑虑，以及世人

对未来事物的臆料，

都还不能限制我相爱的真心，

不能认为期满而判为无效。

人间的明月安然度过了她的晦蚀^[76]，

严肃的卜者嘲笑他们自己的预言，

动乱无常一变而为安若磐石，

和平宣告橄榄枝将流传万年。

受了这太平盛世雨露的沾润，

我的爱愈发鲜明。死神向我投降，
因为我不怕他，我在拙诗里长久生存，
他只能对愚昧无言的群众猖狂。
　　你在这诗里将扬名于永久，
　　帝王的勋饰与铜棺不免于腐朽。

一〇八

脑子里有什么可以形诸笔墨的东西
而没有向你表达我的忠贞精神？
有什么新的可说，有什么可记载的，
来表示我的爱或你的优美的身份？
没有，亲爱的孩子。但是像对神祈祷，
我必须每天把同样的话再说一遍。
你是我的，我是你的，老调不嫌其老，
俨如我初次献诗给你的时候一般。
因此永恒的爱便可万古长新，
不介意人世的尘劳和岁月的伤害，
也不屈服于那无可避免的皱纹，
而把老年永远当作童仆看待[77]，
　　时间与外表宣告爱将死亡之际，
　　最初相恋的热情又复重新燃起。

一〇九 [78]

啊！永勿说我用情不专，
虽然离别好像冷却了我的热情。
离开灵魂和离开本性是一样难，
我的灵魂是在你的胸膛之中，
那是我爱情的家；如果我放荡，
我已返回家门，像游子一般，
准时归来，没有因别离而变样，
这样我自己洗刷了我的污点。
即使我的内心深处
拥有各种情欲的弱点，
永毋相信我会荒唐到那种地步，
为不值一文的东西而把你弃捐。

　　我以为这广大世界都不值一顾，

　　　除了你，我的蔷薇，你是我所有的全部。

一一〇

哎呀，我确曾到处走来走去，
使我自己成了斑衣小丑 [79]，
伤了自尊，廉售了最贵重的东西，

对新交出了旧的纰漏[80]。
的确我对忠实情感不曾正眼相看，
视若路人。但是，对天赌咒，
这样藐视使我的热情再度炽燃，
泛泛之交证明你才是我的挚友。
如今一切过去了，接受我永恒的爱。
我不再在新人身上磨砺我的感情，
以测验一个老朋友的价值之所在，
我只爱你，我只奉你为神明。
　　欢迎我吧，仅次于迎我进入天国去，
　　欢迎我进入你那纯洁可爱的胸怀里。

一一一

啊！你要为我骂那命运女神，
是她使得我做下了丑事多端，
她没有为我准备较佳的福分，
我只得牺牲色相讨大众的喜欢，
于是烙印打在我的姓名之上，
我的本性几乎感染了
工作环境的色彩，像染工的手一样。
怜悯我吧，但愿我能洁身自好，
像一个病人似的我情愿吞服

一剂酸醋来治疗我的大症，

多苦的药我也不嫌其苦，

甘受双倍苦行做双倍的膺惩。

　　怜悯我吧，好朋友，我向你担保，

　　你的怜悯心就可以把我治好。

一一二

你的爱与怜把人间的闲话

在我额上烙的疤痕给填平了，

别人说我好或坏，我何必管它，

只消你肯遮盖我的坏，承认我的好？

你是我整个世界，我要从你口中

知道我的耻辱与体面。

别人与我无关，谁也不能改动 [81]

我之坚定的错误或正确的意见。

别人的意见我毫不关心，

一齐丢入深渊，对于诽谤与奉承，

我像蛇似的一概充耳不闻 [82]。

看我怎样解释我的冷漠心情：

　　你如此根深蒂固地生在我心里，

　　我认为整个世界都已经死去 [83]。

一一三

自从离开你，我的眼是在我心里，
至于指引我走路的那个器官，
只有部分机能，部分变成了瞎的[84]，
好像是能看，什么也看不见：
因为它看到了花鸟的形状，
不能把形状向我心里输送；
心不能分享眼中短暂的印象，
眼也不能保持那瞬间的幻影；
因为它看到的东西不拘粗或雅，
最美丽的容颜，最畸形的丑怪，
山或海，昼或夜，白鸽或乌鸦，
它把它们都变成了你的姿态。

　　心里全是你，不能承受别的东西，
　　我的忠心造成了我眼前的迷离[85]。

一一四

究竟是我的心，有了你就自以为王，
吞下了帝王的毒药，这狂妄的自负？
还是我该说我的眼睛并未说谎，

是我对你的爱教它这套炼金术，
把妖怪畸形的东西
变成天使和你的模样相同，
每一件坏的都造得无懈可击，
眼的光芒所及立即迅速形成[86]？
啊！是前者，是我的看法狂妄，
我的骄纵的心竟一口把它吞掉。
我的眼深知它的口味怎样，
迎合它的口味调制这杯饮料。

　　如果其中有毒，罪也比较不大，
　　我的眼也爱它，自己先行喝下。

一一五

我以前写给你的诗是瞎说，
说我无法爱你更深的那些诗都是谎。
当时我的理智不了解为了什么
我的热情以后会燃烧得更为明朗。
只是想到"时间"，他让无数次的变故
爬进盟誓之间，改变帝王们的命令，
污损神圣的美，消磨最猛利的雄图，
牵引最刚毅的人走上无常的路程。
哎呀！既然惧怕"时间"的暴力，

那么在我最有把握的时间

当时为何不说，"现在我最爱你"，

奉现在为至上，其他都不必管？

　　爱是婴儿。当时我不可这样说明，

　　把正在生长的东西看作完全长成[87]。

一一六[88]

我不承认两颗真心相恋

会遭遇阻挠。爱不算是爱，

如果发现情形改变就跟着改变[89]，

或看到对方变心就打算走开[90]。

啊，不！爱是永远坚定的明灯，

面对着风暴而永不摇荡；

爱是指引漂流船只的明星[91]，

其高度可测，其奥秘不可衡量。

爱不是"时间"的玩物，虽然朱唇粉颊

逃不脱他弯弯镰刀的割芟；

爱不跟随流转的韶光而起变化，

爱抵抗"时间"到世界末日的尽端。

　　假如这话不对，而且引我为证，

　　我算是没写过诗，没人有过爱情。

一一七

这样指控我吧：你的情爱厚深，
而我竟把一切报答完全怠忽；
友谊的羁绊对我日益加紧，
而我忘记乞求你的爱对我赐福；
我和不相干的人们亲密过从，
随便送掉你高价购得的权利；
我扯起帆来接受各方面的风，
送我到离你最远的地方去。
记下我的执拗和错误，
在确证之外再加上揣测；
皱起你的眉头对准我发怒，
可别一时恨起而把我杀射：

　　因为我抗辩说，我确是想要测验
　　你的情爱是否坚贞不变。

一一八

像是为要使我们的胃口大开，
我们把辛辣的作料送上舌端；
又像预防潜伏的疾病到来，

我们服泻药，泻得委顿不堪；

同样地，饱饫了你永不变腻的温柔，

我就把苦汁当作了我的食粮；

过度地幸福了，在不需要的时候，

我觉得也正不妨小病一场。

于是，情场上的手段，原想预防

未发生的毛病，惹出了真的病症，

把健康之躯变成了医疗的对象，

由于健康太多，求疾病来治病。

    但是从此我学到一项真的教训，

    药能毒杀一个这样饱饫你的人。

一一九

我喝了什么女妖眼泪制的毒浆，

那蒸馏器皿有如地狱一般乌黑，

于是给希望以恐惧，给恐惧以希望，

自以为得到好处，实则长久吃亏！

在自以为得未曾有的快乐时期，

我的心犯了什么样的错误！

在情欲狂烧头昏脑乱之际，

我的眼睛如何地从眼眶中跳出 [92] ！

啊，堕落的益处！现在我明白了，

经过堕落，高尚的爱就更高尚，

破碎的爱等到重新造好，

比原来更美、更强、更辉煌。

　　我便是受过谴责死心塌地地回来，

　　由于堕落我获益比损失多了三倍。

一二〇 [93]

你当初对我薄情，现在于我有益，

否则我想起当时感到的痛苦，

必定会在悔过心情之下垮了下去，

除非我的筋肉有如钢筋铜骨。

你如果因我负心而感到震撼，

一如我受你的打击，你是吃了苦头。

我是粗人，没有用闲暇时间

去思量你当初变心我是怎样的感受。

但愿我的苦痛经验能使我不忘

深刻的悲哀给我怎样沉重的打击。

赶快像你曾经对待我一样，

把膏药敷到你受伤的心灵上去！

　　但是你的罪过如今成了赎罪费，

　　我的罪过赎了你的，你的该把我赎回来。

一二一

宁可做错事，也胜似徒负恶名，

如果没有作恶而受人谴责，

正当的快乐不曾享受成，

自问无他，而别人认为做错[94]。

别人的虚伪淫秽的双眼

怎可以对我的情欲暗送秋波？

比我脆弱的人怎可窥探我的弱点，

把我以为好的偏认为是罪过？

不，我就是我，对我漫骂的人们

正是暴露他们自己的缺德：

他们自己不正，我可能是正直的人；

他们不该以小人之心对我揣测；

　　除非他们主张所有的人都是恶，

　　根据他们的恶德批判别人的过错。

一二二

你送给我的笔记本，在我心里

已经写得满满的，永不忘怀，

绝不是一些无聊的诗句，

将超越时间到达永恒的境界；

至少可以长期存在，只消

头脑和心胸保有生存的能力；

只消二者都没有把你忘掉，

有关你的记录就永不会被遗弃。

那薄薄的本子写不了多少，

我对你的爱亦无须一一列举；

所以我大胆地把它丢弃了，

我心中的本子能记载更多的你：

　　若靠备忘录才能忆起你来，

　　那便是默认我会把你忘怀。

一二三

不，时间，你休夸说我也变了心。

你用新的技巧造起的建筑物 [95]

在我看来并不奇异，不新鲜，

不过是以前老东西加了新的装束。

人生苦短，所以我们赞叹

你用混骗手段塞给我们的旧货，

宁可认为那适合我们的心愿，

不愿想以前早就听说过。

我看不起你的史纪和你自己，

不惊羡现在，也不惊羡以往。

因为你的记录和眼前一切都是假的，

是你匆忙之中编造的谎。

我发誓这样说，永远会是这样的；

我忠贞不渝，不怕你的镰刀和你。

一二四 [96]

如果我的热情只是势利的产物，

那就成了命运的私生子，没有爸爸，

任由世人喜爱，或任由世人憎恶，

与草同除的莠草，或与花同采的香花。

不，它决不是偶然地建立起来。

快乐得意的时候它不会冷淡，

失意闷损的打击之下也不垮台。

失意正是我们这种人之所难免，

它不怕阴谋，那诡计多端的东西

只能对短暂的事物发生作用；

它是明察一切，巍然独立，

不因温暖而生长，亦不因霪雨而致命。

我要趋炎附势的小人为我做证，

他们一生为恶，临终皈依善行 [97]。

一二五 [98]

那对我有何益处，我若把华盖擎举 [99]，
毕恭毕敬地对人公开捧场，
或是企图因此而沽名钓誉？
其实虚名易灭比财产更易花光。
难道我没见过过分注重外表的人
因付租金太多而大大地亏空，
为繁重的装潢而舍平淡的精神，
成了为贪图观赏而破产的富翁？
不，让我在你心里匍匐膜拜吧，
接受我的献礼，菲薄但是诚恳，
其中没有羼杂，没有一点虚假，
只是互相推爱，我们心心相印。
　　所以，你这胡言乱道的攻讦者！
　　真诚的人最不怕你的诬告谰说。

一二六 [100]

我的可爱的孩子，你能把握
"时间"的沙漏及其镰刀一挥的时刻；
你随时间的消耗而逐渐长成，

你的朋友们则日趋于凋零。

如果"自然"那一切毁灭的主宰，

看着你前进，总是把你拉回来，

她抓住你，不外是这样的用意，

她耍手段使"时间"丢丑，使分秒死去。

你还是别信任她，你这受宠的人！

她也许把你暂留，但不会永久保存。

　　她纵然拖延，她的账终归要结的，

　　她的债务了结便是把你放弃。

一二七 ^[101]

从前黑肤色不算是标致，

即使算标致，也没有美的名声。

但如今黑获得美的合法继承的位置，

美反倒蒙上一层私生子的恶名。

因为每个人都施展自然的权力，

用一张假造的脸来美化丑。

美貌不被尊重，不复是神圣的，

是受了渎亵，如果不是蒙垢含羞。

所以我的爱人脸色黑似乌鸦 ^[102]，

眼睛也是黑的，好像是在悼伤

那些人生来不美而美貌并不缺乏，

妄自逞能，侮辱自然创造的力量。

  可是那悼伤的样子可真漂亮，

  人人都说美就应该是这个模样。

一二八

你是我的音乐，你每次按动

那有福的木键，随着你的玉指纤纤，

便发出音响，你每次轻轻操纵

弦乐和鸣使得我耳神迷乱，

我多么羡慕那些木键欢蹦乱跳[103]

吻着你的柔嫩的手掌，

而我可怜的嘴唇，应享那番收获，

却只能羞赧地看着木键对你猖狂！

我的唇也愿享受那种感触，

愿和那些木键交换地位与境遇，

因为你的玉指在他们身上轻轻抚摸，

使死木头比活嘴唇更有福气。

  猖狂的木键既然享有这样的福分，

  把你的手指给他们，把你的唇给我吻。

一二九 [104]

肉欲的满足乃是精力之可耻的浪费。

在未满足之前，肉欲是狡诈而有祸害，

血腥的，而且充满了罪，

粗野无礼，穷凶极恶，不可信赖；

刚刚一满足，立即觉得可鄙；

猎取时如醉如狂，一旦得到，

竟又悔又恨，像是有人故意

布下了钓饵被你吞掉。

追求时有如疯狂，得到时也一样。

已得，正在得，尚未得，都太极端。

享受时恍若天堂，事过后是懊丧。

事前，悬想中的快乐；事后，梦一般。

这一切无人不知，但无人懂得彻底，

对这引人下地狱的天堂加以规避。

一三〇 [105]

我情人的眼睛和太阳不能比；

珊瑚远比她的嘴唇红得多；

如果雪是白的，她的奶就是黑的；

如果发是金丝，她头上是一片乌黑。
我见过粉红色玫瑰，又白又红，
但在她腮上我看不见这样的玫瑰；
有些香水的香气之浓
胜过我情人口里吐出的气味；
我爱听她说话，但是我心里有数，
音乐有远为悦耳的声响；
我承认没见过天仙走路，
我的情人走路是踏在地上。

　　但是，天哪，我的爱人之美丽
　　正不下于被人妄相比拟的任何妇女。

一三一

像你这个样子，居然飞扬跋扈，
有如自恃貌美的人们一般残暴，
因为你知道对于我的痴心爱慕
你是最美的最珍贵的珠宝。
但有些见过你的人却老实地说
你的脸没有使爱人呻吟的力量。
我不敢公然地说他们错，
虽然我私下骂他们没有眼光。
为了证实我的咒骂没有错误，

一想到你的脸，千百次唉声叹气，
一个跟着一个地执行证人任务，
证明在我心目里黑是最美的。
　　除了你的行为，你没有黑的地方，
　　我想是从那里生出这样的诽谤。

一三二

你的两只眼睛我爱，像是怜悯我，
知道你心中的鄙夷使我苦痛，
所以披上黑色，成为亲近的吊者，
对我的苦痛寄予无限的同情。
老实说，早晨太阳出现在天空，
不能更美化东方灰色的面庞，
为夜晚做先导的那一颗明星
也不能带给朴素的西方更多光芒，
若是比起你脸上配着的那双黑眼。
啊，那么在你心里也要一样
伤悼我吧，因为伤悼使你更好看，
给你各部分哀怜都穿同样的服装。
　　美本身是黑色的，我可这样赌咒，
　　没有你的肤色的人都是丑陋。

一三三 [106]

使我心伤的那颗心真该受诅咒，

它给我的朋友和我以那样的重伤！

让我一人受苦难道还嫌不够，

我的爱友也必须受奴下奴的灾殃？

你的残酷的眼睛已经把我夺去，

你更残酷地把我的朋友加以独占。

我被他，被我自己，被你，所遗弃，

这苦痛实在是三倍三倍地难堪。

把我的心关在你的心胸的钢栏里，

让我的可怜的心包起我朋友的心 [107]。

不管谁囚禁我，让我的心做他的牢狱 [108]，

你便无法在我的牢狱里面发狠。

　　你还是会发狠，因为我被你关起，

　　我属于你，我心中一切都是你的 [109]。

一三四 [110]

好，如今我既承认他属于你，

我自己也抵押给你，由你使唤，

那么我愿奉献自己，以便换取

你释放那另一个我来长久和我做伴；

但是你不肯放，他也不愿脱身，

因为你忒贪，他也忒心善；

他本是在我效忠券上做保证人，

竟把他自己也牢牢牵涉在里面。

你将根据美貌的卖据而没收担保，

你这唯利是图的放高利贷者，

为我负债的朋友你也一齐控告；

于是由于她欺负我而使我失去他。

　　我已失去他，你把他和我一齐霸占：

　　他已付了全额，而我仍不能免。

一三五 [111]

不管别人如何，你是欲望满足了，

加上一个威廉，再加上一个威廉。

我是太嫌过剩，总是引起你烦恼，

这样地撩拨你的欲火情焰。

你的欲壑真是宽大广深，

可否容我进去销魂一番？

你以为别人都是可爱可亲，

而你偏偏不肯和我缱绻？

大海全是水，仍然把雨承受下来，

大量地增加它的容量；

你的欲望大，在你的威廉之外

加上我的一份爱，扩大你的欲望。

　　不要用无情的"不"杀死忠实顾客。

　　对大家一视同仁，把我算作其中一个。

一三六

你的心灵若怪你容我这样热情，

告诉你那瞎眼的心灵我本是你的威廉，

你心里明白，你对情人是一律欢迎。

我热情追求如今总算是如了愿，

威廉会填满你的爱情的宝库，

是的，填得满满的，我也有一份。

我们有过经验，对于数字大的账目，

加上一个进去没有什么要紧；

虽然在你的总账里我要算一个，

且让我随着大家混了进去；

你可以不必怎样地重视我，

但你要承认我这区区是你的好东西 [112]：

　　只消爱我的名字，并且爱得永远，

　　你就等于是爱我，因为我名叫威廉。

一三七

你这瞎眼的爱神，你对我的双目
做了什么手脚，使得我瞪着眼看不见？
它们知道美是什么，美在何处居住，
但仍然把最丑恶的当作了最良善。
如果眼睛是偏爱美色受了骗诱，
于是在大众碇泊的湾港里抛锚，
你为什么以眼睛的虚幻做钓钩，
把我心中的理性也给系牢？
我的心明知那是大众共享的土地，
为什么还要认作是私人的地产？
为什么我亲眼看到而仍不措意，
以至于把美貌硬派给这样丑的脸？
　　我的心和眼错过了真正的美妇人，
　　如今活该对这个丑东西一见倾心。

一三八 [113]

我的爱人发誓说她是一片忠贞，
我信任她，虽然我知道她说谎话，
好让我以为我是没经验的年轻人，

尚不懂人世间的虚伪和狡诈。

妄想她是以为我年轻易与,

虽然她知道我已过了盛年,

我却佯为信赖她的花言巧语,

于是双方都没有以诚相见。

为什么她不说她不忠贞?

为什么我不说我已衰老?

啊,爱的最佳外表便是貌似忠心,

老人在爱中不喜欢计算年纪大小。

   所以我骗她,她也骗我,

   用谎言彼此把缺点瞒过。

一三九 [114]

啊,不要让我原谅你的冷漠

在我心上所留下来的委屈!

莫用你的眼睛伤我,用你的舌。

狠狠使用你的力量,杀我莫用狡计。

告诉我你另有所欢,但当我在你身旁,

亲爱的,不要对别人眉来眼去。

你何必用计害人,在你的力量

压迫之下我岂能有所抗拒?

我这样原谅你吧:"啊,我的爱人明白

她的美目流盼一直是我的敌人；
所以她把我的敌人从我脸上移开，
好教它们到别处去摄魄勾魂。"

　　但不可如此，我既已几乎丧命，
　　索性用目光杀我，免除我的苦痛。

一四〇

你要像你残忍那样一般地明智；
我已张口结舌地忍耐，别逼人太甚；
否则悲哀要使我说话，会要表示
我是如何地因失宠爱而苦闷。
如果我可以教你机智，爱人，
你虽不爱我，最好还是说爱我的；
有如急躁的病人，死期已近，
从医生口里只能听到康复的消息；
因为如果我绝望，我会要发狂，
疯狂中会要说你的坏话：
如今世人专会往坏处想，
疯狂的耳朵相信疯狂的咒骂。

　　为了我不被人相信，你不受诽谤，
　　你的眼睛要对准我，虽然你的雄心远扬。

一四一

老实说，靠眼睛我并不爱你，

因为在你身上我发现千种缺陷。

但是眼睛看不起的，我的心却有爱意。

虽然外表不扬，我心中却在热恋。

我的耳朵听了你的声音也不感愉快，

我也无意恣情抚摸你的肉体，

我的味觉嗅觉都不希望受你招待，

单独地和你共享肉欲的筵席，

但是我的五种心智五种官能[115]

不能打断我爱你的一片痴心。

于是我六神无主，徒具人形，

为你的雄心做奴隶，做卑贱的仆人。

　　我受苦难至今，只有一项好处，

　　　她使我犯了罪，也给了我痛苦[116]。

一四二

爱是我的罪过，恨是你的德行，

你由于罪过的爱而恨我的罪过。

啊，只消把你的处境比比我的处境，

你就会觉得你原不该怪我；

如果该怪，也不该出诸你的嘴唇，

因为你已经渎亵了那朱红的外衣，

像我一样和别人已经频频接吻，

横夺了别的女人床笫上的收益。

我爱你和你爱别人一样地正当，

你向他们献媚犹如我之追求你。

你要培植悯怜心，一旦它发扬滋长，

你也会收到别人的怜悯的。

　　你自己若是靳而不与，反向别人乞讨，

　　依你自己的榜样你活该被人拒绝了！

一四三

看，像是一位劳苦的妇人跑着追赶

她的逃走了的一只小鸡，

她放下了她的婴孩不管，

急急忙忙追逐她所要抓到的东西；

被抛下的婴孩又把她来追，

大哭大喊地想抓住她不放；

她一心追鸡，鸡在她前面飞，

可怜的婴孩啼叫，她不放在心上。

你便是这样追逐舍你而去的人，

我是在你后面追赶的那个孩提。
如果你能如愿以偿，请转回身
做个好母亲，吻我，亲亲热热地。
　　我愿祈祷你能获得你的"威廉"，
　　如果你肯回来止住我的啼喊。

一四四 [117]

我有两个爱人，给我慈悲与灾难 [118]，
像是永久缠着我的两个呵护神：
善的精灵是个白净的男子汉，
恶的精灵是个黑脸儿的妇人。
我的女恶鬼为使我快快作恶，
诱使我的善天使不近我的身，
蛊惑我的圣徒变成了恶魔，
用她的丑模样迷惑他的天真。
我的天使是否变成了魔鬼了，
我疑心，可还不敢确定地说；
二者都不在我的身边，而且很要好，
我猜一个必已钻进另一个的窝 [119]。
　　但此事我无法确知，我只能阙疑，
　　等着我的恶精灵传给他一身恶疾 [120]。

一四五 [121]

爱神亲手造的那两片唇，
对着为伊人而憔悴的我
吐出了声音说："我恨。"
但是听到我为失恋而难过，
慈悲立刻涌上她的心端，
骂那惯于发布温柔消息，
一向甜蜜蜜的舌尖，
教它把话重新这样说起：
她给"我恨"加了一个句尾，
于是有如白昼接上了夜晚，
夜晚像是一个魔鬼，
从天堂往地狱里逃窜。

　　她把一声"我恨"撇得全无恶意，
　　她救了我一命，说："恨的不是你。"

一四六

可怜的灵魂，我的顽躯的中心，
被包围你的叛变的血肉所玩耍 [122]，
你为什么内心憔悴，忍受饥馑，

你的外墙却粉饰得那样豪华？

何必如此浪费？租期如此短暂，

对你行将腐朽的房屋还要开销？

是要蛆虫承继这一份豪华遗产

来把它吃掉？这是你肉体的目标？

灵魂哪，你要折磨你的躯体，

让它憔悴，以增加你的财富；

卖掉尘世光阴把永恒来换取；

心外无须富丽，内心需要滋补：

　　　这样你便可吃掉那吃人的死神，

　　　死神一死，再没有死令你担心。

一四七

我的爱情像热病，总是渴望

能把病情维持得更长久，

把能保持疾病的东西当食粮，

以满足不正常不健康的胃口。

我的理智，我的爱情的医生，

为了我没有遵服他的处方，

一怒而去，我于绝望之中

领悟医家禁忌的肉欲即是死亡。

理智既已不管，我便无可救药，

只得愈益不安地发着狂癫；

我像疯人一般地胡想乱道，

任意地瞎扯，虚妄地歪缠：

　　我发誓说过你美，以为你皎洁，

　　其实你黑似地狱，暗似昏夜。

一四八

哎呀！爱神给了我什么样的眼睛，

竟没有与实物相符合的目光？

纵然有，何以判断力逃得无影无踪，

看得真切而批评不得其当？

我的昏花眼所迷恋的如果真是好，

何以世人都说那不见得妙？

如果不好，那么这段爱情表示了

情人眼睛不若大家的可靠：不可靠。

怎能可靠？彻夜失眠，泪水汪汪，

啊！情人眼睛怎能是可靠的？

难怪我看东西要看走了样。

除非晴空万里，太阳也看不见东西。

　　狡猾的爱人！你用泪水使我瞎了眼，

　　否则明察的眼睛会发现你的缺点。

一四九

狠心的，你能说我对你不爱，
我已站在你一边反对我自身？
我没想你吗？为了你我已忘怀
我自己，你这蛮不讲理的人。
哪一个恨你的人我称之为友？
你对谁恼怒而我偏对他谄媚？
不，在你对我皱眉的时候，
我不立即愤然和我自己作对？
我发现了自己具备什么优点，
以致得意忘形不屑向你效忠，
实际上我在全力崇拜你的缺陷，
被你那秋波一转所操纵？
　　但是，爱人，你恨吧。我现在懂你的心理，
　　你爱的是那些有眼睛的，而我是瞎了眼的。

一五〇

啊，你从什么神祇获得这股力量，
靠了缺陷而控制了我的心情？
使我不信我的真实可靠的眼光，

硬说白昼之美不在于光明？

你化丑陋为妩媚的力量哪里来的？

你的最无聊的行为里面

都有特殊的诱惑与魅力，

在我心中你的极恶超过一切至善。

谁教导你使我在听到看到

都该怀恨的时候愈发爱你？

啊，我爱的是别人所不敢领教，

你和别人都不必为我的迷惘而恐惧。

　　如果你的缺陷引起了我的爱，

　　我就更该受你的柔情款待。

一五一

爱神太幼稚，本不解人事，

可是谁不知道爱情会导致奸情[123]？

那么，好骗子，别追究我的过失，

否则会证明你犯与我同样的罪行。

因为你骗了我，我也把

我较高贵部分卖给叛变的肉体；

我的灵魂对我的肉体发话，

他可以真个销魂；那块肉不再犹豫，

一听到你的名字就振作起来，指着你

做他的战利品。虽然威风不小，
他终归做了你的可怜的奴隶，
为你效劳，最后在你的身旁瘫倒。
　　我喊她作"爱"，为她而兴起而衰落，
　　不要认为这是没有良心的过错。

一五二

你知道我爱你乃是违反我的婚约，
但是自你发誓爱我，你背誓两度；
你先破坏你的婚约，又把新盟撕却，
对你的新欢又表示新的厌恶。
我背誓无数次，又何必斥责你
背誓两度？我食言的次数很勤，
因为我的誓言只是把你乱捧一气[124]，
我对你早已失去一切真诚的心：
我曾重重发誓，说你深深多情，
说你相爱，说你真诚，说你不变；
为了给你增光，我情愿瞎了眼睛，
让眼睛发誓说所见与实况相反。
　　因为我曾发誓说你美。是我的谎大[125]，
　　竟说出这样不符真相的假话！

一五三 [126]

邱比得放下火把睡着了，

戴安娜的一位侍女有机可乘，

匆匆把他点燃爱情的火把浸泡

在那地方的一个冷泉当中，

泉水从这圣洁的爱情之火

获得永无尽期的热，永久不冷，

于是变成沸滚的温泉一座，

以后大家认为能治疑难杂症。

但我爱人眼里燃起新的爱情火把，

那孩子一定要在我胸上试验一番；

我立即病倒，想借温泉治疗一下，

跑到那边，心情苦恼，狼狈不堪，

    但是发现无效：能救治我的温泉

    乃是邱比得点燃新火把的地方，我爱人的双眼。

一五四

小爱神有一次在打瞌睡，

把点燃爱情的火把放在身边，

这时誓守贞操的小仙一队

轻轻地走来，最美的一位小仙

把那曾经点燃过无数

心头爱情的火把拿在手上，

于是这位热情的霸主

在睡中被一位贞女解除了武装。

她把这火把往附近冷泉里浸泡，

泉水由爱火获得永久的热力，

变成了温泉，而且能够治疗

人们的疾病。但是我，我爱人的奴隶，

　　走到那里治疗，只得到这样的证明：

　　爱火可以烧热了水，水不能冷却爱情。

注释

[1] 此一著名献词原文如下：

TO. THE. ONLIE. BEGETTER. OF.

THESE. INSUING. SONNETS.

Mr. W. H. ALL. HAPPINESSE.

AND. THAT. ETERNITIE.

PROMISED.

BY.

OUR. EVER-LIVING. POET.

WISHETH.

THE. WELL-WISHING.

ADVENTURER. IN.

SETTING.

FORTH.

T.T.

这是用碑碣体裁写的，所以每一字后有一圆点，而且文字也很矜持。按照正常英文语法，应该是这样的："To the only begetter of these ensuing sonnets，Mr.W.H.，the well-wishing adventurer in setting forth wisheth all happiness and that eternity promised by our ever-living poet，（signed）T.T.". 有人把 Mr. W.H. 当作句子的主词，那似乎是讲不通的。这一段献词颇有晦涩难明之处，例如何谓 only begetter，谁是 Mr. W.H.，何谓 adventurer in setting forth，谁是 T.T. 等等，请参阅序文。

[2] 第一首至第十七首，自成段落，是写给一位青年的，劝他结婚以便生男育女使他的美貌长留永久不朽。这种想法并不奇特，人到中年看到人生无常，自有无穷感喟，唯有子息的繁衍才是生命的延长。

[3] "四十个冬天"，言年届四十的时候，不是再过四十年之意。莎氏写此诗时年约三十。

[4] all-eating shame and thriftless praise，Pooler 释为 "the shame of gluttony and the praise of extravagance，since you devour the world's due and are an unthrift of your beauty"，是也。Prof. Dowden 释 thriftless 为 unprofitable，恐不恰。

[5] 言不肯与女人来往。

[6] 按照伊利沙白女王所恢复的亨利八世时的法令，最高的合法利率是百分之十。此处所谓 ten for one 应该是百分之一千了。

[7]conquest 不是武力占领之意，是 "经由继承以外方法而得来之产业，

为 heritage 之对待语"（OED）。

[8]thyself out-going in thy noon，Beeching 注："passing beyond thy meridian beauty，and so declining"，是也。outgoing 不宜作不及物动词解。

[9]"如照字面解释，此诗前四行提供了有关 W.H. 先生之有趣的资料：（一）不仅貌美，且有悦耳的声音；（二）他喜爱音乐，但似《威尼斯商人》中之杰西卡，'听到美妙乐声即为之不欢'。"（威尔孙）"此诗所用之譬喻系指琵琶弹奏（luteplaying）。为充分了解起见，吾人必须记得琵琶之弦，除最高音是单弦外，均系两弦成对的同时弹奏。"（Campbell）

[10]原版四开本 For shame 二字之后无任何标点，近代编本率于二字之后加逗点或感叹号，似无必要，for shame = for shame's sake 加强语气之意。

[11]departest 一般解作 leave behind，意指"青春"而言。Beeching 注：departest = separatest off，that which thou departest = a slip of thee，似较胜。前两行大意，Ingram & Redpath 释作 "Out of that seed which I am asking you to sow，you will grow，in a child of your making，as fast as you decline in yourself."。

[12]原版 Look 后无 comma。Look whom 应解作 whomever。the more 想系 thee more 之误。全句大意是 "To whomsoever Nature gave her best she gave thee more."。（威尔孙）

[13]that copy = the original seal。

[14]指诗人所作之诗篇。

[15]to give away yourself 可能兼具 "to give yourself in marriage" 及 "to produce likeness of yourself" 二者之含义。

[16]前十七首大意是劝朋友结婚生子以保持其容貌美德于不朽。自第八首至二十六首又成一段落，诗人率直表示了爱慕之情，以诗篇使他

的朋友名垂于永久。

[17] 葛来高利历法施行以前之五月，实际延展到现在之六月中旬数日，属于夏季。

[18] 这是唯一使用"双音节脚韵"（double rhymes）的一首诗。词意粗率，似非一戏剧演员对一贵族青年所宜有之口吻，但当时风尚，不以为忤也。

[19] 莎士比亚写此诗时只有三十多岁，不能说老，但"叹老"是十四行诗作者们的惯习。

[20] 哈姆雷特的剧中剧，在演员上台之前即先有哑剧一场预告剧中情节。故此处所谓 dumb presagers 应即是 preliminary dumb shows。

[21]Ingram & Redpath 提供的意见是对的，perspective 应作为副词解，即 perspectively，亦即"seen from the right angle"or"seen through the appropriate optical glass"之意，全句大意为"Shakespeare is not saying that such clever projections are the highest form of pictorial art, but that his heart's image of the Friend is a perfect portrait, though to realize this we must see it through the poet's eye."。

[22] 此诗语气似为"献词"性质，第三行所谓 written embassage（强调非口头传述而是见诸文字），可能指第十八首至第二十五首这一束情诗。绝不是指第二十六首本诗而言，更不该因在文字上近似 Lucrece 一诗之献词而指为与 Lucrece 有关之献诗。

[23] 四开本原文 their respect，近代本自 Capell 以降多改为 thy respect。

[24] 第二十七至四十七首，成一段落。O. J. Campbell 做如下之撮要："诗人似在出外旅行（二十七至三十二首）。也许在他出游时，发现他的年轻贵人略诱了他的情人，或被他的情人所诱惑（三十三至四十七首）。莎士比亚责友不义，使之悔恨流泪（三十四首）。其友既悔过，诗人即

宽恕之，对其仪容财富以及门第才华仍然倾倒备至。但至撰写第四十首诗时，其友又复与其情人发生性的关系。此乃'第二度犯过'。诗人再度宽恕之，反责情人之诱惑力太大。在第四十二首里诗人控制情感，居然能强词自解。他告诉情人，他与友人虽形体分离，心灵则融而为一，她爱那青年实即爱他自己也。"

[25]Pooler 注云："此诗背后的事实是：（一）莎士比亚因与爱友暌违，忆起了其他已故的知交；（二）他的暌违的朋友荟萃了所有死友的优点；（三）莎士比亚对他的情谊乃是对于其他故交的情谊之总和。"第一行之 hearts 似宜解作"知心的友人"。

[26]"死亡"被拟为掘坟墓的乡下人。

[27]Tyler 注云："我们可以揣想，现在另一系列的十四行诗开始了。莎士比亚不在的时候，W.H. 先生可能和诗人的异性朋友即第一百二十七诸首中之黑女郎，过度亲密。诗人归后 W.H. 先生有若干疏冷之表现。过去友谊有如夏晨之骄阳，如今则太阳为彤云所笼罩。诗人仍不因灰心而绝交。天仍有放晴之望也。"

[28] 四开本原文第八行是：Excusing their sins more than their sins are，句费解，近代本多改 their 为 thy，牛津本亦然。实则以不改为是，全首意义简单而一贯，无须多加臆测横生枝节。所谓 their，指第二、三、四各行之玫瑰、泉源等而言也，盖谓此等事物无心为恶，与友人之夺人之爱者不可相提并论，诗人引为比喻，实乃比拟不伦，陷于错误。其意若曰："Excusing their sins as something more than they really are."。Ingram & Redpath 的解释最为允洽："All men commit errors, and, in fact, I am doing so in trying to justify your misconduct by drawing analogies（in the first quatrain），thus corrupting myself in palliating your offence, since I am by implification exonerating those natural objects from a

moral turpitude they are incapable of（thus confusing the natrual and moral orders）."。

[29] 这一首颇为费解。为什么诗人和他的朋友必须分散？第三行的 blots 与第十行的 bewailed guilt 何所指？是否指同一件事？细玩语气，与第三十五首是不连贯的。而且在韵律上，第三十六至三十九首这四首诗自然形成为一集团，威尔孙特别明显地指出这四首的韵脚连贯的情形：

36	1	twain	3	remain		37	1	delight	3	spite
	2	one	4	alone			10	give	12	live
	6	spite	8	delight			13	thee	14	me
	9	thee	11	me						
38	5	thee	7	me		39	2	me	4	thee
	6	sight	8	delight			5	live	7	give
							6	one	8	alone
							13	twain	14	remain

这四首自成体系，可能是应该排印在另外一个位置，有人主张这四首应该紧跟着第二十九首，威尔孙认为应该更往前提，放在第二十五首之后。据传统的解释，所谓"耻辱"和"罪过"是指诗人身份与他的朋友身份悬殊，诗人为一普通演员，故叹贫嗟卑自怨自艾（参看第二十九首第一行）。威尔孙以为出身低微不能算是罪过，诗人坚欲与友分离应另有原因，可能是因为一五九七年天鹅剧院上演一出被认为有煽动性的戏《狗岛》（The Isle of Dogs），触怒当道，剧院被封，涉及该剧者悉数被捕，而莎士比亚可能亦被株连在内。此说有其可能，惜无佐证。Campbell 注："二人同爱一女显然已成众所周知之事。按照文艺复兴的交友之道，严格讲，诗人不可默默地与人争风，应拱手奉让，一如《维洛那二绅士》之瓦伦坦将西尔维亚让给普罗提阿斯……"此说为另一解释，以此诗为第三十五首之延续。译者之意，原诗措辞既含糊不清，译时亦不必遵从任何一家之说而做明确之解说也。

[30] approve 有双关义：（一）尝试，可能暗指性方面的享受；（二）怀有好感，赏识。

[31] 第四十三至四十五首意义相连。诗人写至第四十三首，诗意似已穷竭，只好效法皮特拉克一派，乞灵于"奇想"conceit。Shadow 一字有数义。

[32] darkly bright = secretly cheerful。are bright in dark directed = can see clearly what they are looking at in the dark。（Wilson）

[33] 六至八行，Ingram & Redpath 注: i.e. "How your body, brighter than the day, would add a fitting splendour to the day's brightness."。

[34] 指莎氏时代一般人所信的 Galen 一派的生理学所谓四元素之说，土与水二元素是重滞的，气与火是轻灵的。思想是气，或气与火二者之混合物，故肉体是重滞的，思想是轻灵的。

[35] 诗人之眼与心涉讼公堂，心是原告，眼是被告，但所争何事？依第三行及下一首第五、第六行所云，显然有一幅画像牵涉在内，双方所争者似为享有此画像之权利。陪审员之判决，不特偏袒，且不对题。

[36] 四十八至六十六首为一单位，描写诗人别后之忧虑。

[37] 指合伙人之拆伙。

[38] 原文 And this hand against myself uprear，自 Beeching 至 Wilson 大都以为是在法庭举手宣誓做证之意。Ingram & Redpath 注云："此数行历来各家解释吾人以为完全错误，诗人不是为人攻击自己而到法庭做证，根本不是在做证。他是在根据自我认识而为自己辩护，抵抗他的朋友可能提出之冷淡他的理由。他承认他的朋友有权随时遗弃他，但此权利乃是根据一项消极事实，即他自己本无可爱之处，而不是根据任何该受谴责之积极理由。"此说似是。against 在此处应解作 in front of。

[39] But love，for love，费解。Ingram & Redpath 注："But love itself，out of its own inherent charity."，似较恰。

[40] 阿都尼斯（Adonis），希腊神话中之美少年。海伦（Helen），希腊神话中之美女。

[41] 马尔斯（Mars），战神。

[42] 九至十二行，费解。有人以为指 Hero 与 Leander 之隔海相恋的故事，有人以为海洋系泛喻任何使情人们隔离的障碍物，甚至有人提出那是死亡。无论怎样解释，所谓 return of love 与海洋难以连贯。

[43] 四开本作 in your Will，其中之 Will 系大写，有人以为 Will 即是 William Shakespeare 之意，但细玩语气恐未必然。有人以为 will=sexual desire，亦嫌穿凿。

[44] 每隔三万五千年或四万九千年，天道循环一次，一切事物重演，这是古代的一种信仰。亚里士多德的学生 Eudemus 说："如是我们相信 Pythagoreans 的学说，目前情况将来会将重演，我目前手持教鞭在课堂上课，若干年后，同样情形将丝毫不差地重复演出。"斯多亚派哲学家 Marcus Aurelius 说："太阳之下无新物。"莎士比亚在本诗引用此项见解，其目的在说明今人胜古人也。第六行所谓五百年亦即天文学上所谓 Great Year 或 Platonic Year 之另一说法。

[45] And for myself mine own worth do define 费解，困难在于句中无主词，在 do 字前的 I 是被省略了，可能是由于第五行之 Methinks 已含有"我"的意义在内。

[46] 参看《哈姆雷特》三幕一景之著名的"To be or not to be"一段独白。Dowden 注："莎士比亚由忧虑朋友之死转而想到自己之死，并想到人生苦恼重重，唯一死可得解脱。"上述一段独白及此诗常被认为是莎士比亚本人内心之呼声。

[47] 六十七至七十四首为一段落，主题为"丑恶与死亡"。六十七首里提到脂粉化妆品，莎士比亚一向是反对脂粉和假发的，参看《哈姆雷特》三幕一景一四五行，《第十二夜》一幕五景二四○行。但在此诗仅是顺笔提到此一时髦，表示他的朋友之无须乞灵于脂粉，并非指责他的朋友有此恶习也。全诗主旨在最后四行。

[48] 原文 dead seeing，四开本如此，近代本（包括牛津本在内）多从之，今照译。其意一般解释为 false appearance，义可通，惜无强有力之根据。Capell 改为 seeming，近代本如 Wilson 与 Ingram & Redpath 皆从之。

[49] 原文 itself and true，其中之 itself 费解。Ingram & Redpath 主张 itself 应分写为 it self，以 self 为形容词，颇有见地。唯 it 应是指 antique hours 而言。（如 Pooler 所指陈，表示时间之复数形名词应作为单数解。）

[50] 所谓作品（that which I bring forth），可能指此诗，可能指所有的诗作，亦可能是指为剧院所编写之戏剧。以贵族而与演戏人员密切交游在当时是不体面的。

[51] 原文 The coward conquest of a wretch's knife，费解。wretch 是谁？一般解释为"死神"或"时间"。Dowden 揣测可能与 Marlowe 之在酒店被人杀死之事有关，威尔孙亦倾向此说。又谓可能指莎士比亚有欲寻短见之意。俱属臆测，了无凭证。

[52] 第七十五至九十九首为一段落，其主题为"友谊遭遇之危机"。

[53] 诗中所谓"时髦作风"，可能有所指。威尔孙谓可能指 Chapman，Campbell 谓可能指 John Donne 之早年作品。

[54] "斯蒂芬斯所谓此诗'是为陪伴一件空白小册的礼物而制'，好像几乎是确切之论。像这样的一件礼物，在莎士比亚时代和在斯蒂芬斯时代，都是稀松平常不足为奇的，而且也是很有价值的，不若我们现

代所感觉的那样奇怪，此种礼物在古董市场尚常出现。镜子与日晷是否亦为礼物之一部分，不能确定，不过所谓 thy glass 与 thy dial 似是暗示并非其中之一部分。"（Ingram & Redpath 注）

[55] 第四行末之标点原为句点，如 Ingram & Redpath 之所指陈，以改冒号为宜。

[56] "这些事物"指镜子与日晷，所谓"作用"指镜子与日晷在朋友心中所引起之感想，而这些感想将记载在此一空白册内。

[57] 在此诗中莎士比亚明白提起一位和他竞争的诗人，究竟是谁则不能确定，或谓为班章孙，或谓 Chapman，总之是一位比莎士比亚学殖较深地位较高之人，故称之为"学者"，而"冥顽""哑巴"则是莎士比亚自谦之词。第七行所谓"把羽毛加在学者的翅上"，系引用鹰猎术语，鹰翅羽毛残缺时则加以移植补贴云。

[58] "两个诗人"（both your poets）可能指：（一）莎士比亚及另一争宠的诗人;（二）两个和莎士比亚争宠的诗人。第十二行之 others 系复数形，后一解或较合理。

[59] 前四行标点有问题，故释义亦有歧异。四开本在前四行内用了七个逗点（most, more, praise, alone, you, store, grew, ），正如 Pooler 之所指陈，这显然是"表示节奏而不是表示意义"，他进一步揣测"也许唯一的问号应该放在 grew 后面"，可是他并未这样改窜。今按牛津本译。

[60]Ingram & Redpath 注："reserve 与 character 二字若按照伊利沙白时代的训义，则第三四两行可做如是之解释：'Store up manuscript upon manuscript, writing them in letters of gold and in choice phrases polished by learned study of the greatest poets.' Alternatively, line 3 could mean：'lay up in permanent record their characteristic style（or styles）by writing

in letters of gold choice phrases...'。"无论如何，reserve 一字无改动之必要; character 一字当作"文字"解。

[61] 这些"伙伴"不知是谁，有人说是荷马及罗马诗人，也有人认为是 Marlowe、Chapman 等。第十一行之"精灵"亦不知究何所指。

[62] 四开本的标点，第七行之 disgrace 与 will 后均为逗点，第八行之 strange 后为冒号。近代编本多加以变动，牛津本是在第七行之 disgrace 与第八行之 strange 均改为分号 (semi-colon)，在第七行之 will 后仍保留逗点。兹照 Ingram & Redpath 的意见，第七行 disgrace 后用逗点，will 后用冒号，第八行 strange 后用逗点。意义大有出入。

[63] 第五、第六两行意义晦涩。Campbell 注："Then I need not fear the entire loss of your love when the first intimation of its loss would kill me."。Ingram & Redpath 注："The least sign of coldness or inconstancy on your part will kill me，so I need not fear to live to endure the worst wrong of all，complete alienation."。二说大致相同，较其他各家解释为佳。

[64] 最后两行与第三十六首最后两行重复。是莎士比亚有意如此，还是原稿缺残，编者如此借补，不可知。

[65] 第五、第六两行 summer's time, The teeming autumn 费解，引起不少评论。所谓 the teeming autumn 即是 summer's time，诗人与朋友别离在夏天，别离之后，不胜相思之苦，只得在回忆中度日，这夏天有如充满春日美丽回忆的秋天也。Ingram & Redpath 改第五行末之 semicolon 为 comma，dash 颇有见地。第九行 yet 语气一转，盖谓回忆固然可以自娱，然亦只是慰情聊胜于无，独自享受耳，如寡妇之抚爱其遗腹子也。

[66] 土星 (Saturn)，按星相学家说，是一个寒冷迟缓的行星，能增加忧郁症的黑胆汁。

[67] 这一首共十五行，在全集中是唯一例外，但在伊利沙白时代其他

十四行诗集中此种情形亦屡有发现。这一首中任何一行皆不可删去而不伤及诗意,以韵脚而论第一行或第五行是多余的。

[68]"两者"可能是指红白二种颜色。

[69]自第一百首至第一〇八首为一段落,诗人与友人之间的长期反目告一终止,诗人精神重振,又复肆力颂扬其友人之美。

[70]真与美乃两个抽象的永恒的理想,人是无常的生物,我们通常说人靠理想而生存,这一行诗一反其道,谓理想乃是依靠人而存在,极言其人之如何高明也。

[71]Philomel,夜莺之别名,其歌声如哀诉,按神话及诗中引用均属雌性,实则能歌者为雄鸟。

[72]威尔孙注云:"我的结论是,此诗乃为Herbert二十岁生日(一六〇〇年四月八日)作,诗中所谓之'三年'正好说明二人初遇是在一五九七年四月八日,亦即Herbert的十七岁生日。"

[73]Three April perfumes in three hot Junes burned,此句读来拗口,但甚有力。意为三次春天变成了三次盛夏,至为明显,但perfumes、burned喻义安在? Beeching以为是以投香入火为喻,Tucker更进一步以为是投香入香炉,恐不恰。可能是指四月的花香在六月骄阳之下燃烧净尽。

[74]since一字含义模糊,第一至四行大意可能是:"不要因我永久赞美一人便以我为崇拜偶像",亦可解为:"因为我是仅仅赞美一个人,所以不可指我为崇拜偶像(意谓偶像崇拜者所崇拜的对象必不止一人)"。前一义似较胜。

[75]skill一字,在四开本作still,Tyrwhitt改为skill,近代本多从之。第十一至十四行的大意是:"古人未及见我的朋友之美貌,纵然笔下写得淋漓尽致,只是揣想,眼前没有模特儿;我们生逢现世,眼前看到模特儿,又苦无古人那样的生花妙笔给他写照。"

[76]"人间的明月"(The mortal moon)所度过的晦蚀,究何所指?

Ingram & Redpath 列举不同的学说如下:

(一)西班牙无畏舰队,一五八八年(Butler, Hotson)

(二)女王六十三岁大关,一五九五——一五九六年(G.B. Harrison)

(三)女王政躬违和,一五九九——一六○○年(E.K. Chambers)

(四)哀塞克斯之叛变,一六○一年(Thomas Tyler)

(五)女王之死,一六○三年(Massey、Minto、Lee、Beeching)

(六)一次月蚀,例如一五九五年(O. F. Emerson)

(七)女王恩宠之消灭(Conrad)

一般相信,"明月"系指女王无疑,"晦蚀"何所指则无法确定。但这一点关系重大,因由此可以推定诗之著作年代也。endure 一字,是"安然度过"之意,不是"屈服于"或"受……之害"之意,故谓"女王之死"似不可能。

[77] 牛津本及一般近代本均从四开本的标点,不甚妥,兹从最近版本略加改动,语气较顺。

[78] 从一○九至一二六首为一段落,主题是回顾友谊之经过,如何遭遇风波,如何重归于好。

[79] 前二行可能是指莎士比亚之以演员为业,时常在剧院与贵族之家演出,但亦可能是象征的写法,言其交游广阔,到处结识新交而又不能始终如一,成为大众取笑之对象。

[80] 第四行一般解释为"结新交而忘旧友"。Ingram & Redpath 注云:"Made each new attachment into yet another instance of the old offence of infidelity.",似较佳。

[81] 第七、八两行费解。大意似应是如 Ingram & Redpath 所说:"There being no one else who exists for me and for whom I exist in such a way that they can change my hardened sensibility either for good or for evil."。 第八行字句顺序应为:That changes my steel'd sense or(either)right or

wrong。

[82] adder's sense 指传说中蛇以一耳着地，以尾端塞另一耳，拒抗捕蛇者之乐声咒语。

[83] 第十四行四开本作：That all the world besides me thinkes y'are dead。近代本有不同的修改，牛津本是遵从 Capell 的与 Steevens 的揣测，改为：That all the world besides methinks are dead。今照译。

[84] part 一字 Malone 提议作副词解，后 Beeching、Tucker 从之，最近威尔孙亦采用其说，认定 part = partly。意谓眼之机能有二，一是看，二是把看到的印象送到心里。诗人心里充满了他的爱友，不可能再吸收别的印象，眼有所见亦均幻作爱友之姿态，故眼只能执行前一机能，无法执行后一机能，所以总是部分地瞎了。

[85] 四开本作：My most true mind thus maketh mine untrue，牛津本从之。但有若干近代本改作 maketh mine eye untrue。如承认 untrue = untruth，则改动似不必要，因所谓 untruth 即是指眼睛之迷离恍惚误以一切形状皆为爱友之姿态也。

[86] 旧日观念以为眼睛确实射出光芒，在光芒照耀之下故能看到事物。

[87] 四开本第十四行末的标点是一个句点，后来有人改为问号，意义相差甚多，牛津本亦作问号，最近编本则多已改回四开本原状。第十三及十四行是回答第十行 Might I not then say, "Now I love you best,"（say so = say that "Now I love you best"）。

[88] 这是最著名的一首。"此诗既非吁请他的朋友对他忠实，亦非为诗人自己行为辩护，更不是解释朋友对他的猜疑，而只是企图为理想的爱情做一定义。"（Ingram & Redpath）Tucker Brooke 指出此诗用字百分之七十五是单音字，只有三个字音节在两个以上，没有一个字可以算是属于"诗的辞藻"。诗中无奥义，无怪诞玄妙的思想。韵法也平正调和。全诗一百一十个字，结构简单明了，洵杰作也。

[89] alteration 可能指变心（infidelity），但更可能指一般情形（circumstance），或如 Ingram & Redpath 所谓"指无情岁月使容颜发生之变化"。

[90] "Or inclines to withdraw when the other party's love withdraws."（Ingram & Redpath）

[91] 星指北极星，据星相学星对人事万物具有奥秘之影响力，不可究诘，但对航海者有实用价值，测其高度即可获知方向也。

[92] 等于是说意乱情迷之际瞎了眼睛。但是"诗人在此也许是暗示他当时眷恋的一些女人乃是比他地位较低之人（犹如在较低贱轨迹中游行之众星），同时另一含义则是只有他的爱友才是与他地位相埒也。"（Ingram & Redpath）此说亦不无见地。

[93] Ingram & Redpath 的释义可资参考："The fact that you were once unkind to me serves me a friendly turn; for, otherwise, when I recall the anguish that I then felt, I should be quite beaten down under the sense of the wrong I have done you, unless my fibre were as tough as brass or hammered steel. For if you have been shaken by my unkindness as I was then by yours, you have gone through a hellish time; and I, tyrant-like, have given no leisure to considering how I once suffered from your offence to me（and so how you must now have suffered from mine）. Would that time of anguish we then suffered might have put me in mind in my deepest feelings how sharply real sorrow hurts, and so might indirectly（through impelling me to act）have offered to you now, with the same promptness as you then did to me, the salve of apology and humility which is apt for wounded hearts! But the wrong you did me then now becomes the ransom money for my offence; for my injury to you expiates yours to me, and you must in turn allow yours to expiate mine."。

[94] 第三行的 so 是指第一行的 vile 而言。

[95]pyramids 可能泛指一般大建筑物；但亦可能特指一五八五至一五九〇年间罗马教皇 Sixtus 五世所掘出并且改建或修饰的方锥塔 obelisks；亦可能指一六〇四年三月十五日英王哲姆斯正式进入伦敦时街道上所建之方锥塔（此种塔为欢迎布置之一部分，据云高六十英尺，内部有灯光设备）。

[96] 这一首难解。无疑地里面有我们所不明了的典实，但如威尔孙之依据 Beeching 将全首解释成为与当时政治有关的暗喻，则似无此必要。全诗大意仍是一贯的诗人自诉其情意之真挚，不因环境改变而生异心。

[97] 最后两行意义不明显。Ingram & Redpath 的释义是："I cite in support of this the cases of those utter time-servers who, after a life of wrong-doing, renounce their time-serving to die for perminent values."。所谓 the fools of time 究何所指？历来注者意见不一，或谓为 Jesuit conspirators，或谓指 Gunpowder Plot，或以为是 Essex and his followers，或猜是 Foxe's Martyrs，均属臆测，无可佐证。不论隐指何人何事，字面的意义想应是："我的热情永恒不变，那些随波逐流一生为恶终于皈善的势利小人可为我证明也。"

[98] 第十三行所谓攻讦者（informer）指控诗人对其爱友故作忠贞之状而实则希图附骥名垂不朽，诗人斥其诬妄，全诗关键在第九行之"心"字，盖诗人之爱不拘形迹也。攻讦之人为谁，可不必究。

[99] 华盖（canopy），是帝王或显贵出巡时由亲信在其头上擎举之伞状仪仗。

[100] 此诗共十二行，每两行叶韵。伊利沙白时代之十四行诗，常有行数与韵法发生不规则之情事。此诗四开本于第十三、十四两行处留空白加括弧，表示此诗乃未完成之作品。实则此诗系一首完整作品，没有再加两行之可能。全集至第一二六首为一大段落，故此诗显系 envoy

（煞尾）性质，体裁亦特异也。

[101] 自一二七至一五二首为一组，这是大家公认的，但是这一组内各诗之次序应如何安排则迄无定论。这一组的主要对象是"黑女郎"（the Dark Lady）。据 Campbell 的分析：

127—132 Enter the Dark Lady

133—142 The Dark Lady

143—152 Exit the Dark Lady

[102] 四开本第九行是 my Mistress eyes，第十行是 Her eyes，语意完全重复，显有误植，近代本有几种不同的改动，牛津本遵 the Globe editors 作"my mistress' brows...Her eyes"，今照译。

[103] 第五行 jacks 一字，似是莎士比亚误用音乐名词之一例。据 Onions 的解释，jacks 为"In the virginal, an upright piece of wood fixed to the key-lever and fitted with a quill which plucked the strings as the jack rose when the key was pressed down. Here used as 'key'."。上述解释之最后一句正是为莎士比亚做解说。按 virginal 为十六世纪通行之乐器，是近代钢琴之前驱，为少女所喜爱演奏，故名，长方箱型，可置案头亦可置怀中。所谓 jacks 不是手按之木键盘，而是在箱内竖立之木键，不可能跳起触及演奏者之手掌。E.W. Naylor 的解释："The lady, having removed the rail which ordinarily stops the 'jacks' from jumping right out of the instrument when the keys are struck, was leaning over her work, testing it by striking the defective note, and holding the 'tender inward' of her hand over the 'jack' to prevent it from flying to the order end of the room."，似嫌牵强。

[104] 这是著名的一首，主题是 lust，诗里表现出对于性交之强烈的厌恶。有些人特别推崇这一首，例如 Bernard Shaw 说此诗乃英文学中之"the most merciless passage"，又如 Theodore Watts Duncan 认为此诗乃"the greatest

sonnet in the world ”，似嫌过分夸张其词。(可参看 Hilton Landry：
Interpretations in Shakespeare，Sonnets，pp.96—104)

[105] 此诗主旨在最后两行。诗人排斥传统的写法，不欲将其爱人之美妄加比拟，然并非不承认其美也。威尔孙指出，此诗常被误解，例如 Brandes 说：“莎士比亚明白说过……这女人没有美貌。”萧伯纳也有同样误解。Jordan 于一八八一年就主张说过莎士比亚如此贬抑的女人必是一个黑人！

[106] 在这一首诗里，诗人、朋友、情妇又以三角恋爱的关系出现，但是这首诗是诗人首次直接向情妇呼吁。

[107] 原文 bail 一字，诚如 Ingram & Redpath 所说，不是“保释出狱（ bail out of prison ）”之意，应解作 confine (牛津大字典 OED.V3.1 即引此句为例句)。故译作“包起”，兼寓保护之意。意谓：你把我关在你的心里，我愿把我的朋友再关在我的心里，一层套着一层地包起来。

[108] guard = guard-house，监牢。

[109] T. G. Tucker，注释最后两行曰：“In imprisoning me, you are imprisoning all that is in me, and he is in my heart ; therefore whatever harshness you show to me affects him also, and I shall feel for him any rigour which I should not feel for myself.”。

[110] Tucker 注云：“这女人强迫两个男人困惑于她的美貌而同时对她缱绻。她坚持享有诗人及其朋友，因诗人不能满足其欲望。他戏作请求，谓其友仅是他的替身，他愿独任其劳，如她肯放他的朋友。但该女人及其朋友均无此意向。”

[111] 一三五和一三六两首都是玩弄 Will 一字之双关义：一方面是一个人的名字，他可能是诗人自己，可能是他的朋友，可能是女人的丈夫。另一方面 Will = desire ; volition。但是 Ingram & Redpath 注：“there is, quite apart from personal name allusions, the common cant sense of the

membrum pudendum, male or female. Most commentators seem to have been innocent or reticent in respect of this meaning....", 颇值得注意。

[112] Tyler 对第十一、十二两行注: Make me of no account, if you will, but still love me, regard me as "a something sweet to thee."。

[113] 此诗初见于一五九九年初版之 *The Passionate Pilgrim*，其中颇多异文，显然是此诗之初稿，如下：

When my love swears that she is made of truth,

I do believe her, though I know she lies,

That she might think me some untutored youth,

Unskilful in the world's false *forgeries*.

Thus vainly thinking that she thinks me young,

Although *I know* my *years be* past the best,

I *smiling* credit her false-speaking tongue,

Outfacing faults in love with love's ill rest.

But wherefore says *my love that she is young*?

And wherefore say not I that I am old?

O, love's best habit is *a soothing tongue*,

And age, in love, loves not to have years told.

　　Therefore *I'll lie with love*, and *love* with me,

　　Since that our faults in love thus smothered be.

诗中的斜体字句是见于初稿中之异文，看看本诗如何修改初稿，那是很有兴味的事。

[114] 对情妇之冷漠无情曲加谅解，乃是十四行诗之传统题材的一部分。

[115] 所谓五种心智（five wits）即 common wit、imagination、fantasy、estimation, and memory。为五种感官之对。

[116] 关于最后两行 Ingram & Redpath 引述 Samuel Butler 的释文：
"I shall suffer less for my sin hereafter, for I get some of the punishment coincidently with the offence." 。言犯奸时已受相当惩罚，此后受苦可以较少也。

[117] 此诗曾见于 *The Passionate Pilgrim*, 1599，其文字略有出入，如下：

Two loues I haue, of Comfort and Despaire,

That like two Spirits, do suggest me still :

My better Angell, is a Man（right faire）

My worser spirite a Woman（colour'd ill.）

To win me soone to hell, my Female euill

Tempteth my better Angell from my side :

And would corrupt my Saint to be a Diuell,

Wooing his puritie with her faire pride.

And whether that my Angell be turnde feend,

Suspect I may（yet not directly tell : ）

For being both to me : both, to each friend,

I ghesse one Angell in anothers hell :

    The truth I shall not know, but liue in dout,

    Till my bad Angell fire my good one out.

与四开本主要不同之点为：（一）第二行之 that 四开本作 which；（二）第三行及第四行之 my 四开本作 the；（三）第六行之 side 四开本作 sight；（四）第八行之 faire 四开本作 fowle；（五）第九行之 feend 四开本作 fine；（六）第十一行之 For being both to 四开本作 But being both from me；（七）第十三行之 The truth I shall not 四开本作 Yet this shall I ne'er。其中第三点及第五点均优于四开本，近代本多从之。

[118] comfort and despair = salvation and damnation。

[119] 所谓 hell，系引用 Boccaccio 之关于 Rustico and Alibech 的故事（见 *Decameron*，III，10），= female sexual organ。

[120] fire out = infect with a venereal disease（Ingram & Redpath）。

[121] 此诗内容俗浅，体裁亦异，采用较短之诗行，每行八个音节，不合十四行诗之惯例，故有人疑非出自莎氏手笔，至少此诗是与集中其他诸作大不相侔。

[122] 四开本第二行原文是: My sinful earth these rebel powers that thee array，这一行前三个字与第一行末后三个字重复，而且有十二个音节，显然是手民之误，但是删去这三个字之后应该填补怎样的两个音节，却莫衷一是。Ingram & Redpath（pp.358—359）胪列了九十九个不同的提议，那还只是一部分。牛津本遵从 Malone 的建议，采用 Fool'd by。

[123] 第一、第二两行中之 conscience，有双关义:（一）良心;（二）通奸。诗中其他数字，如 rising、rise、stand、fall 皆有猥亵的双关义，不需详细解说。

[124] misuse = misrepresent（做不真实的陈述）。

[125] 四开本作 more perjurd eye，后 Sewell（1725）改 eye 为 I，近代本多从之。

[126] 最后两首诗性质很特殊。内容相同，写法稍异，与集中其他各诗全无关联，且其内容所云，显然翻译性质。其来源不易确定，因其内容乃过去诗歌中所常见者，最早的是五世纪时 Byzantine Marianus Scholasticus 所作一首短诗 epigram（IX.627, *the Palatine Anthology*），厥后直到十六世纪陆续有拉丁文、意大利文、法文的写作。我们很难断定莎士比亚所采用的蓝本是哪一个。有人且疑这两首诗非出自莎氏手笔。